KB272722

八陣圖

공적은 셋으로 나뉜 나라를 뒤덮고
명성은 팔진도에서 이루어졌도다
강물은 흘러도 돌은 구르지 않거늘
오나라를 평정하지 못한 것을 한으로 남겼네

功蓋三分國 名成八陣圖 江流石不轉 遺恨失吞吳

천괴

천꾀 3

한성수 新무협 판타지 소설

초판 1쇄 찍은 날 § 2004년 7월 23일
초판 1쇄 펴낸 날 § 2004년 8월 3일

지은이 § 한성수
펴낸이 § 서경석

편집장 § 문혜영
편집 § 장상수 · 김민정 · 최하나
마케팅 § 정필 · 강양원 · 이선구 · 김규진 · 홍현경

펴낸곳 § 도서출판 청어람
등록번호 § 제1081-1-89호
등록일자 § 1999. 5. 31
어람번호 § 제2-0408호

주소 § 경기도 부천시 원미구 심곡1동 350-1 남성B/D 3F (우) 420-011
전화 § 032-656-4452 팩스 § 032-656-4453
http://www.chungeoram.com
E-mail § eoram99@chollian.net

© 한성수, 2004

ISBN 89-5831-136-3 04810
ISBN 89-5831-133-9 (SET)

FANTASTIC ORIENTAL HEROES
한성수 新무협 판타지 소설
천고
天魁
3
오성(五星)
청어람
도서출판

■ 제20장 ■
벽안(碧眼)의 괴승

해가 저물고 얼마 되지 않은 때였다. 저녁 수련을 끝마친 후 자신의 막사로 향하는 귀낭혈심 조홍의 얼굴에는 가벼운 피로감이 감돌았다.

용문에서의 계속된 수련에도 불구하고 변함이 없던 선병질적일 정도로 하얀 얼굴에 평소보다 짙은 그늘이 드리워져 있었고, 호리호리한 허리는 다소 구부러져 보였다.

용문 삼대세력 중 하나인 낭인회의 명실상부한 이인자.

세 걸음마다 백계를 떠올리는 두뇌의 소유자.

그럼에도 조홍은 연옥백강 중 서열 십구위에 불과했다. 이틀 전부터 갑자기 시작된 특별 강화 수련을 아무렇지도 않게 넘기는 십위권 내의 인물들과는 체력에서 차이가 났다.

물론 당사자인 조홍은 그러한 차이를 인정하는 대신 특유의 무표정한 얼굴로 '인간은 본래 근육이 아니라 머리를 쓰는 동물이다'라고 잘라 말할 터였다.

막사가 보이자 조홍의 창백한 얼굴에 가벼운 화색이 떠올랐다. 수련 중 내공은 절대 사용할 수 없다는 규율로 만신창이가 된 그의 몸은 지금 간절히 휴식을 요구하고 있었다.

그런데 막 자신의 막사 쪽으로 걸음을 옮기려던 조홍의 가느다란 입술이 꿈틀거렸다. 자신의 막사 주변에서 평소와 다른 무언가를 발견한 것이다.

'크큭, 아무리 내가 녹초가 될 정도로 지친 상태라곤 하나 대단히 우습게 여겨졌군. 내 집 앞에서 암습할 생각을 하다니! 아니, 암습을 하려는 게 아니라 그저 실력을 시험해 보겠다는 뜻으로 해석하는 게 옳은 것인가?

조홍은 뱀처럼 차가운 눈빛으로 천천히 막사 주변을 훑어봤다. 막사 주변에 설치한 기관의 미묘한 변화를 그는 눈치 채고 있었다.

곧 예리하게 움직이던 조홍의 시선이 움직임을 멈췄다. 그의 시선은 쏟아지는 달빛의 각도가 미묘하게나마 달라진 곳을 주시하고 있었다.

'저긴가?

만족스런 입가의 웃음과 함께 조홍의 소매 안쪽에서 전체가 투명한 녹색인 소적(小笛) 하나가 빠져나왔다.

기껏해야 한 척이 될까 말까 한 크기.

전체가 녹옥(綠玉)이란 특이한 재질로 된 점을 제외하면 별다를 것 없이 평범한 소적을 입가에 가져다 댄 조홍의 얼굴이 음침한 표정을 만들어냈다.

"내가 비록 지금 기진맥진한 상태이긴 하지만 광혈폭풍곡(狂血暴風曲) 정도는 불 힘이 남아 있다. 만약 음공(音功)에 대항하는 법을 아직

터득하지 못한 자라면 당장 모습을 드러내는 게 좋을 것이다. 그렇지
않으면……."

　조홍의 경고가 채 끝나기도 전이었다. 그의 시선이 고정되어 있던
곳과 얼마 떨어지지 않은 장소에서 그림자 하나가 불쑥 달빛 아래 모
습을 드러냈다.

　"아아, 졌다! 졌어! 사부님한테 배운 창술보다는 연옥에 들어와 배운
은신술과 잠입술에 더 자신이 있었는데."

　"무쌍창?"

　"예, 난주예요."

　모습을 드러내자마자 막사 주변의 기관을 아무렇지도 않게 뛰어넘
으며 자신의 코앞까지 다가온 금난주를 피해 조홍이 슬쩍 뒤로 물러섰
다. 기껏해야 한 걸음이나 두 걸음 정도지만, 금난주의 거침없던 기세
는 지속될 수 없었다.

　금난주가 청해온 기세 싸움을 조홍이 회피한 형국.

　달려오던 기세를 늦추곤 역시 뒤로 한 걸음 물러선 금난주가 입술을
삐죽 내밀었다.

　"치잇. 나같이 귀여운 소녀가 달빛을 받으며 달려왔는데, 반겨주긴
커녕 뒤로 물러서다니."

　뒤로 한 걸음 물러선 조홍의 눈매가 가늘어졌다.

　"귀여운 소녀?"

　금난주의 얼굴이 험악해졌다.

　"설마 아니라고 하려는 건가요?"

　조홍이 다시 뒤로 한 걸음 물러섰다.

　"연옥십강에 드는 무쌍창을 귀엽다고 생각할 사내는 최소한 연옥에

는 없을 거요.”

어느새 조홍은 독문병기인 녹옥소(綠玉簫)로 요혈을 방어하고 있었다. 금난주의 수중에 아미금창(峨嵋金槍)이 들려 있지 않았음에도 방심하지 않고 대비하는 모습이었다.

일순 재미없다는 표정이 된 금난주가 입가에 매달려 있던 애교 어린 미소를 지웠다.

“사람이란 정말 변하지 않는군요. 귀낭혈심에게 그런 걸 기대한다는 자체가 웃기는 일이긴 하지만요.”

조홍의 눈빛이 무심히 가라앉았다.

“금 소저와 나는 본래 서로 적대하는 세력에 속해 있고, 연옥 안에서 사람을 믿는다는 건 대단히 어려운 일이오. 금 소저는 말을 돌리지 말고 오늘 밤 본인을 찾아온 목적을 말하는 게 좋을 것이오.”

“전후 생략하고 본론만 말하란 건가요?”

“……”

말없이 고개를 끄덕이는 조홍은 특별히 위협하는 모습은 아니었다. 오히려 안색은 눈빛과 달리 처음보다 온화한 편이었고, 목소리 역시 부드러웠다.

그러나 금난주와 조홍은 서로 각기 다른 세력에 속했다곤 하나 수련 중 간간이 마주치곤 했다. 하루는 적이 되어 싸우고 다른 날은 동료가 되어 다른 적들과 싸우는 날들이 적지 않았다. 서로의 장단점을 어느 정도 파악하고 있는 것이다.

‘흐흥, 귀낭혈심이 가장 무서운 때는 저렇게 생긴 모습과 어울리지 않게 사람 좋은 표정을 하고 있을 땐데, 내 느닷없는 방문에 꽤나 화가 난 모양이구나.’

금난주가 어깨를 으쓱해 보였다.

"낭인회가 자랑하는 십면매복(十面埋伏)의 위력은 저도 알고 있어요. 그렇지만 너무 자신만만한 거 아닌가요? 아, 내가 금창을 가지고 오지 않아서 만만히 보는 건가요? 그렇다면 자존심 상하는 일인데……."

"구산일창(九山一槍)이라 불리는 아미가 자랑하는 십대신병이기 중 서열 육위인 아미금창은 필요시 구절편과 같이 분리될뿐더러 연편처럼 몸에 감을 수도 있다고 알고 있소."

"본 파에 대해 잘 아시네요?"

"그냥 소문만 들었을 뿐이오."

금난주의 입술이 다시 삐죽거렸다. 조홍에 대해 모르던 바는 아니나, 오늘 밤은 특히 더 상대하기가 쉽지 않다고 느껴졌다. 무공만이라면 언제든지 제압할 자신이 있으나 말싸움에서는 승패를 장담할 수 없다는 판단이었다.

"쳇!"

발끝으로 바닥을 몇 차례 걷어찬 금난주가 볼멘 목소리로 말했다.

"어디 조용한 곳이라도 안내해 주시죠?"

조홍이 거처로 삼고 있는 막사 안은 꽤나 간소했다. 문방사우(文房四友)가 가지런히 놓인 탁자와 의자 하나, 몸을 뉘일 침상이 내부를 채우고 있는 전부였다.

의자를 권한 조홍이 침상에 앉자 막사 내부를 신기한 듯 살펴보던 금난주가 입을 가볍게 벌렸다.

"헤에, 예상 밖이네요?"

"예상 밖?"

"사내들이란 꽤나 지저분한 족속이잖아요. 우리 철검회의 녀석들은 정말 돼지들이나 다름없다고요. 종종 막사에 들어가면 엉망진창인데다가 땀 냄새에 숨이 막혀서……."

금난주는 어깨를 가볍게 떨어 보였다. 얼굴에 진저리가 난다는 표정이 완연했다.

조홍이 무심히 말했다.

"난 소음인(少陰人)이오. 땀을 적게 흘리니 땀 냄새가 많이 배지 않고, 주변이 어지러운 걸 싫어해서 쓸데없는 물건을 막사 안에 두지 않을 뿐이오."

"단지 그뿐?"

"그 외 뭐가 또 있겠소?"

"흐웅."

금난주는 다시 막사 내부를 둘러봤다. 처음 막사 안에 들어왔을 때 보였던 호기심 대신 야릇한 기운이 그녀의 눈빛엔 담겨 있었다.

조홍이 눈살을 가볍게 찌푸렸다.

"짐작한 것처럼 이곳은 내가 낭인회의 업무를 처리하는 곳이 아니오."

"역시 그렇군요. 그럼 나머지 여덟 구멍은 어디에 있나요?"

"여덟 구멍?"

"여우는 아홉 개의 굴을 판다고 들었거든요."

만약 눈앞에 있는 사람이 무쌍창 금난주가 아니었다면 조홍은 참지 않았을 것이다. 아니, 그건 상대가 금난주라 해도 마찬가지였다. 그는 딱히 무력을 과시하는 걸 좋아하는 성격은 아니나 남에게 무시당하는 걸 참을 만큼 좋은 성격도 아니었다.

조홍이 자신의 녹옥소를 말없이 쓰다듬자 금난주가 혀를 살짝 내밀곤 모른 척 화제를 바꿨다.

"반룡회의 만자탈혼과 만나셨다고요?"

"……."

"그런 표정 해 보일 필요 없어요. 연옥이 꽤 넓긴 하지만 세 개나 되는 세력이 쟁패를 하고 있으니 소문이 나게 마련이라구요."

일순 굳어졌던 조홍의 안색이 평소의 냉정함을 되찾았다. 계속 딴청을 피우던 금난주가 오늘 자신을 찾은 까닭을 그는 짐작할 수 있었다.

"확실히 어제 새벽 연사홍은 날 찾아왔소. 그러나 낭인회는 철검회와 뜻을 함께할 생각이 없는 것과 마찬가지로 반룡회와도 손을 잡을 생각이 없소."

"흐응, 지나치게 앞서 가는 답변이군요?"

"철검회가 가장 두려워할 상황은 결코 벌어지지 않았다는 걸 설명했을 뿐이오."

"그래서요?"

"내게 더 설명하라는 거요?"

금난주가 고개를 끄덕이자 조홍의 얇은 입술 꼬리가 살짝 말려 올라갔다. 그녀와 이렇게 장시간 대화를 나눈 기억이 없는 그로선 이와 같이 단도직입적인 성격이 당황스러우면서도 그리 싫지 않았다.

'이 천진무구해 보이는 얼굴 안쪽에 숨은 건 무엇인가?'

자연스레 떠오른 의문을 조홍은 슬머시 머리 속에서 걷어냈다. 상대가 정면으로 덤벼들 때는 받아주는 것이 도리였고, 이곳은 그의 안방인 것이다.

"어디까지 알고 있는지 말해 보시오."

"이틀 전 용문 삼십육방이 열렸고, 사성(四星) 중 세력에 속하지 않은 두 명 중 한 명인 천랑성(天狼星:시리우스. 하늘의 늑대로 불리며, 밤하늘에서 가장 밝은 별)이 모습을 감췄다는 정도?"

"그리고?"

"때맞춰 정면 돌파를 미덕으로 삼는 철검회나 낭인회와 달리 뒤에서 숙덕거리기 좋아하는 반룡회의 만자탈혼과 반룡십걸이 움직이기 시작했다는 정도랄까요."

조홍이 고개를 가볍게 끄덕였다. 전혀 내심을 읽을 수 없는 그의 입가에 떠오른 가느다란 미소를 금난주는 자신에 대한 칭찬으로 받아들였다. 그녀가 생각하기로도 자신이 이틀간 알아낸 정보는 꽤나 괜찮은 수준이었기 때문이다.

조홍이 말했다.

"천랑성을 비롯한 사성은 그동안 꽤나 자주 모습을 감추곤 했소. 이번이라고 특별할 건 없을 것이오. 그리고 반룡회의 연사홍과 반룡십걸이 움직이기 시작한 건 낭인회 역시 감지하고 있었던 바요."

"역시 용문 삼십육방을 통과하여 연옥에 들어올 신입을 회유하거나 제거할 생각일 테지요?"

"그럴 가능성이 가장 높긴 하지만, 연사홍은 전날 내게 미지의 적을 그냥 내버려 두느니 함께 손을 잡고 제거하자고 제안했소."

"낭인회와 반룡회가 손을 잡고?"

"나는 거절했소."

"어째서죠?"

"만약 용문 삼십육방을 살아서 통과할 정도의 인재라면, 낭인회에서도 반드시 쓸모가 있을 것이오."

금난주가 눈에 이채를 띠었다.

"자신만만하군요?"

"연옥에서 가장 늦게 시작했지만, 현재 가장 강력한 건 낭인회요. 철검회주 개인의 호화부대(護花部隊)가 모인 철검회나, 음험하고 정체가 모호한 반룡회와의 승부를 피할 이유가 없소."

"남자면 철검회에 유리하고, 여자면 반룡회에 유리하리란 생각은 안 드나요?"

"용문 삼십육방을 통과한 인물이오. 미색에 현혹당할 정도의 인물은 아닐 것이오."

"그러니 반룡회와 손잡을 생각은 없다?"

"내가 혈서라도 써야 하는 게요?"

"히힛!"

조홍이 오랜만에 또래답지 않게 어른스런 표정을 허물자 금난주는 참지 못하고 웃음을 터뜨렸다. 그러나 그녀는 곧 손바닥으로 입을 막고 웃음을 멈춘 뒤 버릇처럼 입술을 내밀었다.

"물론 혈서를 써주면야 좋겠죠. 하지만 가뜩이나 귀낭혈심은 피가 모자란 얼굴인데 손가락까지 단지(斷指)하게 하면 인정사정없는 낭인회주가 가녀린 날 가만두지 않을 거라구요."

"본 회의 회주가 무섭소?"

"예, 난주는 사성 모두 무서워요. 그들은 인두겁을 덮어썼을 뿐 사람이 아닌걸요."

"……."

조홍은 금난주의 말이 다소 심하다고 생각하면서도 특별히 화를 내진 않았다. 확실히 연옥십강 중에서도 사성은 특별했고, 그 자신이 생각하기에도 인간이라기엔 지나치게 강하고 무서웠기 때문이다.

그때 금난주가 표정을 바꿨다.

"그래서 말인데, 이번 기회에 철검회와 낭인회 사이에 한 가지 협약을 맺는 게 어때요?"

"협약?"

"예, 반룡회가 이번에 들어올 신입을 먼저 중간에서 가로채거나 암살하려 할 경우 철검회와 낭인회에서 공동 대처하자는 협약 말예요."

"……."

"물론 만자탈혼 역시 그런 말로 꼬드겼겠지만, 아무래도 상큼한 미소녀인 저와 손을 잡는 편이 더 즐겁지 않겠어요?"

조홍의 깊어진 눈빛을 바라보면서 금난주가 생글거리며 웃었다. 아직 밤은 길었고, 이번에 들어올 신입이 용문 삼십육방을 출관하기로 정해진 날은 하루가 남아 있었다. 그때까진 충분히 조홍을 설득할 수 있으리란 자신감이 그녀의 얼굴에서 배어 나오고 있었다.

벽안(碧眼)의 괴승 2

금난주가 조홍의 거처를 빠져나온 건 새벽이 다 되어서였다. 다 큰 남녀가 같이 밤을 보낸 셈이니 정상적인 처녀라면 낯이라도 붉힐 만한데, 그녀의 얼굴은 뻔뻔함 그 자체였다. 조홍은 전혀 그녀의 이상형이 아니라는 게 그 이유였다.

"아아, 또 이렇게 밤을 새버렸다! 오늘도 악마 같은 교두들한테 달달 볶일 텐데, 피부가 상하면 어쩌지?"

지극히 소녀적인 근심을 토로하면서도 금난주는 눈앞에 펼쳐진 십면매복을 여유있게 건너뛰었다. 밤중보다 오히려 새벽에 더 진세를 삼엄하게 하는 걸 감안하면 그녀의 파진술은 이미 신기에 도달한 듯 보였다.

'역시 연옥십강이라는 건가!'

새벽 안개 속으로 사라지는 금난주의 뒷모습을 바라보며 조홍은 살짝 이를 갈았다. 내심 자부하고 있던 십면매복이 어이없을 정도로 쉽게 깨지고 있었다. 참담한 기분이 드는 건 어쩔 수 없는 노릇이었다.

그러나 냉철한 낭인회의 이인자답게 조홍의 안색은 곧 평정을 찾았다. 그저 미미한 변화에 불과하나 그의 창백한 안색은 좀 더 무심하게 변했다.

'어쨌든 회주는 이번 일에서 한걸음 뒤로 물러서겠다고 말했다. 반룡회와 철검회가 다투겠다면 말릴 필요는 없다.'

금난주와 마찬가지로 날이 밝자마자 시작될 연무를 떠올리며 가볍게 어깨를 떤 조홍이 막사로 돌아갔다. 체력이 약한 그로선 조금이라도 수면을 취해두어야만 했다.

그 시각 용문 삼십육방에 들어선 단천엽을 마지막으로 가로막고 선 건 열여덟 명의 청동승인이었다. 그들은 각기 한 쌍씩의 검, 도, 창, 봉(棒), 곤(棍), 대부(大斧), 선장(禪杖), 구절편, 유성추를 들고 포진해 있었는데, 단천엽은 진세에 첫발을 내딛자마자 숨 막히는 압력을 느꼈다.

'청동승인의 숫자는 고작 열여덟이지만 진세의 견고함은 흡사 천군만마가 포진한 것과 같다. 사람이 아닌 청동 인형들이 이만한 기세를 뿜어내다니, 정말 대단하구나!'

눈앞의 진세를 바라보며 단천엽은 은근히 감탄했다. 앞서 아난이 종횡무진으로 활약한 탓에 진세의 변화와 약점을 어느 정도 파악한 터였다. 그럼에도 진세를 앞에 두고 피부로 느껴지는 위압감은 대단했다.

잔뜩 큰소리치고 나서지 않았다면 당장 뒤로 신형을 날려 달아났으리란 생각이 들었다. 그만큼 청동승인들이 펼치고 있는 진세는 초입부터 사람을 주눅 들게 만드는 힘이 넘쳤다.

그때 뒤에서 눈을 반짝이고 있던 아난이 소리쳤다.

"천엽, 기세 좋게 나설 때는 언제고 그렇게 머뭇거리고 있는 거야! 갑자기 겁이라도 난 거야?"

'천엽? 처음엔 말을 놓더니, 이젠 자기 마음대로 이름을 불러대는군.'

힐끔 뒤로 돌아보는 단천엽에게 아난이 재차 소리쳤다.

"괜히 용감한 척하지 말고 지금이라도 뒤로 물러나! 그 망할 청동 인형들은 꽤 괴상하다구!"

아마도 아난으로선 최대의 찬사였으리라. 그만큼 단천엽이 본 아난은 남자같이 털털한 성격과는 별도로 자존심이 센 소녀였다.

사나이의 자존심에 불을 당기는 소리에도 불구하고 단천엽이 씩 입가에 미소를 떠올렸다. 야유하는 듯한 재촉과 달리 아난이 은연중 자신을 걱정하고 있음을 그는 짐작하고 있었다.

'여자에게 걱정을 끼치는 건 사나이의 도리가 아니라고 했던가?'

처음이자 마지막으로 함께했던 술자리에서 화굉요가 했던 말을 떠올린 단천엽은 불쑥 한 손을 들어 보였다. 들어 올려진 손은 힘있는 동작으로 흔들렸다. 그리고 유쾌한 목소리가 그 뒤를 따랐다.

"염려 마, 아난. 나는 이래 뵈도 꽤나 겁이 많아."

"뭐?"

"자신없으면 절대 도망간다구."

"아하하!"

언제 진세를 뚫지 못해 화를 냈냐는 듯 아난이 배를 잡고 웃었다. 비슷한 나이임에도 왠지 단천엽의 뒷모습은 믿음직해 보였다.

잠시 후 웃음을 멈춘 그녀가 소리쳤다.

"그럼 시간 끌지 말고 빨리 갔다 와!"

"응, 다녀올게."

　대답과 동시에 단천엽이 청동승인들을 향해 다시 한 걸음 다가섰다. 태산과 같은 압력을 뿌리고 있는 진세의 세력권 안으로 뛰어든 것이다.

　키릭!

　이젠 익숙해진 기관음과 함께 멈춰 있던 청동승인들이 움직이기 시작했다. 적수공권에 내력 한 점 일으키지 않은 채 뛰어든 단천엽을 징벌이라도 하려는 듯.

　끼릭! 끼리릭!

　바람의 정령과도 같던 아난을 패퇴시킬 때와 달리 청동승인들의 움직임은 눈에 띌 정도로 느렸다. 여전히 움직임은 엄중했고 변화 역시 막측했지만 곳곳에서 틈을 드러냈다. 아니, 단천엽이 틈을 만들어내고 있었다.

　정교한 톱니바퀴처럼 맞물려 돌아가는 연계와 변화에도 불구하고 단천엽은 진세 안을 마음대로 돌아다녔다. 아무리 훌륭한 연계와 변화라 해도 그 속도가 느리다면 별무소용임을 보여주는 모습이었다.

　그야말로 자신이 겪었던 것과는 전혀 다른 상황.

　농락이라도 하듯 청동승인 사이를 넘나드는 단천엽을 바라보며 발을 동동거리던 아난의 눈에 이채가 떠올랐다. 이곳에 이르기까지와 마찬가지로 진세를 향해 달려들었던 자신과 단천엽의 결정적인 차이를 깨달은 것이다.

　'움직임 중에 한 점의 바람도 일으키지 않는다? 꽤나 빠르게 청동 인형들 사이사이를 이동하고 있는데도. 아, 저 못생긴 청동 인형들은 상대방에게서 일어나는 바람에 반응하여 움직임을 보이는 거구나! 그걸 알고 천엽은 신법과 보법에 내력을 일으키지 않는 것이고.'

　그러나 아난은 곧 미간을 살짝 찡그려 보였다. 이국적인 매력이 넘치는 그녀의 얼굴에는 고심하는 표정이 떠올라 있었다. 자신이 떠올린 사실 중에 중대한 오류가 있음을 깨달았기 때문이다.

　'아니다, 아니야! 만약 저 청동 인형들이 사람이 일으키는 바람에만 반응한다면 아예 움직임이 없어야 옳아. 천엽은 지금 전혀 내력을 일으키지 않았을뿐더러 몸을 보호하는 외기조차 일으키지 않고 있는 상태니까. 그렇다면 결국 다른 장치가 있다는 건데……'

　처음 단천엽이 보였던 모습처럼 아난은 열여덟 청동승인이 이루고 있는 진세를 더욱 주의 깊게 살피기 시작했다. 강력한 힘과 속도만을 자랑하던 것에서 한발짝 뒤로 물러선 모습이 된 것이다.

　그때였다. 마치 자신의 집 앞에 꾸며진 정원을 산책하듯 진세 속을 휘젓고 다니던 단천엽의 움직임이 변했다. 진세에 대한 파악이 끝난 것과 동시에 벌어진 일이다.

　파파팟!

　단천엽의 몸에서 강렬한 기파가 치솟은 순간 느릿하게 움직이던 청동승인들에게서 격한 기관음이 일었다. 움직임이 빨라진 것이다.

　그러나 단천엽을 노리고 땅으로 내리 꽂히던 한 쌍의 검은 뒤늦게 이동하던 선장에 가로막혔다. 단천엽의 시간차 움직임에 기관과 진세의 변화가 혼란을 일으킨 결과였다.

　게다가 그 때문이었을 것이다. 곧바로 다음 동작으로 들어가지 못한 청동승인의 머리 위로 정상적으로 움직인 다른 청동승인의 대부가 떨어져 내렸다.

　콰득!

　"하나!"

　손가락 하나를 들어 보인 단천엽이 재빨리 옆으로 신형을 움직이며 바닥을 강하게 굴렀다. 진각이었다. 그러나 이번에는 그의 몸에서 기파가 일어나지 않았다.

　대신 이미 십여 걸음이나 전에 머물렀던 장소에서 기파가 솟구쳤다. 다시 두 개의 청동승인을 양패구상(兩敗俱傷)시키는 기파였다.

　비권 천류영 중 파기식(破氣式)!

　그 뒤 단천엽의 움직임은 갈수록 쾌속해졌고, 그의 파기식이 폭발할 때마다 청동승인들은 하나둘 부서지기 시작했다. 이젠 진세의 붕괴는 시간문제로 보였다. 삽시간에 진세를 이루고 있던 청동승인 중 절반이 움직임을 멈추었다.

　그런데 순간 제멋대로 우왕좌왕하던 청동승인들의 움직임이 멈췄다. 단천엽이 신형을 날리든 파기식을 일으키든 전혀 반응을 보이지 않게 된 것이다.

　끼리리리릭!

　귀에 거슬리는 기관음과 함께 뒤로 물러서는 청동승인들을 바라보는 단천엽의 눈에 이채가 떠올랐다.

　'드디어 시작인가?'

　슬쩍 어둠밖엔 보이는 것이 없는 북동쪽에 시선을 던진 단천엽의 전신에 힘이 들어갔다. 특별히 야수감각도를 일으킨 건 아니나 자연스레 그의 체내에 잠들어 있던 잠능이 꿈틀거렸다. 위기감을 느낀 것과 거의 동시에 일어난 변화였다.

　끼리릭!

　기관음과 함께 질서 정연히 뒤로 물러섰던 청동승인들이 새롭게 포진했다. 공격보다는 수비에 주안점을 뒀던 예의 진세가 아니다. 천군

만마라 해도 단숨에 박살 낼 만큼 패도적인 원추형의 진세가 형성되었
다.

"아!"

자신도 모르게 신음을 토한 아난이 소리쳤다.

"천엽, 그 못생긴 청동 인형들은 따로 조종하는 사람이……!"

"돌멩이 부탁해!"

"뭐?"

"돌멩이 던져 달라고!"

아난에게 예의 약속을 상기시킨 단천엽이 한차례 옷자락을 펄럭거
리곤 바람처럼 원추진을 향해 달려들었다.

콰쾅!

순간 역시 움직임을 보인 원추진에서 천번지복하는 굉음이 연속적
으로 터져 나왔다. 이번에는 단천엽 스스로 재대결에 뛰어든 것이다.

콰쾅! 쾅쾅!

용호와 같이 어울린 단천엽과 아홉 청동승인 사이에선 연신 격렬한
굉음이 터져 나왔다. 혈육으로 된 육체와 철병이 부딪치는 소리가 아
니라 쇠와 쇠가 힘을 겨루며 터져 나오는 굉음이었다.

처음 진세와 기관 간의 허점을 적절히 이용하던 모습과 달리 단천엽
의 모습은 광야로 풀려 나온 한 마리 늑대와 같았다. 패도적인 진세에
맞서 마음껏 날뛰는 모습은 한달음에 이곳까지의 관문을 돌파한 아난
이 고개를 내저을 정도로 강렬한 야성을 발산했다.

비권 천류영 자체가 자유로움을 추구하는 무한류의 본질로부터 벗
어나기 힘든 권법이었다. 격식에 얽매인 청동승인들의 공격적인 진세

에 더욱 격렬한 반응을 보이는 건 어쩌면 당연한 결과였다.

그렇게 한동안 단천엽은 거의 인간이라 볼 수 없는 움직임을 보이며 청동승인들과 싸웠다. 그나 청동승인들이나 오직 싸움을 하기 위해 존재하는 것처럼 보일 정도였다.

그런 단천엽의 싸움을 호기심 어린 표정으로 지켜보던 아난이 갑자기 눈살을 가볍게 찡그렸다. 압도적인 숫자의 열세에도 불구하고 청동승인들과 대등하게 싸우고 있던 단천엽이 점차 진세 밖으로 밀려나고 있었다.

'이미 내 경우에서 결코 힘만으론 저 못생긴 청동 인형들을 이길 수 없다는 걸 깨달았을 텐데 어째서 저런 멍청한 짓을 하고 있을까? 설마 하니 내 앞에서 갑자기 힘 자랑이라도 하고 싶어진 건가? 그다지 머리가 나쁘진 않아 보였는데…….'

이곳에 이르기까지 자신이 했던 행동도 잊고, 아난은 한동안 속으로 단천엽의 흉을 봤다. 그녀가 보기에 지금 단천엽이 보이는 행동은 전혀 효과적이지 못했기 때문이다.

그러나 흉을 보는 것도 잠시였다. 단천엽이 분전에도 불구하고 청동승인들에게 밀리는 기색이 완연해지자, 아난은 자신도 모르게 발을 동동거렸다.

마음이 다급해지고 있었다.

그러다 문득 냉정한 표정이 된 아난이 갑자기 북동쪽을 바라보더니 맹렬히 신형을 날렸다. 단천엽과의 약속을 기억해 낸 것이다.

슈욱!

단천엽이 채 따르지 못할 정도의 속도였다. 바닥을 박차자마자 단숨에 이십여 장을 단축한 아난의 수장이 다짜고짜 어둠을 때렸다.

쩌쩡!

벼락이 치는 듯한 굉음과 함께 묵직한 암경이 아난에게 파고들었다. 석벽 정도로 생각됐던 어둠 속에는 한 명의 고수가 숨어 있었던 것이다.

처음부터 방어 따윈 전혀 고려하지 않았던 것이리라. 입이 딱 벌어질 정도의 속도로 달려들었던 것과 마찬가지로 아난의 늘씬한 몸이 공중에서 살짝 회전을 일으켰다.

휘익!

순간적으로 발생한 탄력을 이용해 아난은 코앞까지 파고든 암경을 어깨로 받아냈다.

터엉!

흡사 큼직한 쇳덩이가 용수철의 탄성에 튕겨 오르는 소음.

어깨로 암경을 튕겨 버린 것과 동시에 잠시 주춤했던 아난의 신형이 공중에서 다시 회전을 일으키며 암습자를 노렸다. 여전히 주변은 암흑이나 다름없었으나 암경이 파고든 방향은 이미 파악되어 있었다.

파파팍!

아난의 선풍각(旋風脚)에 어둠이 찢겼다. 그리고 찢긴 건 어둠만은 아니었다.

발끝에 걸린 묵직한 감촉.

여전히 공중에 뜬 채 아난이 다시 신형을 뒤틀며 재차 공세를 취하려는 순간, 그녀를 향해 강렬한 황금빛 광채가 파도처럼 밀려들었다.

번쩍!

"호신강기?"

황금빛 광채에 밀려 뒤로 물러선 아난이 혀를 내밀어 입술을 살짝 핥았다. 일시 긴장한 탓에 마른 입술을 축이자 강인한 표정이 얼굴에 떠올랐다. 용문에서 호신강기를 연마한 상대를 전혀 상대해 보지 않은 바도 아니었다.

"헤헤, 재밌겠는데?"

재차 공격하기 위해 아난이 살짝 자세를 낮추자 그녀를 뒤로 밀어낸 금광 속에서 조용한 목소리가 흘러나왔다.

"여시주는… 한인이 아니로구나."

"응?"

아난의 눈빛에 감돌던 전의가 살짝 흔들렸다. 금광 속에서 흘러나온 목소리에 담긴 묘한 낯설음을 그녀는 본능적으로 느꼈다.

"당신도 아난처럼 한인이 아니구나?"

기묘할 정도로 어둠에 묻혀 있던 주변이 갑자기 밝아졌다. 청동승인들의 진세가 펼쳐진 구역만을 밝히던 횃불의 숫자가 어느새 대여섯 배로 늘어나 주변을 환희 밝혔다.

그와 더불어 찬연한 금광 속에 본체를 숨기고 있던 고수가 전신을 휘감고 있던 호신강기를 거둬들이자 아난의 눈이 동그래졌다. 자신의 예상이 옳았음을 확인했기 때문이 아니라 모습을 드러낸 고수의 모습에 놀란 것이다.

"안 어울려!"

과연 그랬다. 깊고 푸른 눈동자에 허리까지 흘러내린 백금발, 창백한 피부를 지닌 초로의 사나이가 승포를 걸치고 수중에 염주를 들고 있는 모습은 어울릴 리가 없었다. 이질적이다 못해 괴상하기까지 했다.

그러나 승려라 하기엔 지나치게 괴상한 초로의 사나이는 한술 더 떠 수중의 염주를 굴리며 일수합장을 하더니 조용히 불호를 외웠다. 마치 아난이 편견에 사로잡혀 있을 뿐이라는 걸 꾸짖기라도 하려는 듯.

하나둘 동작이 멈추긴 했으나 청동승인들의 움직임은 여전히 호락 호락하지 않았다. 평범한 사람이라면 눈이 어질어질해질 정도의 속도에, 변화 역시 극심했다.

한 발만 잘못 움직여도 목숨을 내놔야 할 만한 상황.

위험천만한 진세 속을 종횡무진하던 단천엽의 눈에 이채가 떠올랐다. 진세를 다시 편성한 이후부터였다. 자신의 움직임에 바로바로 반응하던 청동승인들의 진형에 미묘한 변화가 찾아왔음을 그는 직감했다.

'또 진법을 바꾸려는 건가?'

머리 위로 떨어져 내린 선장을 피하는 것과 동시에 오히려 그것을 밟고 뛰어오른 단천엽은 재빨리 염두를 굴렸다. 그는 연속된 동작으로 청동승인의 머리를 박차며 공중에서 이중 동작으로 솟아오른 후 곧 변화의 원인을 파악해 냈다.

그때 진세 주변을 감싸고 있던 어둠이 장막을 벗어 던졌다.

화악!

당장 두 배쯤으로 늘어난 횃불의 개수!

밝아진 진세 주변을 휘감고 있는 건 여태까지의 관문과 달리 청석 벽이 아니었다. 한눈에 보기에도 지독한 세월의 때가 묻어 보이는 녹슨 강철 벽이었다.

강철 벽의 한 켠에 모습을 드러낸 벽안금발의 괴승과 아난을 확인한 즉시 단천엽의 신형이 공중에서 회전했다. 여태까지의 공격을 회피하는 동작이 아니었다. 그냥 주변을 살피기 위해 무리하게 공중에 머물게 했던 신형을 바로 세우려는 동작이었다.

스륵!

최초로 자신을 공격했던 청동승인의 민대머리에 사뿐히 내려선 단천엽이 금계독립의 자세를 취했다. 한 발로 균형을 이룬 그의 주변으로 정적이 감돌았다.

동료의 머리를 공격할 수 없었기 때문인가!

현란한 변화를 보이던 청동승인들은 일제히 동작을 멈췄다. 단천엽을 공격하는 걸 포기한 것이다.

'역시!'

씩 웃어 보인 단천엽이 다시 신형을 날렸다.

타타탁!

동작을 멈춘 청동승인들의 민대머리를 연속적으로 밟으며 단천엽은 단숨에 진세를 뛰어넘었다. 마치 무인지경 같았다.

단숨에 거리를 좁히며 자신 쪽으로 다가선 단천엽에게 슬쩍 시선을 던진 벽안괴승의 눈빛이 괴이해졌다.

"아미타불(阿彌陀佛)! 부처란 본래 마음속에 있는 것이거늘 어찌 눈에 보이는 형상에만 집착하려 했던가! 그저 겉가죽만을 보고 고인을 알아보지 못했으니, 빈승의 눈도 많이 흐려진 게야."

"……."

특이한 외양과 달리 장중하고 엄숙한 모습이었다. 자신을 향해 일수 합장해 보이는 벽안괴승의 태도에 발걸음을 멈춘 단천엽의 시선이 아난을 향했다.

'어떻게 된 일이지?'

팔짱을 낀 채 발을 까닥거리고 있던 아난이 어깨를 으쓱해 보였다.

"그런 눈으로 보지 마. 아난도 이 괴상하게 생긴 색목인(色目人)에 대해 아무것도 아는 바가 없어. 단지……."

"단지?"

"그는 중이 되고 싶어 천축(天竺)에서 공부를 하다가 멀고 먼 소림까지 온 이상한 색목인이라고 자신을 소개했어."

"아미타불!"

졸지에 이상한 색목인이 된 벽안괴승의 입에서 흘러나온 불호성은 여태까지보다 좀 더 힘이 실려 있었다. 그녀의 소개에 마음이 상한 것이리라.

그 뒤 아난을 향해 반개하고 있던 눈을 슬쩍 떠 보인 그가 한차례 미간을 꿈틀거리곤 말했다.

"진리를 탐구한다는 건 노소가 따로 없고 인종이 따로 없는 법이니, 부처께서는 세상의 모든 축생을 똑같이 대하신다오. 어찌 여시주는 빈승의 학구열을 이상한 쪽으로 몰아가는 것이오?"

아난이 입가에 미소를 띠었다.

"그래서 이상한 색목인은 화가 난 거야?"

"그러니까 빈승은 이상한 색목인이……."

"알았어! 알았어! 그냥 화났다고 하면 될 일이지 괜스레 어려운 말을 지껄일 필요는 없어. 아난은 꽤 머리가 좋으니까."

"아미타불!"

불호를 외는 벽안괴승의 안색이 좀 전보다 더욱 안 좋게 변했다. 화를 내고는 싶은데 아난이 워낙 동문서답(東問西答)에 안하무인(眼下無人)인지라 어찌할 바를 모르겠다는 표정이었다.

그때 내심 피식거리며 웃고 있던 단천엽이 나섰다.

"아난, 확실히 배움에는 노소가 따로 없고, 민족이나 종교도 따로 없다고 생각해. 비록 이분 화상께서 좀 특이하긴 하지만 적당히 넘어가 주는 게 어때?"

"응? 천엽은 화가 나지 않았나 보지?"

"화가 나?"

"여기 이 이상한 색목인 때문에 아난이나 천엽이나 한참 동안 고생했잖아."

"그거야……."

"흥, 중이든 도사든 간에 아난은 별로 상관하지 않지만, 무학을 익혔다는 자가 이런 기관 뒤에 몰래 숨어서 비겁한 짓을 하는 것엔 화가 난단 말야."

벽안괴승의 안색이 더욱 나빠졌다. 그는 억울하다는 표정을 여실히 드러내며 반박했다.

"기관을 움직이는 건 본래 빈승이 맡은 임무라오. 어찌 여시주는 전후의 사정은 생각지 않고 비겁하다 비난을 하는 것이오?"

아난의 눈매가 샐쭉해졌다.

"그래서 자신의 행동에 떳떳하단 거야?"

"그건……."

"거봐! 말을 못하잖아. 무공도 꽤나 강하면서 그런 짓을 했다면, 반드시 반성하는 게 맞다구."

"끄응!"

이번엔 불호조차 없었다. 벽안괴승은 눈을 다시 반개했을 뿐 아니라 귀마저 귓불을 움직여 막아버렸다. 더 이상 아난과는 말을 섞지 않겠다는 의지를 드러낸 것이다.

'아난은 역시 대단하구나!'

내심 아난에게 찬사를 던진 단천엽이 슬그머니 벽안괴승을 불렀다.

"대사님, 아난은 생각한 바를 그대로 내뱉을 뿐이니 너무 탓하지 말고 그만 노여움을 풀어주십시오. 제가 불교에 대해 아는 바는 일천하지만 불문에서 가장 중히 생각하는 게 자비라 하지 않습니까? 후배에게 설혹 말실수가 있었다 하나 너그러이 용서해 주시는 것도 불문고승의 위엄을 보이는 일이라 사료됩니다."

'불문고승?'

벽안괴승이 얼른 눈을 뜨고 귀를 열었다. 방금 전까지 노골적으로 떠올라 있던 안 좋던 기색조차 이미 그의 얼굴엔 보이지 않았다. 사람이 완전히 달라진 것이다.

그런 후 어색한 부처의 미소까지 입가에 띤 채 벽안괴승이 단천엽을 향해 다시 일수합장해 보였다.

"아미타불, 과연 빈승의 판단이 옳았구려! 옳았어! 하긴 천하의 십팔 나한진(十八羅漢陣)을 단신으로 물리친 소년 영웅이 어찌 평범하랴! 오늘에서야 빈승은 소림 삼십육방의 최후 관문을 맡은 지난 이십 년간을 보상받는 느낌이오!"

단천엽의 얼굴에 놀란 기색이 떠올랐다.

"그럼 대사님께서는 이십 년간이나 이곳을 지키고 있었던 것입니까?"

"으음. 그래, 지난 이십 년간 빈승은 이곳에서 열여덟 청동나한과 함께 보냈다오. 소림 삼십육방 내의 기관은 본래 완벽한 것이지만, 십팔나한진만큼은 빈승처럼 진에 정통한 사람이 없고선 제 기능을 발휘할 수 없었기 때문이오."

"그건⋯⋯."

잠시 말문을 멈췄던 단천엽이 한숨을 토해냈다.

"그건 대사님께는 너무 가혹한 일이었군요."

"가혹?"

"대사님과 소림 간의 관계에 대해 후배가 아는 바는 없으나 단지 진세에 정통했다 하여 이십 년간 이런 곳에 가둬두는 건 납득할 수 없는 일이라 생각합니다."

어느새 두 사람 사이로 다가선 아난이 여태까지의 장난스런 표정을 버리곤 동조의 목소리를 냈다.

"그래, 맞아! 아무리 이상한 색목인이라 해도 이런 재미없고 쓸쓸한 곳에 이십 년간이나 가둬둔다는 건 사람이 할 짓이 아냐. 소림의 중대가리들은 나쁜 놈들이 분명해!"

벽안괴승의 얼굴에 일시 난처한 표정이 떠올랐다. 분명 자신을 위해

주는 말이긴 하나 사문인 소림에 대한 비난을 마냥 묵과할 순 없다는
판단이었다.

수중의 염주를 굴리며 잠시 두 사람을 지그시 바라보던 벽안괴승이
가벼운 탄식을 입에 담았다.

"하! 두 시주께서 빈승을 염려해 주시는 마음은 고맙소만, 소림을 욕
하는 건 삼가셨으면 하오. 모든 것은 빈승의 잘못에서 비롯된 것이니."

"대사님?"

"이상한 색목인?"

단천엽과 아난의 눈빛을 피해 벽안괴승은 시선을 동작 불능에 빠진
청동나한 쪽으로 던졌다.

벽안괴승의 본명은 간다르로 본래 천축의 소왕국인 아칸 국의 왕자
였다. 어려서부터 머리가 뛰어나고 학문에 뜻을 뒀던 탓에 왕국의 많
은 서적을 탐독한 그는, 아직 어린 소년 시절 한 가지 고민을 하게 되
었다. 아칸 국의 국교인 힌두교의 법전들 속에서 한 권의 불경을 발견
한 후 그 교리에 크게 심취했기 때문이다.

태어날 때부터 신분을 네 가지로 나누고 그것을 당연시하는 힌두교
의 교리와 불교는 완전히 달랐다. 천축의 무수히 많은 왕국들이 당연
시하는 신분제를 부인할뿐더러 힌두교의 뭇 신들을 부인하고 깨달음을
강조했다. 인간 스스로 깨달음을 얻어 신의 반열에 오를 수 있다는 점
은 어린 간다르의 가슴을 미칠 듯 뛰게 만들었다.

게다가 불교의 토대를 세운 석가모니는 간다르와 마찬가지로 왕자
의 신분이었다. 석가모니가 깨달음을 얻기 위해 왕자의 자리를 버리고
뛰쳐나갔다는 부분에 간다르는 크게 감명받았고, 그날부터 그는 착실

히 가출 계획을 세우기 시작했다. 그 옛날 석가모니가 걸었던 길을 자신 역시 따르겠다는 심산이었다.

그렇게 몇 년이 지나 성년이 된 간다르는 꽃 같은 신부를 얻게 된 날 봇짐 하나를 짊어지고 아칸 국을 떠났다. 그동안 왕자의 권력을 이용해 전국에서 얻은 불경으로 닦은 불심만을 믿고 석가모니의 뒤를 따른 것이다.

그 뒤 간다르는 십여 년간 석가모니가 걸은 길을 좇으며 불법을 연구하고 소뢰음사와 대뢰음사에서 무공을 배우고 익혔다. 타고난 천재인 탓에 불법에만 관심있는 그에겐 계속 기연이 뒤따랐다. 십여 년간의 고행 끝에 부처는 되지 못했으되 무공의 고수는 될 수 있었다. 하지만 그와 같은 무공의 성취는 그가 애초에 생각했던 바와는 전혀 걸맞지 않는 상황이었다.

그러나 간다르는 포기하지 않았다. 다시 십여 년이 흐른 후 그는 석가모니의 제자라는 달마의 행적을 좇아 중원으로 향했고, 소림까지 이르렀다. 벽안의 백금발을 늘어뜨린 사십여 세의 불목하니(중이 되기 전에 절에서 일하는 수행자)는 그렇게 소림의 역사에 발을 내디뎠다.

"…그렇게 다시 소림에서 허드렛일을 하며 십 년을 보낸 끝에 장경각(藏經閣)을 알았고, 빈승은 치솟는 탐구심을 억누를 수 없었다오. 삼십 년이 넘는 수련에도 불구하고 타고난 성정은 어쩔 수 없었던 것이지요."

고개를 가볍게 저어 보인 간다르가 말을 이었다.

"몇 년간이나 빈승은 소림제일중지라 불리던 장경각을 넘었고, 수만 권이나 되는 불경들과 즐거운 시간을 보낼 수 있었소이다. 정말 빈승의 인생 중 가장 즐거운 때였지요. 하지만 불존께서 어찌 이런 불민한 불제자를 그대로 두고 보셨으리오! 장경각을 드나들길 오 년째가 되던 때 빈승은 소림의 여러 스승님에게 사로잡히게 되었지요."

"그래서?"

"부끄럽게도 빈승은 사로잡히는 과정에서 소림고승 몇 분을 다치게 했고, 천년사찰 몇 개를 박살 냈소이다. 참으로 부끄러워 얼굴도 들지 못할 짓을 했는데도 소림의 고승들께서는 불교의 호생지덕으로 빈승을 죽이지 않고, 소림 삼십육방을 맡는 걸로 속죄할 기회를 주셨지요."

말을 마친 간다르의 얼굴엔 부끄러워하는 빛이 완연했다. 한때의 실수로 이십 년간이나 갇혀 있었음에도 그의 마음은 투명할 정도로 맑았다.

마음이 편안해지는 걸 느낀 단천엽이 입가에 미소를 짓고 있는데 아난이 갑자기 미간을 찡그려 보였다.

"잠깐만! 그럼 간다르의 나이가 칠십이 넘었다는 거야?"

간다르가 빙긋이 미소 지었다.

"몇 년 전부터 세기를 그만두기는 했으나 대충 그럴 것이오."

"거짓말!"

펄쩍 뛰어오른 아난이 재빨리 간다르의 주변을 한 바퀴 돌고는 다시 소리쳤다.

"역시 거짓말이야! 용문의 노땅 중 육순도 안 된 녀석들도 간다르보다는 더 늙어 보여! 한데 어떻게 간다르가 칠십이 넘었다는 거야!"

간다르의 안색이 활짝 밝아졌다.

"빈승이 그리 젊어 보이오?"

"아니."

고개를 가로 저은 아난이 정정하듯 말했다.

"간다르는 늙어 보이지 않을 뿐 젊어 보이진 않아."

"그, 그렇구려."

간다르가 만면에 깃들어 있던 웃음을 지우자 단천엽이 위로하듯 그에게 말했다.

"대사님께서 진짜 칠순이 넘었다면 대단히 젊어 보이는 겁니다. 역시 소림의 정순한 무공은 대단한가 봅니다."

"그렇소이까?"

"예, 그렇습니다."

반색해 보이는 간다르에게 고개를 끄덕여 준 단천엽이 슬쩍 화제를 바꿨다.

"그런데 후배가 한 가지 궁금한 일이 있는데, 대사님께 질문해도 되겠는지요?"

"소년 영웅이 궁금한 게 있다면 당연히 빈승이 대답해 드려야지요."

"감사합니다."

정중하게 고개를 숙여 보인 단천엽은 처음 십팔나한진을 봤을 때부터 궁금했던 일을 차례차례 묻기 시작했다. 이미 고승이란 말과 젊어 보인다는 말에 간다르의 기분이 한껏 좋아진 이때가 기회라 판단한 것이다.

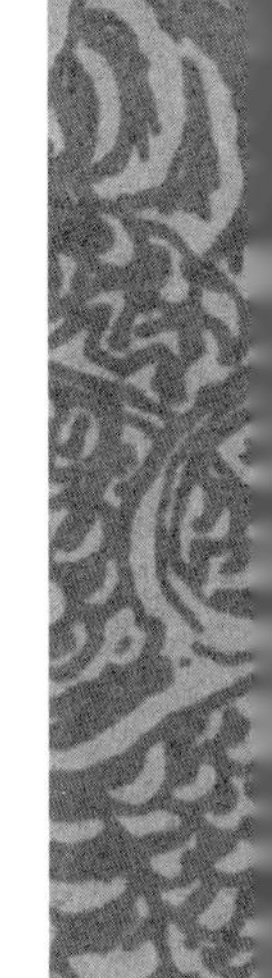

제21장

구양구음검공(九陽九陰劍功)

구양구음검공(九陽九陰劍功) 1

이십 년이나 홀로 지냈기 때문이리라. 처음만 해도 다소 두서가 없던 간다르의 말은 점차 능숙해졌다. 단천엽이 한 가지를 물을 때마다 두세 가지를 마구 섞어 대답하던 것이 점차 차분하게 정리되고 있었다.

그 와중에 단천엽은 간다르로부터 몇 가지나 되는 소림의 비사를 전해 들었다.

간다르가 장경각에서 닥치는 대로 불경을 탐독하던 중 알게 된 비사가 대부분이었는데, 그중 가장 단천엽을 놀라게 한 건 현재 소림이 두 개로 나뉜 배경이었다.

"백여 년 전까지 천하제일이라 불리던 소림백팔나한대진(少林百八羅漢大陣)이 깨졌다고요? 그것도 단 한 사람의 방문객에게요?"

믿을 수 없다는 표정이 완연한 단천엽의 물음에 간다르가 천천히 고개를 끄덕였다.

　"그랬다오. 소림의 스승들에게는 참으로 놀라운 일이 벌어진 것이지요. 빈승의 고향인 천축에서도 소림의 무공은 불법과 더불어 크게 소문나 있었을 정도니까요. 하지만 백팔나한대진을 깬 시주는 특별히 소림에 잘못을 범하진 않았더이다. 그 시주는 그저 한차례 대소를 터뜨리곤 소림을 떠났으니까요."

　단천엽 옆에서 흥미진진하게 얘기를 듣고 있던 아난이 코웃음 쳤다.

　"흥, 그거야말로 소림 땡중들의 가슴을 후벼 파놓은 거잖아! 뭐가 잘못을 범하지 않았다는 거야!"

　"가슴을 후벼 파놓다니… 여시주께서는 빈승에게 가르침을 내려주시오!"

　아난이 단천엽에게 시선을 던졌다.

　"이런 건 천엽이 더 쉽게 설명할 것 같은데?"

　"내가?"

　"천엽은 이상한 간다르하고도 얘기가 잘 통하잖아. 하는 짓도 약간 고리타분하고. 하지만 그래도 간다르보다는 약간 더 세상의 인심이나 소림 땡중들의 마음도 알고 설명도 아난보다는 잘할 수 있을 거야. 아난은 간다르처럼 멍청하진 않지만 한 번도 져본 일이 없어서 소림 땡중들의 마음을 정확히 알 수 없으니까."

　'천랑성의 소유자답게 대단한 자존심이군.'

　단천엽이 아난에게 피식 웃어 보이자 간다르가 간절한 눈빛을 던져왔다. 설명만 들을 수 있다면 아난이든 단천엽이든 상관할 바 없다는 표정이었다.

　뒤통수를 긁적인 단천엽이 설명했다.

　"확실히 아난이 한 말이 맞는 듯합니다. 소림은 그 당시까지 무림

중 천하제일이라 불렸는데, 문파의 자존심이라 해도 과언이 아닌 백팔 나한대진이 단 한 사람에게 깨졌으니 이미 치욕이라 할 수 있습니다. 그런데 놀랍게도 당사자가 비웃음만을 던지고 사라졌으니, 아무리 불제자라 하나 가슴속에 한이 남았을 것입니다.”

“그렇소이까?”

“제 생각에 몇 분 득도한 고승들께서는 개의치 않았을 테지만, 다른 몇 분의 고승들께서는 그렇지 못했을 것 같습니다.”

“그렇지만 스승들께서는…….”

말끝을 흐린 채 한차례 고개를 내젓곤 잔뜩 미간을 찌푸려 보이던 간다르가 갑자기 자신의 무릎을 때렸다.

“그렇구려, 그렇구려!”

아난의 눈에 이채가 떠올랐다.

“뭐가 그렇다는 거야?”

언제 미간을 찌푸렸냐는 듯 간다르가 입가에 활짝 웃음을 떠올리며 대답했다.

“빈승은 지난 이십 년간 어째서 불법을 애써 수련하여 세상에 전파해야 할 불제자들끼리 다툼을 벌이고 갈라지기까지 해야 했는지 크게 고민하고 있었소이다. 설혹 외인에게 패했다 한들 불법을 수련하는 데는 전혀 지장이 없는 일이고, 어쩌면 그 시주는 불존께서 보낸 보살일지도 모르지 않소이까? 불법을 수련하고 전파하는 데 힘을 쓰기는 커녕 사람을 해치는 무공에 더욱 힘을 쏟는 제자들을 일깨우기 위해서.”

‘그건 아니라고 생각하지만…….’

‘바보!’

자신의 말에 동조하지 않는 두 사람을 바라보며 간다르는 열정적으로 말을 이었다.

"그런데 오늘 두 시주의 설명을 듣고 보니 모든 것이 한낱 마귀의 장난으로 벌어진 일임을 알았소이다."

"마귀의 장난?"

"그렇소이다. 석가모니께서 보리수 밑에서 수도하던 때 마귀가 찾아와 희롱을 했소이다. 그러나 마귀는 결코 석가모니를 흔들 수 없었소이다. 오히려 석가모니의 수련을 멈추게 한 건 배를 저어가는 한 명의 늙은 뱃사공이었더이다. 깨달음을 얻은 자이기에 아주 작고 일상적인 것 속에서도 중요한 가치를 찾을 수 있었고, 용맹정진하던 수도 역시 포기할 수 있었던 것이지요."

"으응?"

"……."

아난이 눈살을 찡그렸고 단천엽의 눈빛이 깊어졌다. 간다르가 내뱉은 말은 불교를 수행하는 자들이 종종 던지곤 하는 화두였다. 불교와는 인연이 없는 아난이나 단천엽이 일시 이해할 수 없을뿐더러 이해할 필요가 없는 문제였다.

그러나 말을 끝낸 간다르의 표정은 홀가분했다. 무언가 큰 짐을 내려놓은 듯한 모습이었다. 그는 그 뒤 언제 수다쟁이처럼 떠들었냐는 듯 홀로 자신만의 생각에 잠겨들었다. 깨달음을 얻은 자들이 종종 보이는 묵상 수련에 들어간 것이다.

그러자 자신만의 세계 속으로 빠져든 간다르를 빤히 쳐다보고 있던 아난의 얼굴에 짜증스런 표정이 떠올랐다. 깨달음 뒤의 묵상 수련의 중요성을 그녀가 알 리 없었다. 다만 침묵으로 간다르의 수련을 지키는 단천엽 때문에 참고 있었으나 그녀의 참을성은 슬슬 한계를 드러내기 시작했다.

'아직 천엽은 묻고 싶은 게 많아 보이는데, 저 괴상한 간다르는 알 수 없는 말만 내뱉곤 깨어날 줄 모른다. 어쩌면 늙은 나무처럼 나이를 많이 먹었으니까 잠이 든 건지도 몰라. 그러니까 내가 옆구리를 한 방 걷어차 주면…….'

생각이 채 끝나기도 전에 아난이 움직였다. 평소 성격을 생각하면 여태까지 묵상 수련에 들어간 간다르를 지켜보고 있었던 게 용할 정도였다. 일단 행동에 들어간 그녀의 움직임은 바람처럼 빠르고 맹렬했다.

파곽!

섬광처럼 간다르의 옆구리를 노리던 아난의 신형이 재빨리 뒤로 물러섰다. 어느새 간다르의 앞을 단천엽이 가로막고 있었다. 그녀의 벼락같은 일격을 막아낸 것도 그였다.

"천엽?"

인상을 가볍게 찡그린 아난에게 단천엽이 조용히 고개를 흔들어 보였다.

"잘은 모르겠지만 지금이 대사님께는 무척 중요한 것 같아. 그러니까 우리 잠시 기다려 주자."

"그치만……."

"어떻게 보든 잠이 든 것 같다고?"

아난이 고개를 끄덕였다. 단천엽이 상대방의 생각을 먼저 넘겨짚는 것도 이젠 그리 놀라울 바 없었다.

슬쩍 간다르 쪽을 돌아본 단천엽은 뒤통수를 긁적였다.

"설혹 그렇다 해도 대사님을 그런 방식으로 깨우는 건 도리가 아니라 생각해."

"역시!"

자신을 손가락질하는 아난을 향해 단천엽이 어색하게 웃어 보였다.

간다르의 묵상 수련은 꼬박 한 시진이 지나서야 끝났다. 묵상 수련에 들어갔을 때처럼 소리없이 눈을 뜬 그의 눈에는 예전과 달리 부드러운 기운이 넘실거렸다. 천축으로부터 시작해 소림까지 이어진 선종(禪宗)의 가르침대로 일시에 얻은 깨달음이 낳은 변화였다.

흠칫!

바닥에 주저앉아 발장난을 하고 있던 아난의 어깨가 가볍게 떨렸다. 가부좌를 틀고 있던 간다르가 자리에서 일어설 때까지 그의 변화를 눈치 채지 못했기 때문이다.

파팟!

아난이 자신의 뒤로 물러서자 단천엽의 눈에 이채가 떠올랐다. 그역시 간다르의 움직임을 미처 파악하지 못했으나 아난의 과도한 경계에는 웃음이 나왔다. 눈을 뜬 간다르에게서 그는 한 점의 악의도 감지하지 못했다.

"대사님께서 대공을 이루신 건지요?"

단천엽에게 시선을 던진 간다르가 슬며시 웃어 보였다.

"소시주 덕분에 평생 쫓던 한 자락 꿈을 얻을 수 있었소이다."

"축하드립니다."

"모든 게 소시주 덕분이외다."

단천엽 뒤에서 경계의 눈초리를 번뜩이고 있던 아난이 화난 목소리로 소리쳤다.

"두 사람은 도대체 뭘 가지고 희희덕거리고 있는 거야! 아난은 기분이 나빠!"

간다르가 그녀를 바라보며 웃더니 정중히 일수합장해 보였다.

"이거, 빈승이 여시주를 놀라게 했구려. 빈승이 깨달음을 얻은 데엔 여시주의 도움도 있었으니 정말 감사드리는 바이오."

"쳇, 도대체 무슨 소리를 하는 건지……."

슬그머니 단천엽의 뒤에서 빠져나온 아난이 입술을 삐죽거렸다. 방금 전까지 전혀 잡히지 않던 간다르의 실체가 드러나자 겁먹었던 표정이 금세 사라졌다. 이제 그녀에게 간다르는 실체는 있고 종적이 묘연한 괴상한 존재가 아니었다.

그때 아난에게서 시선을 뗀 간다르가 단천엽에게 다가들었다. 역시 악의를 느끼지 못한 단천엽이 가만있자 그는 고개를 가볍게 끄덕여 보였다.

"십팔나한진을 상대할 때부터 이상하게 생각했는데, 소시주는 과연 한 점의 내공도 수련하지 않았구려."

단천엽은 순순히 시인했다.

"예, 저는 내공을 수련하지 않았습니다."

"사실 내공을 수련하지 않은 게 아니라 못한 것이겠지요."

단천엽의 얼굴에 놀란 기색이 떠올랐다. 그가 내공을 연마하지 않았다는 건 웬만큼 뛰어난 내가기공의 소유자라면 쉽사리 알 수 있는 일이었다. 간다르가 상승의 무공을 익혔음을 짐작했던 터이니 그리 놀랄 일은 아니었다.

하지만 여태까지 그의 타고난 신세 내력을 알지 못하는 사람 중 내공 수련을 안 한 게 아니라 못한 것이라 단언한 사람은 없었다. 그만큼 그의 신체 내력은 특이했고, 무공을 익힌 과정 역시 평범하지 않았다.

일시지간 대답하지 못하는 단천엽에게 간다르는 다시 고개를 끄덕여 보였다.

"처음 소시주를 봤을 때 하늘을 치솟는 선천지기를 느꼈소이다. 천축을 떠난 후 처음으로 차크라(우리 몸속에는 생명 활동을 유지하기 위한 에너지가 흐른다. 이 에너지는 우리 몸속뿐 아니라 우주 전체에 편재되어 있는 생명 에너지다. 동양에서는 이를 기(氣, prana) 등으로 불러왔다. 인체에는 이 생명 에너지의 중심 통로가 일곱 개 있다. 이를 차크라라 한다)가 하늘을 향해 열려 있는 사람을 만난 것이지요."

"차⋯ 크라?"

"차크라는 산스크리트어로 '바퀴' 혹은 '원형'을 의미하와다. 생명의 근기가 일곱 개의 차크라를 중심으로 바퀴처럼 소용돌이치면서 원형으로 모여들기 때문이외다. 이 땅의 선도(仙道) 수련에서는 차크라를 '단전(丹田)'이라고 표현하는데, '기가 모이는 밭'이라는 뜻이니, 차크라는 천축에 전승되어 온 베다의 가르침과 요기(수련자)들의 수행법에서뿐 아니라 이 땅의 철학과 선도 수련에서도 매우 중요시되는 개념인 것이지요."

"그러니까 결국 차크라란 건 내가공부에서 이르는 단전을 말하는 것이군요."

"그렇다고도 할 수 있고 아니라고도 할 수 있소이다. 요가에서는 쿤달리니 각성이라는 말이 있는데, '척추의 맨 끝에 뱀처럼 똬리를 틀고 있는 생명의 근원'이라는 의미로 잠재된 이 기운이 깨어나면 척추에 위치한 차크라를 따라 상승하면서 의식의 각성이 이루어진다고 하외다. 그러니 차크라는 인간의 영적인 성장과 매우 밀접한 관련이 있소이다."

"영적인 성장……."

"차크라를 이해하고 체험하는 것은 생명의 흐름을 이해하는 길이며, 더불어 삶과 죽음의 의미를 깨닫는 과정이기도 합니다. 차크라를 온전히 인식하게 되면 인생 전반에 걸쳐 모든 문제에 대한 근본인 답을 얻을 수 있고, 인간의 참본성인 진아(眞我)를 깨닫고, 삶의 목적과 의미를 찾을 수 있는 열쇠를 얻을 수 있기 때문이지요."

매우 긴 설명이었다. 설명을 듣던 중 아난이 자신도 모르게 하품을 했을 정도였다. 그러나 단천엽은 일시 알아듣기 힘든 간다르의 얘기에 조용히 귀 기울였다.

설명하는 방식은 다르나 그의 얘기를 듣고 있자니 귀신론을 떠들어대던 영환도사 최필이 떠올랐다. 황당무계하던 그의 말도 후일 진실임이 밝혀졌는데, 간다르의 말이라고 믿지 못할 바 없었다.

잠시 생각을 정리한 단천엽이 말했다.

"그럼 결국 차크라가 단전과 다른 점은 정신적인 측면이겠군요? 차크라를 수련하는 것이 바로 정신적인 깨달음에 도달하는 수단이라 말씀하시는 듯하니까요."

"그렇소이다. 역시 하늘로 이르는 차크라를 연 시주답게 깨닫는 게 빠르시오."

"하늘로 이르는 차크라라는 건 상단전을 말씀하시는 것이겠지요?"

"이 땅에선 그렇게 부르더구려. 한 번도 소시주처럼 하늘로 이르는 차크라만을 연 분은 보질 못했지만."

"그럼 천축에서는 저처럼 차크라를 연 사람을 보셨다는 겁니까?"

"그야……."

곧 대답하려던 간다르가 단천엽을 향해 담담히 웃어 보였다. 무언가
를 깨달았다는 듯.

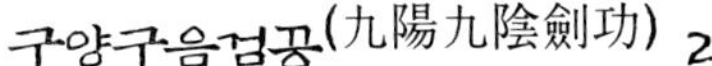

‘내 속마음을 들킨 것인가?

간다르의 시선에 단천엽은 얼굴이 가볍게 달아오르는 걸 느꼈다. 차크라에 대한 설명이 중간쯤 이르렀을 때 그는 축기를 쌓을 수 없는 자신의 하단전을 떠올렸고, 간다르에게서 돌파구를 얻고자 했던 것이다.

그때 단천엽을 물끄러미 바라보던 간다르가 허공에 동그라미 하나를 그려 보였다.

‘아!’

단천엽은 간다르가 허공에 그려 보인 동그라미가 의미하는 바를 금세 눈치 챘다. 그가 그린 동그라미는 정확히 단천엽의 인당혈이 열린 크기였다. 보통 사람의 눈에는 절대 보이지 않을 터임에도.

간다르가 입을 열었다.

“소시주의 차크라는 이미 하늘을 향해 열려 있지만, 하늘의 기운을 완전히 몸 안으로 받아들이진 못하고 있소이다. 그러나 그건 결코 나쁜 일은 아니라오. 그저 이미 너무 많은 기운을 소시주가 몸 안에 품고 있기 때문일 뿐이니까."

"그게 무슨?"

"인간의 몸은 하나의 그릇이오. 비어 있을 때는 채울 수 있지만, 이미 가득 찬 곳에 무엇을 담을 순 없다오. 물론 깨달음을 통해 그릇 자체를 키울 순 있지만, 그것도 소시주에게는 통하지 않을 것 같구려. 몸에 담긴 기운 자체가 형언할 수 없을 정도인데 어느새 하늘을 향한 차크라마저 열어버렸기 때문이오."

"……."

"다만 빈승이 가만히 지켜보자니 소시주는 몸 안에서 차고 넘치는 기운을 적당히 밖으로 배출하는 공부를 이룬 듯 보이더구려. 보통 사람이 그런 방법을 장기적으로 사용한다면 몸을 버릴 테지만, 소시주에게는 오히려 약이 되오이다. 소시주의 몸 안에 담긴 힘은 그런 식으로라도 밖으로 배출시키지 못하면 결국 독이 될 것이기 때문이오."

'야수감각도!'

단천엽은 일시간 몸 안에서 꿈틀거리는 거대한 기운을 느꼈다. 인식이 발동하자 잠자고 있던 야수가 이빨을 드러내고 있었다.

그때 다시 단천엽의 인당혈 부분을 손가락으로 가리킨 간다르가 말을 이었다.

"게다가 소시주는 또 다른 기운을 익혀 현재 몸 안의 거대한 기운을 적절히 다스리고 있소이다. 비록 완벽한 처방은 아니지만 지금으로선 최선의 방도를 강구했다 할 수 있지요."

"……."

"그러니 빈승과 같은 범인이 달리 소시주에게 해드릴 건 없는 것 같고……."

잠시 말을 멈춘 채 고심하는 표정을 지어 보이던 간다르가 갑자기 걸음을 옮겼다. 아난에게 들켜 몸을 드러내기 전까지 숨어 있던 기관의 중추가 위치한 방향이었다.

'이런!'

일순 머뭇거리며 간다르의 뒤를 좇지 못한 단천엽의 어깨를 아난이 툭 때렸다.

"아난."

"잘은 모르겠지만, 간다르는 따라오라고 말하고 있잖아. 손해 볼 건 없어 보이는데 빨리 따라가야지."

'손해 볼 건 없다?'

아난의 단순 명쾌한 논리에 마음이 가벼워진 단천엽은 얼른 간다르의 뒤를 좇았다. 확실히 여태까지 그가 보인 행동이나 말을 종합해 볼 때 손해 볼 일은 없어 보였다.

"이곳은……."

간다르의 뒤를 좇아 암흑 속에 감춰져 있던 기관의 중추에 도착한 단천엽의 입이 가볍게 벌어졌다. 똑같은 색깔을 교묘히 이용해 만들어진 공간이 생각보다 넓었고, 달랐기 때문이다.

"우와! 무슨 책이 이렇게 많아! 연옥에 있는 천무서각(天武書閣) 정도는 되는 것 같은데?"

단천엽의 뒤를 따라 들어선 아난의 외침은 결코 과장된 것이 아니었다. 오히려 다소 미흡한 면이 있었다. 그만큼 기관의 중추 안은 수없이 많은 책으로 가득했다.

그때 자신을 좇아온 두 사람을 향해 고개를 돌린 간다르의 입가에 수줍은 미소가 떠올랐다.

"허허, 심심파적 삼아 그동안 공부한 것을 적어놓은 것들이지요."

"에? 그럼 이 책들을 모두 간다르가 썼다는 거야?"

간다르가 고개를 끄덕여 보이자 아난이 갑자기 손가락질을 했다.

"거짓말!"

"지, 진짜입니다."

아난의 고개가 좌우로 흔들렸다.

"거짓말이야! 아무리 이십 년 동안 갇혀 있었다곤 해도 이렇게 많은 책을 쓸 수는 없어! 기껏해야 앞에 보이는 서가 하나쯤 채웠을 거야!"

"그, 그건……."

아난의 눈빛이 반짝였다.

"역시 그렇구나!"

간다르의 낯이 가볍게 붉어졌다. 아난의 추궁이 완전히 틀린 말은 아닌 모양이었다.

"빨리 말해 봐! 말하라구!"

"……."

아난이 팔짝거리며 소리치자 간다르가 다시 귓불로 귀를 막았다. 게다가 그는 얼른 고개를 돌려 그녀를 외면하기까지 했다.

"어? 날 무시하는 거야?"

"어디서 날파리가 날아다니는가!"

"뭐!"

발끈 화를 낸 아난이 간다르에게 달려들려 하자 단천엽이 슬쩍 신형을 움직여 가로막아 섰다.

"천엽?"

"대사님께도 남에게 말하기 힘든 사정이 있을 거야. 너무 몰아붙이는 것도 도리가 아니라구."

"하지만 중이 된 주제에 거짓말을 하는 건……."

"게다가 한차례 둘러보니, 이곳에는 불경(佛經) 외에 몇 가지 무경(武經)도 있는 것 같아."

"무경?"

"어쩌면 연옥의 천무서각이란 곳에 비치되어 있지 않은 게 있을지도 모르지. 그러니까……."

휘익!

단천엽의 말이 끝나기도 전이었다. 방금 전까지만 해도 간다르를 잔뜩 흘겨보고 있던 아난이 얼른 근처에 위치한 서가로 달려들었다. 주인인 간다르의 허락도 받지 않고 몇 권이나 되는 책을 뽑아 드는 그녀의 행동엔 전혀 망설임이 보이지 않았다.

아난을 제지하는 척하다 슬쩍 자신을 훔쳐보는 단천엽의 모습을 지켜보던 간다르의 입에서 한숨이 흘러나왔다. 어떻게 보면 순진하고, 달리 보면 교활한 단천엽의 종잡을 수 없는 행동에 어찌할 바를 모르게 된 것이다.

'그러나 소시주 덕분에 빈승은 수십 년간 헤매던 미망에서 빠져나올 수 있었다. 소림의 장경각에서 외운 불경을 베껴 쓴 일도 여시주에게 추궁받지 않게 됐고.'

생각하면 할수록 단천엽에게 고마운 마음이 생긴 간다르가 잔뜩 늘어서 있는 서가 쪽으로 걸어갔다. 중원에서는 처음 보는 단천엽의 중상을 보자마자 떠올렸던 무경을 찾기 위함이었다.

'필시 이곳쯤이었는데……'

불경을 꽂아뒀던 곳과는 달리 십수년간 찾지 않던 후미진 서가였다. 뽀얀 먼지가 내려앉은 서가를 더듬던 간다르의 손에 누렇게 변색된 무경 하나가 딸려 나왔다. 주변의 다른 책과 달리 잔뜩 세월의 때가 묻어 있었다.

"옳지! 아직 빈승의 기억력이 써먹지 못할 것은 아니로구나!"

어린아이처럼 좋아하던 간다르가 뒤로 물러서 있던 단천엽에게 수중의 무경을 던졌다.

파락!

"이건?"

얼떨결에 무경을 받아 든 단천엽에게 간다르가 말했다.

"그 책의 이름을 빈승은 구양구음검공비록(九陽九陰劍功秘錄)이라 지었소이다."

"구양구음검공비록?"

"본래 이름은 따로 있었지만, 이름이 쓰였어야 할 부분의 글자가 사라져 그리 지었구려."

"…그렇군요."

수중의 누런 색 표지의 무경을 내려다본 단천엽의 얼굴에 수긍의 기색이 떠올랐다. 확실히 그가 받아 든 무경의 겉면은 한쪽 면이 시커멓게 먹물로 칠해져 있었다. 누군가 고의로 무경의 이름을 지웠다고 밖엔 볼 수 없는 광경이었다.

무경의 겉장을 매만지는 단천엽에게 간다르가 다가왔다.

"구양과 구음은 빈승이 소림에 들어간 후에 익힌 몇 가지 무공 중 하

나라오. 소림의 무수히 많은 무공 중에 마음에 들어 익힌 건 그 두 가
지였는데, 소시주의 손에 들린 무경을 우연찮게 찾고는 그마저도 그만
뒀소이다.”

“이 무경 속에 수록된 검공에 구양과 구음의 이치가 모두 담겨 있었
기 때문인지요?”

“그것도 그렇소만, 무경을 참오하던 중 심마(心魔)가 이는 걸 느꼈기
때문이외다.”

“심마?”

“허허, 빈승과 같이 불존을 향해 나아가는 사람에게나 해당되는 것
이니 소시주는 염려할 것 없소이다.”

나직이 웃어 보인 간다르가 책을 여는 시늉을 해 보였다. 단천엽더
러 무경을 열어보라는 뜻이다.

‘대사님이 무경의 이름을 구양구음검공비록이라 지은 걸 보면 필시
이 안에는 검법이 수록되어 있을 것이다. 그것도 일종의 신공을 중심
으로 연마하는 정통 내가검법이. 내공없이 권법과 창술만 연마한 내겐
그림의 떡이지만, 성의를 생각해서 보는 척이라도 해야겠구나.’

내심과 달리 간다르에게 미소를 던진 단천엽이 성의없는 태도로 책
장을 넘겼다. 몇 줄의 글귀가 지나갔고 다시 간단명료한 도해와 더불
어 윗옷을 벗은 승려의 그림이 나타났다. 그의 예상대로 그림이 만들
어내는 동작 하나하나마다 진기의 움직임이 여실히 보였다. 검법 그
자체가 하나의 내공심법이나 다름없는 것이다.

‘역시!’

나직한 한숨과 함께 책장을 덮으려던 단천엽의 눈에 문득 이채가 떠
올랐다. 어느새 검공도보 속의 그림과 똑같은 움직임이 몸 안에서 진

행되고 있었다. 평생 느껴본 일이 없는 충만하고 따뜻한 기운과 더불어.

“엇!”

자신도 모르게 신음을 토한 단천엽에게 놀란 아난이 달려왔다. 어느새 골라든 몇 권의 무경을 바닥에 내동댕이친 그녀의 얼굴엔 염려의 기색이 가득했다.

“천엽, 무슨 일이야?”

“…….”

“혹시 간다르가 못된 짓이라도 한 거야?”

간다르의 얼굴에 억울하다는 표정이 떠올랐다.

“빈승이 어찌 소시주에게 해를 끼치겠소이까? 여시주는 너무 빈승을 핍박하는 게 아니오?”

아난의 시선이 간다르를 향했다.

“그럼 천엽이 어째서 아난의 말에 대답이 없는 거야! 천엽은 작은 일에 놀라거나 당황하는 사람이 아니란 말야!”

“단지 그런 이유로…….”

“그 정도 이유면 충분하지!”

아난은 당장 간다르에게 달려들 듯 맹렬한 기세를 뿜어냈다. 처음 간다르가 호신강기를 일으켰을 때처럼 무시무시하고 강렬한 기세였다.

“아미타불!”

자신도 모르게 뒤로 한 걸음 물러선 간다르의 불호성에 단천엽이 흠칫 어깨를 떨었다. 몸속에서 유동하기 시작한 괴이한 기운에 대한 집중이 한순간 깨진 것이다.

“후우!”

나직한 한숨과 함께 눈을 뜬 단천엽이 고개를 가볍게 흔들었다. 그의 앞을 가로막은 아난이 발산하는 투기만으로도 전후의 사정을 파악할 수 있었다.

"아난, 대사님께 불경을 저질러선 안 돼."

"천엽?!"

고개를 돌린 아난에게 단천엽이 웃어 보였다.

"대사님이 화나시면 아난이 애써 고른 무경은 다시 제자리에 꽂히는 운명이 될 수도 있다구."

"천엽은 괜찮은 거야?"

"응, 나는 아무 이상도 없어."

"헤, 다행이다."

"하하!"

아난에게 한차례 웃음을 던진 단천엽이 얼른 무경을 품안에 쑤셔 넣었다. 이젠 상황이 어떻게 돌아가든 구양구음검공비록을 포기할 순 없다는 판단이었다.

그런 후 간다르에게 다가간 단천엽이 웃음 띤 얼굴로 말했다.

"설명해 주시겠습니까?"

간다르의 눈에 힘이 들어갔다.

"역시 소시주의 차크라가 움직이기 시작했구려?"

"제 몸속에서 움직인 게 차크라인 겁니까?"

"이 땅의 말로는 선천지기라 함이 옳을 것이오. 하늘로부터 받아들인 차크라가 아니라 소시주의 몸 안에 있는 기운이 눈을 뜬 것이니까."

"그렇지만 저는 이전부터 몸속의 잠능을 사용할 수 있었습니다만?"

"그저 몸 안에 흩어진 기운을 사용했을 뿐이겠지요, 하단전을 사용할 수 없었을 테니. 하단전에 축기를 쌓는 것과 아닌 것의 차이는 생각보다 크다오."

단천엽의 안색이 변했다.

"그럼 저는 이제 하단전을 사용할 수 있게 된 것입니까?"

"그건 아니라오."

"그럼?"

간다르가 설명하듯 말했다.

"구양구음검공은 일반적인 중원의 내공심법과 달리 몸 전체를 이용해 축기를 쌓는다오. 꾸준히 수련한다면 딱히 하단전에 연연할 필요가 없지요. 어떤 곳이든 연상하는 것만으로 단전이 되고 축기를 쌓을 수 있으니까."

"그래서……."

"빈승과 소시주 간에는 전생으로부터 억겁보다 더 깊은 인연이 있었나 보오."

조용히 웃는 간다르를 향해 단천엽이 정중히 허리를 숙여 보였다. 그의 말대로 억겁의 인연이 있는지는 모르겠으되, 축기를 형성하여 체내의 내기를 온전히 만들 수 있는 계기를 만난 셈이었다. 모자란 것이 채워질 기회를 잡았으니 그 기쁨은 말로 형언할 수 없을 만큼 컸다.

구양구음검공비록 하나로 만족한 단천엽과 달리 아난은 꽤나 욕심을 부렸다. 그녀는 반나절을 소진한 끝에 다섯 개나 되는 소림과 천축의 무경을 찾아냈다.

—회선장요결(回旋掌要訣).

—고불권법총람(古佛拳法總覽).

—백팔좌공비결(百八座功秘訣).

—유가신공결(瑜伽神功訣).

—건곤선수공(乾坤禪手功).

하나같이 이름은 그럴듯하나 강호에 모습을 드러내면 피바람이 불 만한 가치를 지녔는지는 미지수였다. 아난은 무공의 위력이나 명성으로 무경을 고른 게 아니라 내용이 기괴하고 특이한 것 위주로 뽑았기 때문이다.

덕분에 기관의 문이 열리는 시기를 놓친 단천엽과 아난은 다시 하루를 용문 삼십육방에서 머물게 됐다.

그는 그렇게 비게 된 시간을 조용히 구양구음검공을 살피는 데 할애했다. 간다르의 말을 완전히 신뢰할 순 없지만, 아예 포기하고 있던 집안의 괴질을 극복할 방법을 찾은 것인지도 몰랐다. 따로 낭비할 시간은 없었다.

그렇게 한참 구양구음검공에 심취해 있던 단천엽에게 간다르가 다가왔다.

"험험, 소시주의 집중력이 놀랍구려."

"아, 대사님…….”

좌공을 풀고 몸을 일으키려는 단천엽을 간다르는 손을 흔들어 만류했다.

"그냥 앉아 계시오. 소시주가 빈승 때문에 그렇게 몸을 일으키면 또 시끄러운 여시주가…….”

"아난이 시끄럽다는 거야?”

바로 귓전으로 파고드는 새된 목소리에 간다르는 고개를 가로저었다. 여기서 말을 받으면 바로 아난이 달려오리란 걸 짐작한 것이다.

대신 단천엽이 소리쳤다.

"아난은 전혀 시끄럽지 않아!”

"당연하지!”

"그런데 나는 지금부터 대사님께 공부할 게 있는데…….”

"아난도 책을 살피느라 바빠!”

“아, 그럼 내가 방해해선 안 되겠구나.”

“쳇!”

단천엽과 몇 마디를 나눈 아난이 더 이상 시비를 걸지 않자 간다르의 얼굴에 놀랍다는 표정이 떠올랐다.

불문에 귀의하기 전에는 고귀한 왕자로 모든 여인들의 떠받듦을 받았고, 불문에 귀의해서는 여인의 그림자조차 보지 못한 그였다. 아난 또래의 계집아이를 상대하는 건 대각을 이루는 것보다 힘든 게 당연했다.

간다르의 표정을 살펴 그의 내심을 눈치 챈 단천엽이 입가에 미소를 담았다.

“아난은 한동안 책을 볼 겁니다.”

“그렇구려.”

천천히 고개를 끄덕여 보인 간다르가 품 안에서 밤색 모양의 환약 하나를 꺼내 들었다.

“그건?”

“이건 벽곡단이라 부르는 거요. 관문에 도전한 후 먹은 게 없을 텐데 이걸로라도 요기를 하시오. 세속에서 먹는 것처럼 맛은 없으나 배는 부를 것이오.”

“그 조그만 환약이 식사 대용이 된단 말씀이십니까?”

“본래 중원도가의 신선들이 곡기를 끊기 전에 먹는다고 알려진 것이지만, 빈승이 지난 이십 년간 목숨을 연명하자니 어쩔 수 없이…….”

말끝을 흐리며 안색을 붉히는 간다르를 향한 감탄을 단천엽은 숨기지 않았다. 그가 불교뿐 아니라 도가까지 공부한 것도 놀랍지만, 음식도 없는 곳에 유폐시킨 소림에 대해 전혀 악감을 갖고 있지 않다는 것은 존경스러울 지경이었다.

'게다가 소림은 필시 자신들의 치부와 비밀을 숨기기 위해 간다르 대사님을 유폐하는 데 그치지 않고 죽이려 했을 것이다. 그러니 대사님이 사용하는 물건은 대부분 이곳을 도전했던 도전자들에게서 얻은 게 전부일 텐데, 이십 년을 살아남았을 뿐 아니라 끝까지 불법을 향한 걸음을 멈추지 않다니! 그 우직함과 생존력은 가공스러울 지경이구나.'

손을 뻗어 벽곡단을 받아 든 채 잠시 상념에 젖어 있던 단천엽이 문득 생각난 듯 아난을 향해 손짓했다.

"아난, 이리 좀 와봐."

간다르의 안색이 굳어진 것과 동시에 책장을 넘기는 중에도 단천엽 쪽을 주시하고 있던 아난이 냉큼 달려왔다.

벽곡단이란 말을 들었을 때부터 참견하고 싶은 걸 억지로 참았던 만큼 그녀의 얼굴엔 생글거리는 미소가 잔뜩 매달려 있었다.

"바쁜 아난을 왜 불렀지?"

단천엽은 벽곡단을 아난에게 보여줬다.

"먹기만 하면 허기를 면할 수 있는 신기한 단약이야. 아난이 궁금해할 것 같아 불렀어."

"먹기만 하면 배가 불러?"

"그렇다는군."

아난의 시선이 간다르를 향했다.

"그런 게 있으면서 지금까지 간다르 혼자 먹었다는 거군?"

간다르가 항변하듯 말했다.

"그래서 방금 소시주에게……."

"난?"

간다르는 아난의 시선을 외면했다. 대답이 궁색해진 것이다. 그러나 계속되는 아난의 눈초리를 끝까지 무시할 순 없었으리라.

한 겹 철판을 드리운 얼굴이 된 간다르가 어울리지 않게 근엄한 목소리로 말했다.

"몇 끼니쯤 굶는다고 극락왕생하진 않는다오."

"뭣!"

"아미타불! 아미타불!"

더 이상 대화하지 않겠다는 의지가 실린 불호성과 함께 아난의 인상이 잔뜩 일그러졌다. 첫 만남부터 뒤틀린 두 사람 간에 다시 전운이 감도는 순간이었다.

그런데 당장이라도 간다르에게 달려들려던 아난이 갑자기 태도를 바꿨다. 그녀를 바라보는 단천엽의 시선을 느낀 것이다.

'에구, 얼굴 닳겠네! 천엽은 이 멍청하고 바보 같은 색목인이 그렇게 좋은가? 차크라니 뭐니 내가 듣기엔 다 헛소리로 들리던데…….'

슬그머니 단천엽 옆에 다가가 앉은 아난이 재빨리 벽곡단을 뺏아 들었다. 아예 신경 쓰지 않던 때와 달리 갑자기 배가 고파왔다.

"쳇, 이런 걸로 정말 배가 부르려나?"

"그럼 드시지 말던가?"

밉살맞은 말을 던지는 간다르를 한차례 노려본 아난은 벽곡단을 냉큼 입 안에 털어 넣고는 제자리로 돌아갔다. 만약 수중에 들린 것이 절대의 독약이었다 해도 지금의 그녀라면 복용을 망설이지 않았으리라.

아난의 뒷모습을 곁눈질로 확인한 간다르가 단천엽에게 다시 벽곡단을 내밀었다. 그는 처음부터 두 개의 벽곡단을 준비해 뒀던 것이다.

"감사합니다."

벽곡단을 입 안에 털어 넣은 단천엽의 눈에 이채가 떠올랐다. 별다를 게 없다던 간다르의 말과 달리 벽곡단이 목으로 넘어간 이후 벌어진 몸의 변화는 심상치 않았다. 가벼운 포만감과 더불어 온몸이 나른하게 풀렸다.

"이건……."

간다르의 입가에 벙긋한 미소가 떠올랐다.

"허허, 특별히 소시주의 벽곡단에는 통증을 완화시켜 주는 약재를 섞었소이다. 아무래도 생살을 지지려면 겉가죽이 조금 아플 수 있으니까요."

"예?"

"소림 삼십육방을 모두 통과했으니 통과자의 표시를 몸에 새겨야 하지 않겠소이까?"

간다르는 단천엽의 대답을 기다리지 않고 기관을 조작했다. 그러자 익숙한 기관음과 함께 잔뜩 늘어서 있던 책장 중 한쪽 면이 옆으로 이동하며 숨어 있던 장치가 등장했다.

"화로?"

그랬다. 밀려난 서가 사이에서 튀어나온 비밀 장치는 하나의 큼지막한 화로였다, 두 마리 용이 여의주를 쟁패하는 모양이 음각되어 있는.

타오르는 불길로 시뻘겋게 달아올라 있는 쌍룡쟁투를 바라보며 잠시 만감이 교차하는 표정을 짓던 간다르가 나직이 탄식했다.

"그동안 얼마나 많은 소년 영웅들이 이곳에 왔고 뜻을 이루지 못했던가! 오늘 드디어 쌍룡의 인(印)을 받을 자를 만났으니, 빈승의 이십 년도 그리 헛되지는 않았구나!"

"쌍룡의 인……."

불현듯 좀 전 간다르가 했던 말을 떠올린 단천엽의 안색이 가볍게 굳어졌다.

"대사님, 설마 저더러 저 화로를 끌어안아 양팔에 쌍룡의 인을 받으란 뜻입니까?"

간다르가 고개를 끄덕였다.

"그렇소이다. 쌍룡의 인은 소림 삼십육방을 통과한 자들이 받는 자랑스런 상징이라오."

"대사님, 미처 말씀드리지 못했는데, 사실 저는 소림의 제자가 아닐 뿐더러 아예 그곳과는 관계가 없는 사람입니다."

"소시주의 무공 내력을 보고 이미 짐작했소이다."

"그런데도 제가 쌍룡의 인을 받아야 하는 겁니까?"

"그게 규칙이라오. 소림의 뭇 스승들께서 빈승에게 내려준 규칙."

단천엽은 간다르의 말속에서 무언가 이상한 점을 발견했다. 그를 향해 말을 하면서도 간다르는 자신을 지칭하고 있는 것이다.

단천엽이 문득 말했다.

"혹시 대사님은 용… 소림 삼십육방을 통과하는 사람이 나오기까지 이곳을 떠나지 못하시는 게 아닙니까?"

"소시주가 그걸 어떻게……!"

"역시 그렇군요."

고개를 끄덕인 단천엽의 시선이 붉게 달아오른 화로를 바라봤다. 재질이 무엇인지는 모르겠지만, 화로에 음각된 쌍룡은 금방이라도 살아서 꿈틀댈 듯 생동감이 넘쳤다.

'용 문신 하나 새기는 것도 나쁘진 않겠지? 대사님이 준 약을 먹고

몸의 감각도 많이 떨어져 있으니 통증도 덜할 테고.'

단천엽이 장포를 벗어 상체를 드러내자 멀리서 호기심 어린 눈빛을 던지고 있던 아난이 왈칵 소리쳤다.

"천엽, 뭐 하는 짓이야!"

경호성과 함께 달려온 아난이 양팔을 벌리고 단천엽의 앞을 가로막아 섰다. 아랫입술을 깨문 얼굴에 단호한 결의가 흘러넘쳤다. 평소의 여유 넘치던 기색이 지금은 전혀 보이지 않았다.

단천엽이 타이르듯 말했다.

"아난, 나는 이곳의 관문을 통과하기 위해 들어온 거야."

"누가 뭐래?"

"그러니까 마지막 관문을 통과해야지."

"……."

잠시 침묵을 지키며 고민하는 표정을 짓던 아난이 노한 표정으로 소리쳤다.

"아난은 문신한 남자가 싫어!"

"그럼 내가 문신을 하면 싫어하겠단 거야?"

"그, 그건……."

"설마 아난 같은 여장부가 그런 작은 문제에 신경 쓸 리 없다고 난 믿고 있어."

"이익!"

단천엽을 확 밀쳐 버린 아난이 신형을 돌리더니 바람처럼 화로로 달려가 쌍수를 떨쳐 냈다.

쾌쾅!

미처 말릴 틈도 없는 신속 과격한 일격! 과거 소림무적신화의 상징이나 다름없었던 쌍룡승천로(雙龍昇天爐)가 박살나는 순간이었다.

"저저저……!"

입을 딱 벌린 간다르에게 돌아온 아난이 그를 향해 어깨를 가볍게 으쓱해 보였다.

"이젠 됐지?"

"……."

"기관이란 건 통과하나 부수나 마찬가지잖아. 통과하는 대신 부쉈으니 된 거잖아."

두 손을 탁탁 털어 보이는 아난을 바라보는 간다르의 얼굴이 일순 평온을 되찾았다. 가사 자락이 떨릴 정도로 치솟았던 노여움이 그녀의 마지막 말에 모두 풀려 버린 것이다.

'깨달음의 한 자락을 얻었다 여겼거늘 여전히 미망이로다. 어찌 십여 세밖에 안 된 계집아이가 아는 것을 평생 불법을 향해 일로정진했다 자부하던 빈승이 몰랐더란 말인가! 소년은 용기가 있고 소녀는 현명하니, 빈승이 금일 참으로 보기 드문 한 쌍의 용봉을 만났도다!'

"아미타불! 아미타불!"

과거와는 사뭇 다른 뜻이 담긴 불호를 외우며 간다르는 입가에 미소를 떠올렸다. 수십 년 동안 얻지 못했던 깨달음을 연달아 얻었음을 자축하는 웃음이었다.

그러나 간다르의 미소는 그리 오래가지 못했다. 어느새 단천엽에게 쪼르르 달려간 아난의 잔뜩 힘이 들어간 목소리가 그의 귀청을 때렸다.

"그거 봐. 저런 바보 같은 땡중은 그저 큰 목소리로 강하게 밀어붙인 후에 우기면 그만이라구."

'아미타불! 아미타불!'

눈을 질끈 감은 간다르가 다시 귓불로 귀를 막았다. 방금 전까지 불존이 보내준 보살 같던 아난이 명부의 나찰이나 아귀처럼 느껴졌다.

'어쨌든 용문 삼십육방도 끝난 것인가?

간다르와 아난 사이를 억지로 갈라놓은 단천엽의 입에서 가벼운 한숨이 흘러나왔다. 체력적으론 아무런 문제가 없으나 다소 정신적인 피로가 느껴졌다. 은연중에 용문 삼십육방은 그를 압박하고 있었던 것이다. 우연히 발생한 하루의 휴식이 꿀맛처럼 여겨질 정도로.

그러나 그는 꿈에도 모르고 있었다, 우연찮게 늦춰진 하루란 시간이 용문 내에 이상 기류를 형성시켰다는 것을. 그래서 사흘이 지나도 모습을 드러내지 않는 기대의 신입에 대한 설왕설래가 일기 시작했다는 것을.

제22장

화려한 신고식

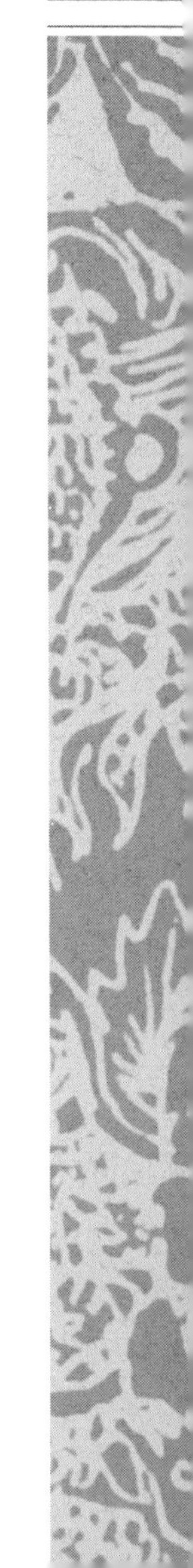

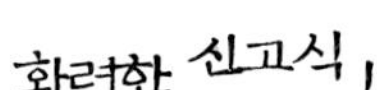

　용문 삼십육방의 출구가 열릴 시간이 되었다. 기관중추에 설치되어 있는 모래시계로 시간을 확인한 단천엽은 아난과 함께 길을 나섰다.

　하루 동안 휴식을 취한 덕분에 완전히 기력을 회복한 단천엽의 발걸음은 가벼웠다. 여태까지 중첩된 기관과 함정을 피하느라 조심스러웠던 태도도 아난의 경쾌한 움직임과 더불어 조금쯤 대범하게 바뀌어 있었다.

　'그런데 대사님께서는 어디까지 마중을 나오려는 거지?'

　눈앞에 출구가 보이자 한참을 앞서 걸어가던 단천엽이 묵묵히 뒤따르던 간다르를 향해 질문하듯 말했다.

　"대사님, 제가 검공비록을 살펴보니 걸음걸음마다 체내의 기운을 운집하고 흐트러뜨리길 반복하는 게 일반적인 내공심법과는 사뭇 달랐습니다. 일정하게 같은 동작을 반복하는 걸로 축기를 하단전이 아닌 몸 전체에 쌓는다는 건 알겠습니다만, 어떻게 쌓인 축기를 중단전으로 이끌어 상단전과 소통하게 하는지는 전혀 감이 잡히지 않습니다."

"……."

"그래서 대사님께서는 사람의 몸에 일곱 개의 차크라가 있다고 했는데, 혹시 검공비록의 요체는 중원의 내공과 달리 일곱 개의 차크라를 활용하는 것인지요?"

"허허허……."

연이은 질문에 그저 웃기만 하는 간다르의 태도에 단천엽은 문득 발걸음을 멈췄다. 그가 입을 연 순간부터 옆에서 눈짓을 주기 시작한 아난이 아니더라도 마음이 움직이는 바가 있었다.

"혹시 대사님께서는 구양구음검공을 수련하지 않으신 게 아닙니까?"

단천엽을 좇아 발길을 멈춘 간다르가 근엄하게 일수합장해 보였다.

"일전에 비급을 넘기며 소시주에게 말하지 않았소이까. 빈승은 검공비급을 살피다 심마가 일어 수련하지 않았다오."

"그렇군요."

고개를 끄덕이는 단천엽 옆에서 눈살을 찡그리고 있던 아난이 왈칵 목소리를 높였다.

"그렇긴 뭐가 그렇다는 거야! 자기가 익히다 심마가 일어서 한구석에 팽개쳐 놨던 걸 천엽에게 줬는데도 화가 나지 않는다는 거야? 그리고……."

고개를 돌려 간다르를 쏘아본 아난이 입술을 살짝 내밀었다.

"간다르는 어째서 아까부터 우리 뒤를 졸졸 좇아오는 거야? 굳이 간다르가 배웅하지 않더라도 아난과 천엽은 출구를 찾을 수 있다구."

"그러시겠지요."

"설마 하니 우릴 좇아 이곳을 나가려는 건 아닐 테지?"

"여시주의 말이 맞소이다."

아난의 눈썹이 역팔자가 됐다.

"뭐라구!"

간다르의 얼굴에 담담한 미소가 떠올랐다.

"빈승은 어제 여시주가 했던 말을 듣고 크게 깨달음을 얻었소이다."

"뭘 깨달았는데?"

"빈승이 법(法)에만 집착하여 의(意)를 등한시하는 큰 오류를 범했음을 깨달은 것이지요."

"그래서?"

"이십 년간 법에 집착했으니 이젠 의를 좇아 세상으로 나서겠다고 마음먹은 것이지요."

'이 땡중이 또 헛소리를 지껄이기 시작했구나.'

내심 한숨을 내쉰 아난이 다시 뭐라 힐난하려 하자 단천엽이 슬그머니 끼어들었다.

"대사님께서는 이곳을 떠나 세상으로 나갈 생각이 드신 것이군요?"

간다르가 고개를 크게 끄덕였다.

"그렇소이다, 그렇소이다. 역시 소시주는 빈승의 마음을 알아주는 지기올시다."

아난이 소리쳤다.

"가만, 세상으로 나가겠다고? 우리를 따라서?"

간다르가 아난에게 다시 고개를 끄덕였다.

"그렇소이다."

"왜?"

"그러니까 빈승이 앞서 말했다시피……."

아난의 입가에 교활한 미소가 떠올랐다.

"그러니까 아난하고 천엽의 은혜로 간다르는 깨달음을 얻었고, 이제
는 우리의 뒤를 좇아 세상으로 나오겠다는 거구나."

"그건……."

"아냐?"

"마, 맞소이다."

다소 떨떠름한 표정이 된 간다르를 바라보는 아난의 얼굴에 득의양
양한 기색이 떠올랐다.

"헤헤, 그럼 아난하고 천엽의 뒤를 따라 세상에 나오겠다는 건 은혜
를 갚겠다는 뜻이겠네?"

"……."

"설마 하니, 불법을 수련한 불제자란 사람이 남에게 받은 은혜를 갚
지 않겠다는 건 아니겠지?"

간다르는 일순 기가 막혀 입을 다물었다. 아난의 얘기를 듣고 보니
틀린 데는 없는데 왠지 모르게 손해 보는 느낌이 들었다. 오랫동안 세
상과 격리되어 살았다곤 하지만 그는 바보는 아니었다.

"음. 그것은, 그것은……."

말을 더듬기 시작한 간다르와 아난을 바라보며 속으로 크게 웃은 단
천엽이 슬며시 끼어들었다.

"아난, 대사님은 단지 세상으로 나가서 그동안 경험하지 못한 일들
을 경험하며 새롭게 불도를 닦으시려는 거야. 어찌 새롭게 인생을 시

작하시려는 분을 괴롭히는 거야?"

아난은 단천엽을 바라보며 살짝 새하얀 치열을 드러내며 그녀답지 않게 순진한 표정을 지어 보였다.

"내가 뭘?"

"그러니까……."

"설마 천엽은 약간 멍청하지만 그래도 제법 힘 좀 쓸 것 같은 늙은 중을 하인으로 거두기 싫은 거야?"

"뭐?"

"천엽은 어떻게 생각할지 모르겠지만, 아난은 간다르를 내 하인으로 삼고 싶다 말하는 거야."

"……."

천연덕스런 아난의 말에 일순 대답하지 못한 단천엽의 시선이 얼른 간다르를 향했다. 본인을 앞에 두고 내뱉는 아난의 말은 여태까지의 오만한 정도를 가볍게 뛰어넘고 있었다.

'순진한 건지, 철이 없는 건지…….'

단천엽이 아난을 나무라려는데, 침묵하고 있던 간다르가 먼저 입을 열었다.

"여시주는 빈승을 반드시 하인으로 삼고 싶은 것이오?"

"그게……."

단천엽을 옆으로 밀며 아난이 소리쳤다.

"그래, 아난은 간다르를 하인으로 삼고 싶어졌어!"

"그건 어째서 그러하오? 빈승은 평생 닦은 불도를 제외하면 세상에 대해 아는 게 거의 없는 데다, 여시주의 무공과 재지가 출중하니 특별히 불편한 일은 없을 터인데?"

"그건 그래."

고개를 끄덕이며 수긍한 아난이 미간을 살짝 좁혀 보았다.

"확실히 아난에게는 간다르같이 늙고 쓸모없는 땡중은 필요없어. 하지만 연옥에 처음으로 들어가는 천엽에겐 간다르가 필요할 거야. 난 생각보다 바빠서 항상 천엽을 지켜줄 수 없거든."

"아난……."

단천엽을 향해 고개를 돌린 아난이 피식 웃어 보였다.

"천엽은 간다르를 하인으로 두고 싶지 않을 거야. 그러니까 내가 간다르를 거둬서 천엽을 지키게 하면 좋지 않겠어?"

"……."

"뭐, 천엽은 아난이 찍은 남자니까 절대 호락호락하진 않을 거야. 단정해 뵈는 얼굴에 비해 제법 성깔도 있고. 하지만 연옥에는 정말 지독한 녀석들이 많아. 아난도 상대하기 힘든 녀석들 말야. 그러니까……."

말이 많아지는 아난을 바라보는 단천엽의 눈에 가벼운 파랑이 일었다. 만난 이래 급격히 친해졌지만, 그는 아난에 대해 특별한 감정을 가지고 있진 않았다.

그녀는 제멋대로인 성격이 제운영과 비슷하나 누님다운 배려가 부족했고, 독특하고 이국적인 미모지만 모어언 같은 절세의 미녀 역시 아니었다. 처음 만났을 때부터 느꼈던 묘한 동질감이 없었다면 아난에 대한 그의 태도는 꽤 냉정했을 터였다.

'그런데도 아난은 어째서 이렇게까지 내게 잘해주는 걸까?

단천엽의 변한 시선을 느낀 아난이 슬쩍 고개를 옆으로 돌렸다. 천하에 두려울 게 없어 보이는 그녀에게도 부끄러움은 있는 것이다.

그때 두 사람을 묵묵히 지켜보던 간다르가 탄식하듯 불호를 외웠다.

"아미타불! 아미타불! 여인은 사내를 먼저 걱정하고 사내는 여인을 위해 배려를 아끼지 않으니, 두 시주의 마음속에 이미 부처와 보살이 들어 있구나! 그런데도 우매한 불제자 간다르는 고작 세속의 나이와 관습에만 얽매어 있었으니 여태까지 헛된 공부를 하고 있었도다!"

"대사님."

간다르가 자신을 바라보는 단천엽을 향해 천천히 허리를 숙여 보였다.

"빈승 간다르는 오늘부터 소시주, 아니, 소공자의 하인이 되겠소이다. 그러니 부디 이 늙고 우매한 불제자를 거둬주시기 바라오."

"그게 무슨……."

"앞으로 빈승은 소공자를 좇으며 다시 세상을 배우고 싶다는 뜻이외다."

정중히 대답한 간다르가 허리를 굽힌 자세 그대로 땅바닥에 엎드렸다. 일반적인 주인과 하인의 관계가 아닌 노예가 주인을 대하는 듯한 모습이었다.

놀라 다가온 단천엽에게 간다르가 말했다.

"빈승의 고향인 천축에서는 하인이 주인을 모실 때 반드시 이렇게 자신을 낮춘다오. 주인은 하늘이고, 하인은 땅이란 뜻이지요. 하지만 빈승이 오늘 소공자 앞에 이리 몸을 낮춘 건 그저 주인을 맞이하려는 뜻이 아니라 새로운 세상의 길잡이가 되어달라는 염원이라 할 수 있소이다."

"……."

"소공자는 빈승의 이런 부탁을 들어줄 수 있겠소이까?"

단천엽은 대답할 수 없었다. 설혹 아난의 종용이 없었다 해도 간다르는 이미 어떤 식으로든 마음을 굳히고 있었으리란 생각이 들었기 때문이다.

"천엽!"

언제 부끄러워했냐는 듯 의기양양한 표정이 된 아난의 응원에 단천엽의 입가에 한숨이 내걸렸다. 아난과 간다르의 마음을 모르는 바 아니나 눈앞의 벽안괴승을 거두는 건 그가 결코 원하는 바가 아니었다.

'어떻게 한다?!'

바닥에 엎드린 채 고개를 숙인 간다르를 바라보며 단천엽은 말없이 뒤통수를 긁적였다.

화려한 신고식 2

쿠르르르릉!

지축이 울리는 소음과 동시에 문이 열렸다. 용문 삼십육방이라 일컬어지는 살인 기관이 참으로 오랜만에 출관자를 배출하는 순간이었다.

움찔!

문이 열리는 것과 동시에 쏟아져 들어온 햇빛 때문에 가볍게 눈살을 찌푸리던 단천엽의 안색이 가볍게 변했다. 정오의 햇살 아래 어깨를 떨고 있는 섬세한 인영을 발견한 것이다.

'운영 누님……'

단천엽이 입술을 떼기도 전에 바람처럼 그에게 달려들던 제운영을 남색 그림자가 제지했다. 그녀의 주변을 서성거리고 있던 칠독수 기진악이었다.

"기 교두!"

상기된 얼굴을 한 제운영의 항의에 기진악이 고개를 가로저어 보였다.

"아직 단 소협은 용문 삼십육방에서 나온 것이 아니오."

"그게 무슨……."

"단 소협이 완전히 밖으로 나올 때까지 용문의 교두들은 접촉해선 안 된다는 뜻이오."

"치잇!"

제운영은 발을 가볍게 굴렀다. 만약 그녀의 앞을 가로막은 게 다른 자라면 억지로라도 돌파했을 터이나 상대는 교두들 사이에서도 깐깐하기로 소문난 기진악이었다. 만약 억지로 뚫고 지나가려 한다면 전력을 다해 방어할 게 분명했다.

한차례 어깨를 으쓱해 보이고 뒤로 물러선 제운영은 단천엽 쪽을 바라보며 왈칵 목소리를 높였다.

"천엽, 문이 열렸으면 빨리 나오지 않고 뭐 하는 거야! 설마 하니 그새 그 망할 곳에 정이라도 붙인 건 아니겠지?"

단천엽의 입가에 미소가 떠올랐다.

"그럴 리가 있겠습니까."

"그럼 빨리 나오라구!"

"예, 알겠습니다."

대답과 함께 용문 삼십육방을 빠져나온 단천엽이 문 안쪽을 향해 손짓했다.

"빨리 나오십시오."

기진악이 앞을 비켜주자마자 단천엽에게 달려온 제운영의 눈에 이채가 떠올랐다.

"응? 누굴 부르는 거야?"

그녀에게 고개를 돌린 단천엽이 설명하듯 말했다.

"용문 삼십육방 안에서 친구들을 사귀었습니다."

"친구를 사귀었다고?"

"그게……."

단천엽이 입을 떼자마자 용문 삼십육방의 문 안쪽에서 특이한 모습의 일노일소가 나섰다. 밖으로 나오는 게 어색하여 자꾸 뒤에서 머뭇거리던 간다르와 아난이 모습을 드러낸 것이다.

"너, 너는……!"

안색이 딱딱하게 굳어 자신을 바라보는 제운영을 힐끔 바라본 아난의 표정이 새침해졌다.

"아난은 천엽의 친구 따위가 아니야!"

"뭐?"

"천엽은 아난이 벌써 찜했으니까 노계(老鷄)는 옆에서 꺼지란 말야!"

단호한 선언과 동시에 밀어닥친 한줄기 광풍에 놀란 제운영이 얼른 뒤로 물러섰다. 비록 살기가 담기진 않았으나 그녀를 향해 휘몰아친 광풍의 기세는 목숨을 위협할 정도였다.

순간 제운영이 아랫입술을 깨물었다.

'이년이!'

차창!

뒤로 물러선 것과 동시에 제운영이 일월도검을 빼 들자 단천엽이 재빨리 두 여인 사이를 막아섰다.

"아난, 운영 누나, 서로 싸워선 안 돼요."

"천엽!"

"천엽!"

동시에 단천엽을 부른 두 여인이 일제히 상대방을 잔뜩 노려봤다.
단천엽의 이름을 상대방이 부르는 것에 더욱 큰 적의를 일으킨 것이다.

'이런, 이런…….'

당장이라도 피를 피로 씻는 혈전을 벌일 듯 살벌한 두 여인의 기세
에, 단천엽은 난감한 얼굴이 되었다. 아난을 무공으로 제압할 자신도
없었거니와 잔뜩 성이 난 제운영을 진정시키는 것도 쉽지 않아 보였기
때문이다.

그때 예상 밖의 곳에서 구원의 손길이 등장했다. 느닷없이 벌어진
두 여인의 대결에 놀라 뒤로 물러서 있던 기진악이 특유의 냉막무정한
표정을 한 채 끼어든 것이다.

"아난 수련생, 제 교두, 두 사람 지금 뭐 하는 것이오!"

"기 교두!"

"빙백독사(氷白毒蛇)!"

슬쩍 제운영에게 고개를 가로저어 보인 기진악이 한 겹 살얼음이 내
려앉은 시선을 아난에게 던졌다. 빙백독사가 용문의 수련생들이 자신
에게 붙여준 별명임을 그는 알고 있었다.

"아난 수련생, 며칠간 수련을 빠지더니, 용문 삼십육방에 들어가 있
었던 것인가?"

잠시 움찔하던 아난이 곧 고개를 까딱여 보였다.

"맞아."

"어째서 용문을 벗어나 금지 구역에 들어갔던 거지?"

"천엽을 만나려고."

기진악의 눈매가 살짝 찡그려졌다.

"단 소협을 예전부터 알고 있었던 것인가?"

"아니."

"그럼 어째서 단 소협을 보러 들어간 것이지?"

"그건……."

슬쩍 단천엽 쪽을 바라본 아난이 입가에 배시시 미소를 떠올렸다.

"처음에 아난은 천엽이 저렇게 괜찮은 남잔지 몰랐어. 그냥 용문 삼십육방을 열게 만든 장본인을 만나보고 싶었을 뿐이야. 그렇지만 결과적으로 저렇게 괜찮은 남자를 만났으니, 아난은 기뻐."

"크흠!"

자신도 모르게 헛기침을 터뜨린 기진악이 용문 삼십육방의 문 앞에 서 있는 간다르를 바라봤다. 고수가 고수를 알아본다고 그는 간다르의 범상치 않은 생김새와 그에 못지않은 기도를 주시한 것이다.

"그럼 뒤에 서 있는 승려는 누구지?"

"응?"

"같이 나온 이국의 승려 말이다."

고개를 돌려 간다르를 바라본 아난은 입가에 장난스런 웃음을 머금다 갑자기 뚱한 표정이 됐다.

"아난은 더 이상 대답하기 싫어."

"어째서 그렇지?"

"아난한테 물어볼 건 다 물어본 뒤에 빙백독사는 같은 교두인 사갈마녀(蛇蝎魔女)의 편을 들 거잖아."

"……."

허를 찌르는 대답에 기진악이 입을 다문 순간, 한 걸음 뒤로 물러서 있던 제운영이 왈칵 소리쳤다.

"사갈마녀란 날 뜻하는 것이냐!"

“맞아.”

아난이 고개를 끄덕이자 기진악과 달리 자신의 별명을 모르고 있던 제운영 수중의 일월도검이 바르르 떨렸다.

그녀나 기진악과 같은 일반 교두들이 연옥백강의 상위 수련생들에게 무시당하는 건 하루 이틀의 일이 아니나, 이렇게 대놓고 당하니 화가 머리끝까지 치밀어 올랐다.

그러나 아난은 차가운 냉소를 흘릴 뿐 제운영 쪽은 쳐다도 보지 않고 기진악에게 말했다.

“아난이 여태까지 꼬박꼬박 대답해 준 것만 해도 빙백독사의 체면을 세워준 거야. 더 이상 아난의 앞을 가로막으면 아무리 교두라 해도 재미없을 거야.”

“아난 수련생!”

“재미없을 거라니까.”

‘웃!’

순간 바람도 없는데 기진악의 장포 자락이 크게 흔들렸다. 독술을 전개할 때 가장 먼저 움직이는 소맷자락으로부터 시작되어 품이 넓은 어깨까지 파랑과 같은 물결이 밀어닥쳤다.

‘큭!’

난생처음 느끼는 압력.

독술을 펼칠 생각도 못하고 옆으로 물러선 기진악의 옆을 한줄기 질풍이 스쳐 지나갔다. 순간적으로 눈을 현혹시키는 속도로 기진악을 옆으로 밀어낸 아난이었다.

그런 후 바닥을 발로 박차는 것과 동시에 아난은 이미 제운영의 코앞까지 파고들고 있었다. 기진악의 말을 받아주던 내내 단천엽과 눈을 맞추는 제운영을 그녀는 용납할 수 없었다.

그런데 막 발을 휘둘러 제운영의 일월도검을 하늘로 날려 버리려던 아난이 동작을 멈추더니 바람처럼 뒤로 물러섰다. 처음부터 그녀의 행동을 예의 주시하고 있던 단천엽이 앞을 가로막고 나선 것이다.

"천엽!"

짜증 어린 얼굴이 된 아난이 발을 굴렀다. 제운영을 만나고 나서 연이어 자신의 앞을 가로막아 선 단천엽이 못마땅했다.

단천엽이 달래듯 말했다.

"운영 누나는 내겐 무척 소중한 사람이야."

"역시 저런 노계를 좋아한다는 거야!"

아난이 일으킨 기세에 눌려 뒤로 물러섰던 제운영이 노한 목소리로 소리쳤다.

"뭐가 노계에 사갈마녀란 거냐! 난 아직 팽팽한 이십 대 중반이란 말야!"

"노계! 노계! 노계!"

"이익!"

'운영 누나…….'

흥분한 제운영의 앞을 단천엽이 슬쩍 가로막았다. 그리고 모종의 눈짓으로 그녀의 행동을 차단한 단천엽이 아난에게 정색을 하고 말했다.

"아난, 운영 누나는 내겐 친인과도 같은 사람이야. 절대 아난이 생각하는 관계가 아니니까……."

"남녀 간에 그런 게 어딨어! 아난은 못 믿겠다구!"

"아난!"

단천엽의 부름에는 대답을 않고 아난이 제운영을 노려봤다. 자신의 말이 틀리냐는 듯한 표정이었다.

'저 아이… 진짜 천엽을 좋아하는구나.'

앞을 가로막아 선 단천엽의 평온한 눈빛 덕분에 두 뺨이 발갛게 달아오를 정도로 화가 났던 제운영은 어느새 흥분을 가라앉히고 있었다. 평소의 냉정을 되찾은 것이다.

그러다 아난을 바라보며 잠시 염두를 굴린 제운영이 문득 입가에 미소를 떠올렸다.

"하하, 이건 정말 웃기게 됐군."

"운영 누나."

"여기서부터는 내가 맡기로 할게."

제운영은 단천엽의 어깨를 한차례 두드려 주고는 앞으로 나섰다. 어떤 일이든 지나칠 정도로 잘 처리하는 단천엽이지만 여인을 다루는 데는 미숙하다는 걸 그녀는 알고 있었다.

일월도검을 거두고 아난에게 다가간 제운영이 모든 걸 다 알고 있다는 듯한 표정으로 채 고개를 끄덕였다.

"그러니까 너는 천엽이 좋은 거구나?"

"그래."

"그래서 천엽 근처에 너 외의 여자는 없게 하려는 거고?"

"아난이 찍었으니까."

"나는 너보다 먼저 천엽을 알았는데도?"

"그런 과거쯤 없애 버리면 돼."

"없애?"

"응."

천진난만한 표정으로 고개를 끄덕이는 아난을 바라보는 제운영의 눈빛이 가볍게 흔들렸다. 어느새 등덜미로 오싹한 소름이 돋아 있었다.

'세상에서 가장 잔인한 게 천진난만한 어린애들이라더니! 정말 눈앞에 있는 계집애는 아이처럼 순진하고 잔인하구나.'

고개를 돌려 외면하고 싶은 마음과 뒤로 물러서려는 몸을 제운영은 억지로 고정시켰다. 그녀는 아랫입술을 깨물었다.

"네가 천엽을 어떻게 생각하는지 잘 알겠어. 그렇지만 너의 생각과 달리 나는 녀석의 보호자일 뿐이야."

"보호자?"

미간을 찌푸리는 아난을 향해 제운영이 크게 고개를 끄덕여 보였다.

"그래, 난 용문에 들어올 천엽의 보호자야. 녀석의 부친에게 일임을 받았으니까."

"……."

"그러니까 네가 앞으로 천엽하고 좋게 지내고 싶거든 전적으로 내게 잘 보여야 할 거야."

"아난은……."

"천엽은 필시 내 말을 들을 거야!"

단호한 제운영의 말에 움찔 어깨를 떨어 보인 아난의 시선이 단천엽을 향했다.

"그게 진짜야?"

단천엽이 쓰게 웃어 보였다.

"확실히 운영 누나와 나는 오누이 같은 관계야. 아난이 계속 운영 누나와 대립한다면, 나는 무척 마음이 아플 거야."

"그런 거야?"

“응.”

고개를 끄덕이는 단천엽의 태도는 투정 부리는 어린애를 달래는 것과 다름없었다. 이곳에 모여 있는 사람들 대부분이 느낄 수 있을 정도로 노골적으로.

그런데 놀랍게도 아난은 미간을 살짝 찡그려 보였을 뿐 곧 태도를 돌변하는 게 아닌가!

그녀는 몸 전체를 감싸고 있던 살인적인 기운을 흐트러뜨리더니 입가에 방긋 미소를 떠올렸다. 갑자기 사람이 바뀐 듯한 모습이다. 그리고 ‘노계’ 에 ‘사갈마녀’ 라 부르길 서슴지 않던 제운영에게 다가간 그녀는 고개까지 예쁘게 숙여 보였다.

“헤헤. 제 교두님, 아난 때문에 많이 화났죠? 평소에 말도 잘 안 듣고, 수련도 툭하면 빼먹는 주제에. 하지만 앞으론 많은 지도편달 부탁드릴게요. 그리고… 개인적으로 만날 땐 언니라 해도 되겠지요?”

“으으응…….”

“역시 여인 중에 호걸이라 불리는 사람답게 화통하시네요.”

대뜸 손을 마주 잡고 흔들어대는 아난에게 휘둘린 제운영의 안색이 살짝 창백해졌다.

대담한 성정을 지닌 그녀지만 일순 당황하지 않을 수 없었다. 연옥백강 중 최고위인 사성 중 한 명인 아난이 총교두인 단백경을 제외하고 남에게 고개를 숙이는 건 처음 있는 일이었다, 교두나 다른 수련생에게 이처럼 친근하게 구는 것은 물론이거니와.

그때 내심 안도의 한숨을 내쉰 단천엽이 두 사람에게 다가왔다.

“두 사람이 화해해서 다행입니다. 제게 무척 소중한 두 사람이 계속 싸웠으면…….”

제운영이 혀를 찼다.

"쳇, 어떻게든 수를 냈을 거면서."

단천엽이 어색하게 웃었다.

"그거야……."

"후우!"

아난이 단천엽의 귓가에 숨결을 불어넣자 놀라 신형을 비트는 그에게, 불쑥 얼굴을 들이밀며 생글거렸다.

"물론 아난은 벌써부터 천엽이 날 소중하게 생각한다는 걸 알고 있었어. 그렇지만 이렇게 공개적으로 고백을 들으니 더 기분 좋네!"

"아난……."

"뭐, 제 교두님도 포함된 고백이지만, 그분은 일단 가족 같은 보.호.자.니까!"

'저년이!'

눈꼬리가 살짝 샐쭉해진 제운영을 향해 활짝 웃어 보인 아난이 미간을 예쁘게 좁혔다.

"그나저나 천엽이 연옥에 들어오는 기쁜 날에 날파리들이 많이도 모여들었네?"

"날파리?"

"응, 날파리들!"

단천엽을 향해 한쪽 눈을 깜빡이고 제운영에게 살짝 고개를 숙여 보인 아난이 갑자기 신형을 뒤로 날렸다. 마치 능숙한 곡예사가 평생 연마한 고난이도의 곡예를 선보이듯.

아난은 조금이라도 더 단천엽의 얼굴을 보기 위해 한동안 신형을 돌리지 않았다. 그녀는 단천엽을 향해 다정하게 손마저 흔들어 보였다.

보기엔 장난스럽고 우스워 보이나 연신 바닥을 찍으며 뒤로 신형을 날리는 게 쉬운 일일 리 없다. 사람을 경악케 할 정도로 질풍 같은 속도를 감안하지 않더라도, 그 자체로 예사롭지 않은 모습이었다.

그러나 달리는 속도가 빠른 만큼 금세 단천엽의 모습은 아난에게서 멀어졌다.

순식간에 단천엽의 모습이 작아지다 못해 흐릿해졌다. 그때야 손 흔들기를 멈춘 아난이 미묘하게 보법을 바꿨다.

휘익!

물 찬 제비와 같이 공중으로 뛰어오른 아난의 신형이 빙그르르 한 바퀴 회전했다. 달리는 속도를 전혀 늦추지 않은 채 신형을 바로잡는 묘기였다.

그야말로 보통 사람이라면 꿈조차 꿀 수 없는 고난이도의 곡예!

자세를 바로 한 채 살짝 바닥에 내려선 아난의 입가에 개구진 미소가 떠올랐다. 장난기가 발동한 악동의 표정이다.

어느새 그녀는 귀를 쫑긋거리고 있었다. 그리고 잠시 고개를 갸웃해 보인 그녀의 신형이 흐릿한 잔영으로 변했다. 그녀에게 여태까지는 단지 장난에 불과했다.

아난은 단숨에 목적지에 도달했다. 그녀가 도착한 곳은 용문 삼십육방의 출구와 천하맹 총단의 내성 뒤편에 위치한 용문산(龍門山)을 잇는 노송림(老松林)이었다.

계절이 계절이니만큼 군데군데 눈이 쌓여 있는 노송림에는 매서운 한풍만이 휘몰아치고 있었다. 보기만 해도 추워 보이는 옷차림에 맨발인 아난과 전혀 어울리지 않는 광경이다.

"……."

노송림에 도착하자마자 주변을 한차례 둘러본 아난이 서슴지 않고 울창한 소나무 사이로 뛰어들었다. 여태까지 그녀가 추적해 온 인기척의 행방이 끊긴 장소였다.

몇 걸음 떼지 않아 걸음을 멈춘 아난이 노송 외엔 아무것도 보이지 않는 공간을 향해 소리쳤다.

"나와!"

추운 날씨 탓에 군데군데 눈이 쌓여 있던 주변의 노송들이 몸통을 부르르 떨었다.

특별히 내공이 실린 외침이 아닌데도 아난의 낭랑한 목소리에는 묘한 위압감이 실려 있었다. 만약 단천엽이 옆에 있었다면 감탄할 만큼 그녀의 태도는 늠름했다.

그러나 그것도 잠시뿐, 천천히 주변을 둘러보던 아난의 입가에 예의 장난스런 미소가 떠올랐다.

"킥, 기회를 줬는데도 안 나오네? 바로 나왔으면 봐주려고 했는데."

말의 여운이 채 사라지기도 전이었다.

파팍!

근처에 서 있던 노송을 밟고 공중으로 뛰어오른 아난이 먹이를 발견한 한 마리 매처럼 신형을 움직였다.

여태까지 보였던 움직임마저 장난처럼 여겨질 정도의 속도!

파파팡!

차가운 대기가 찢어발겨졌다. 그 속을 누구도 떨쳐 버릴 수 없고, 피할 수 없는 속도로 가로지른 아난의 교족이 바람처럼 회전했다.

아난을 둘러싼 주변 전체가 흔들렸다.

속도가 속도인만큼 착시를 만들어낸 것일까?

그렇진 않았다.

다음 순간 아무것도 없던 공간 안에서 거짓말처럼 두 복면인이 모습을 드러냈다. 아난의 음파를 뛰어넘는 연환각에 은신술이 깨진 것이다.

우직!

모습을 드러내자마자 바닥에 주저앉은 첫 번째 복면인과 달리 반항하듯 주먹을 내뻗던 복면인의 고개가 반대편으로 꺾였다. 공중에서 연달아 다섯 번이나 방향을 바꾼 아난의 발꿈치가 어느새 안면을 가격한 후였다.

그야말로 전광석화 같은 동작.

그때 일단 바닥에 주저앉는 것으로 아난의 발차기를 피한 첫 번째 복면인이 움직였다.

뒹굴!

나려타곤(懶驢陀滾)을 펼쳐 바닥을 뒹군 복면인의 손이 재빨리 자신의 소맷자락으로 파고들었다. 숨겨뒀던 비장의 한 수를 펼치기 위함이었다.

그러나 눈 깜빡할 새 복면인의 코앞까지 다가선 아난이 생글거리며 말했다.

"손을 빼기만 해."

"……."

"자미성(紫微星:북극성. 자미원에 속한 별로 옥황상제의 자리를 상징한다)이 나중에 뭐라 하든 묵사발을 내줄 테니까!"

천진난만해 뵈는 목소리나 얼굴과 달리 연옥 서열 삼위의 위엄이 담긴 경고였다.

후둘.

잠시 고민하는 얼굴이 됐던 복면인이 곧 어깨를 축 늘어뜨렸다. 마치 잘 훈련된 기계와 같던 움직임을 멈춘 것이다. 스스로 아난의 상대가 될 수 없음을 인정한 채.

은신한 채 숨어 있던 두 복면인의 정체는 반룡회의 반룡십걸 중 육걸인 무영권(無影拳) 추신수와 그의 동생이자 십걸인 파운권(破雲拳) 추경수였다.

그들은 이틀 전부터 반룡회의 이인자인 만자탈혼 연사홍의 명에 의해 용문 삼십육방 부근에 은신해 있었다.

용문 삼십육방에서 단천엽이 모습을 드러내면 재빨리 연사홍에게
알리고, 다른 반룡십걸들과 합류하는 게 주요 임무였으나 일이 꼬였다.
단천엽이 연사홍의 예상과 달리 하루 늦게 출관해 본래 여섯이던 반룡
십걸 중 넷이 자리를 떴고, 예상치 못했던 천랑성 아난에게 꼬리를 밟
힌 것이다.

얼굴이 피투성이가 된 동생 추경수를 힐끔거리며 추신수가 설명을
끝내자 아난이 미간을 찡그렸다.

"그러니까 이번 일을 꾸민 원흉이 만자탈혼 연사홍이란 거구나?"

추신수가 고개를 끄덕였다.

"맞다. 우리는 연사홍의 명에 따라 이곳에 온 거다."

"단지 용문 삼십육방을 통과한 사람을 확인하기 위해서?"

"그렇다."

역시 추신수가 고개를 끄덕이자 아난의 입가에 밝고 화사한 웃음이
떠올랐다.

"흐흥, 반룡회의 연사홍이 한 마리의 교활한 너구리란 말은 많이 들
었지만 그 수하들마저 이렇게 잔머리만 굴려대는 애새끼들인 줄은 몰
랐네."

"애… 새끼."

"왜, 내 말에 기분이 언짢니?"

생글거리는 얼굴로 갈구는 아난을 바라본 추신수가 이를 악문 채 고
개를 옆으로 돌렸다.

그는 반룡회의 주력인 반룡십걸이며 용문에선 제법 나이가 든 축인
십구 세의 청년이었다. 설사 목에 시퍼런 검인이 겨눠진다 해도 약한
모습을 보일 사람이 아니었다.

그러나 용문 안에서 연옥백강, 그중에서도 사성의 위치는 독보적이
었다. 아무리 그의 간담이 대단하다 해도 감히 살기를 품은 아난과 눈
을 마주칠 순 없었다.

아난의 눈매가 반달 모양이 됐다.

"아난이 비록 병법 시간만 되면 몰래 뒷구멍으로 도망치거나 졸기
일쑤지만, 바보는 아니야. 자미성이나 만자탈혼같이 속에 능구렁이를
잔뜩 집어넣은 녀석들이 고작 용문 삼십육방을 통과한 사람이 누군지
확인하려고 너같이 뼈가 여문 녀석들을 여섯이나 보냈을까?"

"그, 그건……."

퍼억!

무언가 변명을 늘어놓으려던 추신수의 고개가 옆으로 홱 돌아갔다.
어느새 아난의 교족이 안면을 훑고 지나간 후였다.

"크윽!"

단정한 오관에 앙다문 입. 용문의 지옥 수련을 몇 년이나 견딘 사람
답지 않게 하얀 추신수의 얼굴이 붉게 물들었다. 지독한 수치심에 그
는 몸을 떨었다.

그 모습을 지켜보던 아난이 흐릿하게 웃었다.

"아난은 변명을 싫어해."

"……."

"여전히 대답하지 않겠다는 거야?"

퍼억!

이번에는 복부였다. 처음과 달리 어느 정도 대비하고 있던 추신수의
입이 딱 벌어졌다. 아난의 권각은 미리 대비했다 해서 피하거나 견딜
수 있는 성질의 것이 아니었다.

“우욱!”

동생 추경수와 똑같은 자세로 얼굴을 바닥에 처박은 추신수의 머리를 아난의 교족이 짓밟았다.

“이젠 말하고 싶어졌어?”

“뭐, 뭘 말하라는 거냐!”

아난의 발에 힘이 들어갔다.

“크악!”

잔뜩 얼어 있는 땅속으로 추신수의 얼굴이 파고들어 갔다. 일순 아난의 조그맣고 앙증맞은 교족이 내뿜은 힘은 천근추에 맞먹는 위력이었다.

“끄윽, 끅…….”

전력으로 끌어올린 내력으로 간신히 두개골이 바스러지는 것을 막은 추신수의 얼굴은 흉신악살과 같았다. 몸속의 피가 몽땅 얼굴로 몰려들고 있었다.

콧노래를 흥얼대다 문득 시선을 발치로 던진 아난이 여전히 천진난만한 표정으로 말했다.

“이젠 말해 줄 수 있겠지?”

갑자기 아난이 사라지자 단천엽은 내심 크게 한숨을 내쉬었다. 천진난만하고 쾌활하며, 놀라우리만치 개방적인 아난이 싫은 건 아니나 다소 부담스러운 게 사실이었다. 그는 아직 첫 만남 이후 무조건적으로 다가오는 그녀의 마음에 확실한 답을 줄 자신이 없었다.

그때 잠시 청춘의 고민에 빠져 멍청해진 단천엽의 어깨를 제운영이 가볍게 때렸다.

툭.

“갑자기 웬 멍청한 표정이야?”

“운영 누나⋯⋯.”

“이 재주도 좋은 녀석! 천하의 천랑성 아난 수하르를 어떻게 꼬신 거야?”

“꼬시다니 무슨⋯⋯.”

가볍게 낯을 붉히는 단천엽에게 제운영이 히죽거리며 다가왔다.

“또 멍청한 표정!”

단천엽의 양 어깨를 힘있게 두드린 제운영이 갑자기 고개를 가볍게 숙였다. 그녀는 자연스레 자신보다 몸집이 큰 단천엽의 가슴에 얼굴을 묻는 자세를 취했다.

“⋯⋯.”

그렇게 잠시 동안 제운영은 그 자세를 유지했다. 그리고 단천엽의 가슴에 허락도 받지 않고 따뜻한 물기를 묻혀냈다. 어떤 영웅호걸보다 대범한 그녀답지 않은 모습이었다.

“운영 누나⋯⋯.”

“잠시만 이대로.”

속삭이는 듯한 제운영의 말에 돌처럼 굳은 단천엽이 천천히 고개를 끄덕였다. 여전히 기진악과 간다르가 근처에서 두 눈을 부릅뜨고 있는데, 두 사람은 전혀 주변을 의식하지 않았다. 이 세상에 오직 둘만이 존재한다는 듯.

그러자 어느새 눈을 감아버린 간다르와 달리 얼굴에 불편한 심기를 드러내고 있던 기진악이 시선을 돌리다 미간을 꿈틀거렸다. 무시무시한 기운을 뿜어내던 아난에 가려 느낄 수 없었던 주변의 미세한 움직임을 포착한 것이다.

'이 녀석들이……'

그때 한쪽 눈썹을 치켜 올린 기진악의 귓전으로 간다르의 창노한 목소리가 파고들었다.

"아미타불! 아미타불! 동쪽에 다섯, 아미타불! 아미타불! 서쪽에 셋, 아미타불! 아미타불! 북쪽에는 꽤나 강한 여시주 한 명이 숨어 계시는구려!"

"……."

기진악은 새삼스런 표정으로 간다르를 바라봤다. 처음부터 중원에서는 보기 힘든 특이한 외모 때문에 눈길을 끌었던 자다. 그래서 아난에게도 일차적으로 질문했지만 대답을 듣지 못해 찜찜한 마음을 남겨 놨었다.

'그런데 일반 교두들 중에선 상급에 속하는 나조차 간신히 몇몇 기척을 잡아냈을 뿐인데, 이곳에 모여든 녀석들의 움직임을 낱낱이 파악했다는 건가?'

기진악은 믿을 수 없다는 표정으로 내심 고개를 가볍게 흔들었다. 무공에 자신을 가지고 있는 그로선 어쩌면 당연한 반응이었다.

그러자 간다르가 그런 기진악을 한차례 빤히 쳐다보곤 단천엽에게 슬쩍 목소리를 높였다.

"단 공자, 아직 멀었소이까?"

"……."

"바쁘시면 빈승이 나서도 됩니다만."

그제야 제운영이 슬그머니 단천엽의 가슴에서 얼굴을 떼어냈다. 간다르와 기진악 정도는 아니다. 그러나 그녀 역시 고수인지라 주변을 둘러싼 기운을 감지한 것이다.

"천엽, 문제가 생긴 거지?"

단천엽이 모른 척 말했다.

"눈이 빨개요."

"뭐, 뭐가!"

주먹으로 가슴을 때리면서도 얼른 다른 손으로 눈가를 훔치는 제운영을 바라보며 단천엽이 빙긋 웃었다.

"아무래도 오늘 저는 화려한 신고식을 치르려나 봐요."

"화려한 신고식?"

"오늘은 제가 용문에 입문하는 날이잖아요."

"아!"

가볍게 입을 벌린 제운영에게 다시 한차례 미소를 던진 단천엽이 천천히 주변을 둘러봤다. 그의 눈빛은 입가에 걸린 미소와 달리 신중하게 가라앉아 있었다.

제23장

남아당자강(男兒當自强)

남아당자강(男兒當自强)

촤아!

머리부터 그대로 쏟아져 내린 한 통의 물은 바닥에 떨어지기도 전에 자욱한 수증기로 화했다.

몸에서 솟구치는 열기가 얼마나 강렬한지 한 통의 물로는 역부족이었다. 잠시 식는 듯 보였을 뿐 우람한 몸통은 다시 벌겋게 달아오르고 있었다.

"제기랄! 한겨울의 추위 좀 피해볼까 해서 열양공 좀 익혔다고 이 꼴이 되다니! 정말 나는 괴물 같은 놈이로구나! 그나저나 얼음을 깨고 떠온 물마저 소용없으니, 눈밭이라도 달려가 굴러야 몸 안의 열기가 사라지려나?"

목소리의 주인은 신장이 거의 칠 척에 이르는 근육질의 거한이었다. 보통 이 정도 키가 크면 몸매가 호리호리하거나 허리가 굽기 마련인데

상반신을 그대로 드러낸 거한의 모습은 당당하기만 했다.

드러난 몸통은 온통 근육의 산이고, 목둘레는 웬만한 사내의 두 배 정도는 족히 넘어 보인다. 조각 같다기보다는 무지막지하다는 표현이 어울릴 듯한 모습이었다.

그런 몸통에 맞게 우렁우렁한 거한의 목소리가 채 사라지기도 전이었다. 거한과는 극단적일 정도로 대조적인 음성이 한편에서 들려왔다.

"회주, 그렇게 덥다면 끌어올린 벽력혼천기(霹靂混天氣)를 거둬들이시오."

"조홍이 왔냐?"

수중에 들고 있던 물통을 한쪽으로 집어 던진 거한의 시선이 옆으로 돌아갔다. 엄청난 둘레의 근육이 꿈틀거리며 움직인 것이다.

뿌드득!

눈앞에 펼쳐진 근육의 아우성에 좁은 어깨를 움찔 떨어 보인 조홍이 고개를 가볍게 숙여 보였다.

"조홍이 회주를 뵈오."

회주라 불린 거한의 두툼한 입술 사이로 검붉은 얼굴과 어울리지 않는 하얀 이가 드러났다.

"아서라! 네가 그렇게 예의를 차릴 때마다 겁난다."

"명령이시라면."

"하! 명령? 지 잘난 맛에 사는 네 녀석이 언제부터 내 명령을 그리 잘 들었다고."

조홍이 더욱 허리를 숙여 보였다.

"회주에게 그리 보였다면 용서를 구할 밖에요."

거한의 입가에 감돌던 미소가 사라졌다. 겉모습에서 보이는 박력과 중후한 기품이 무색할 만큼 장난스럽던 표정을 거둬들인 것이다.

"무슨 일이냐?"

조홍이 그제야 땅을 향하고 있던 시선을 들어 올렸다.

'여전히 엄청난 몸이군.'

거한의 무지막지한 몸을 바라보며 내심 중얼거린 조홍이 슬며시 가느다란 입술을 꿈틀거리곤 입을 열었다.

"벽력일원기를 대성하신 걸 축하드립니다."

"이깟 삼류 열양공 따위……."

"전번 연옥대전(煉獄大戰) 당시 총교두에게 하사받은 무공비급이라고 좋아하셨잖습니까?"

"흥, 그때만 해도 어렸으니까. 십오 세밖에 안 먹은 녀석이 뭘 알았겠나?"

'그때나 지금이나 얼굴로 보면 절대 어려 보이지 않소이다.'

"뭐, 그래도 연옥대전의 결승에 오른 덕분에 총교두와 한판 뜰 수 있었던 건 나름대로 보람있는 일이었기는 하지."

고개를 끄덕이는 거한을 바라보며 조홍은 이 년 전의 혈전을 떠올렸다. 삼 년마다 펼쳐지는 등용문(登龍門)의 장, 일명 연옥대전은 용문의 서열을 매기는 비무대회였다.

일반적인 강호무림의 정당하고 공평무사한 비무대회와는 비교조차 할 수 없을 정도로 거칠고 위험한 대회.

하지만 용문의 수련생들은 대부분 연옥대전의 우승자를 목표로 삼고 있었다. 연옥대전에서 우승해 연옥백강의 으뜸이 된다는 건 가까운 미래 천하맹 내의 출세와 강호무림에서의 영광을 의미했기 때문이다.

그런 연옥대전의 전 우승자가 바로 눈앞에 있는 거한이다. 단지 십

오 세의 나이에—물론 절대 그렇게 보이지 않는 얼굴과 몸집이었지만—그는
연옥대전을 제패한 것이다.

그리고 대회 중간에 심한 부상을 당해 탈락한 조홍은 두 눈으로 똑
똑히 그의 놀라운 무위를 지켜봤다. 그때까지 그가 가지고 있던 모든
관념을 뒤흔들 정도의 무지막지하고 놀라운 무위를.

'그때 우승자가 된 회주의 억지로 벌어졌던 총교두와의 대결을 지켜
보지 않았다면 나는 아직도 세 근이 채 되지 않을 머리만을 믿고 천하
를 움직이려 하고 있었을 것이다. 그 압도적이고 모든 것을 뛰어넘을
듯한 무위만 보지 않았다면.'

상념에 잠긴 조홍을 잠시 바라보던 거한이 갑자기 거구의 몸을 한차
례 흔들자 근육의 산이 파도처럼 움직였다. 그리고 그는 한 켠에 벗어
뒀던 장포를 몸에 걸쳤다. 당장이라도 터질 것처럼 붉게 달아올랐던
그의 몸은 어느새 열기 한 점 느껴지지 않았다.

거한이 장포를 다 걸치자 조홍이 상념에서 벗어나 입을 열었다.

"용문 삼십육방에 들어갔던 신입이 출관한 모양입니다."

거한이 히죽 웃었다.

"죽지 않았군."

"죽지 않았습니다."

"그래서?"

"얘기가 좀 깁니다."

거한이 땅바닥에 털썩 주저앉았다. 그럼에도 불구하고 여전히 서 있
던 조홍과 그의 눈 높이는 비슷했다. 자신을 직시하는 조홍과 눈을 맞
춘 거한이 고개를 끄덕였다.

"들어주마."

조홍은 빠르게 용문 내부를 떠돌던 몇 가지 소문을 언급하고, 삼대 세력 중 반룡회와 철검회의 암중 쟁투에 대해 설명했다. 이번 일에 철저히 중간자적인 입장을 견지했던 만큼 충분히 객관화된 이야기들이었다.

그렇게 물 흐르듯 끊김이 없고, 중간중간 중요한 부분을 적절히 강조하는 그의 설명이 단천엽과 같이 출관한 아난에 관한 곳에 이르렀을 때다.

"아난이 함께 출관했다고?"

조홍의 설명이 계속되는 동안 귀찮은 표정으로 소지를 이용해 귀까지 파고 있던 거한의 얼굴에는 이채가 떠올라 있었다. 그에겐 여태까지 들었던 설명을 몽땅 합친 것보다 아난에 대한 이야기가 더 관심을 끈 것이리라.

미묘하게 입가에 미소를 떠올린 조홍이 고개를 끄덕였다.

"신입과 함께 용문 삼십육방을 통과한 것 같습니다."

"…같다고?"

"회주가 이번 일에 낭인회는 끼어들지 않는다고 했습니다."

거한의 입가에 웃음이 떠올랐다.

"그런데 어떻게 네 녀석이 신입과 아난에 대해 그리 잘 알고 있는 것이냐? 내 명령을 받고 아무것도 안 했는데 하늘에서 갑자기 계시라도 떨어졌더냐?"

"예."

"뻔뻔한 놈."

거한이 혀를 찼으나 조홍은 전혀 개의치 않는 얼굴이었다. 뻔뻔하다는 거한의 표현은 과한 것이 아니었다.

그런 조홍의 모습에 다시 거한이 혀를 찼다.

"어쨌든 네 녀석이 갑자기 찾아와 평소 안 하던 짓을 한 까닭을 이제 알았다. 확실히 아난이 끼어들었다면 용문 삼십육방이란 곳이 뚫린 것도 그리 이상할 건 없겠지."

"……."

"그런데 내가 보기엔 다른 문제가 더 남은 것 같구나?"

"그렇습니다."

"말해 봐라."

거한의 얼굴에 다시 심드렁한 표정이 떠오르자 조홍의 눈매가 가늘어졌다. 며칠 전부터 바쁜 시간을 쪼개가며 정보를 수집한 노력은 둘째 치고, 이렇게 무시당하는 상태에서 상대방을 설득할 순 없었다.

"일이 이렇게 됐는데도 회주께서는 여전히 관심이 없으신 겁니까?"

"뭐가?"

"모르셔서 묻는 건 아닌 것 같습니다만……."

잠시 조홍을 바라본 거한이 천천히 고개를 끄덕였다.

"그래, 안다."

조홍이 목소리를 높였다.

"그런데도 모른 척한다는 건 제 이야길 듣기 싫다는 뜻으로 해석해야 하는 겁니까?"

조홍을 바라보는 거한의 이맛살이 찌푸려졌다. 오늘따라 머리가 좋은 만큼 자신의 심중을 잘 읽는 조홍이 끈질기다는 생각이 든 것이다.

"나는 여태까지 한번 내린 결정을 번복한 적이 없다. 사실 번복할 필요도 없었고. 그렇지만 성격 나쁜 네 녀석이 이렇게까지 뻗댄다면 들어봐야겠지."

"……."

"그럼 지금부터 날 설득해 봐라!"

조홍의 선병질적인 얼굴에 얼핏 미소가 떠올랐다. 고집으로 따지자면 용문 최강이라 할 만한 거한이, 이 정도로 반응을 보였다는 건 이미 절반쯤 성공했다고 봐도 무방했다.

용문 삼대세력 중 하나인 낭인회의 회주이자 연옥백강 서열 이위의 강자. 사성 중에서도 가장 막강하다고 알려진 파군성(破軍星:요광성(搖光星). 북두칠성의 일곱 번째 별, 7별 알카이드Alkaid) 서문휘강과 헤어진 조홍은 걸음을 빨리했다.

그는 서문휘강과의 면담을 위해 낭인회의 그림자를 자기 대신 오전 수련에 투입시킨 상황이었다.

평소 같으면 상관이 없겠으나 요즘 들어 강화된 수련을 그림자가 그리 오래 버티진 못한다. 연옥백강 중 상위 서열자들이 받는 수련을 일반 수련생들이 따라 한다는 건 보통 힘거운 게 아니기 때문이다.

'이틀 전 용문으로 돌아온 총교두에게만 정신이 팔려 있는 회주에게 관망하란 답이라도 받아낸 건 다행한 일이다. 비록 천랑성이 끼어들어 용문 삼십육방이 깨졌다 해도 이번 신입에겐 석연치 않은 점이 너무 많다. 용문은 툭하면 수련생이 죽어 나가는 곳이니 중간에 신입을 받는 건 그리 대수로울 게 없는데, 지나치게 소문이 빨리 났을 뿐 아니라 용문 삼십육방까지 통과하게 했다. 무언가 의도된 듯한 느낌이야. 누구의 의도인지는 아직 단정 지을 수 없지만. 게다가 신입이 들어오기도 전에 오만하고 제멋대로인 천랑성과 가까워진 것도 요주의 일이다. 아무리 남녀 간의 관계는 아무도 모른다지만, 단 나흘 만에 그 콧대 높

은 천랑성이 교두들과 맞서기까지 하다니. 정말 생각하면 할수록 이번 신입의 입문은 이상한 일투성이야.'

오전 수련이 벌어지고 있을 근력 강화 교장으로 향하는 동안에도 조홍의 두뇌는 맹렬히 움직였다. 그가 서문휘강의 명을 어기고 몰래 풀었던 그림자들이 물어온 정보는 그만큼 단순하지 않았고, 세 개의 세력이 팽팽하게 대치하고 있는 현 상황을 타개하기 위해선 아무리 작은 변수라 해도 놓쳐선 안 되는 일이었다. 팽팽한 대치란 자칫 아주 작은 균열에도 붕괴되고 승부의 추가 기울 수 있는 것이다.

막 근력 강화 교장으로 향하는 길목으로 들어서려던 조홍의 눈에 이채가 떠올랐다. 방금 전까지 하늘을 유유히 떠다니고 있던 한 마리 솔개 때문이었다.

거만하리만치 느긋하게 날개를 퍼덕이던 녀석은 갑자기 한쪽 방향으로 빙빙 돌더니 바람같이 밑으로 떨어져 내렸다.

'무쌍창의 섬영(閃影)?'

천하각지에서 뽑혀온 기재들 중에는 자신만의 애완동물을 키우는 사람이 있었는데, 섬영은 철검회의 지낭(智囊)이라 불리는 무쌍창 금난주의 솔개였다.

그녀는 사천의 아미신창에 있는 사부나 사형제들과 섬영을 통해 편지를 주고받았다. 웬만한 전서구로서는 하남과 사천 간의 수천 리 길을 쉽사리 오고 갈 수 없어 특별히 구입한 영물이라는 소문이었다.

익히 섬영의 존재를 알고 있던 조홍은 눈살을 가볍게 찌푸렸다.

섬영이 이렇게 바삐 움직인다는 건 주인이 위험하다는 증거였고, 그가 생각했던 것과는 다른 변수가 발생했다는 뜻이다. 그것도 매시간마다 그림자에게 받고 있던 보고가 채 당도하기도 전에 발생했을 정도로 돌발적인.

 '한가하게 근력 강화 교장으로 달려갈 때가 아니군.'

 자신을 기다리며 죽기 살기로 수련을 대신하고 있을 그림자를 떠올리며 흘깃 교장 쪽을 바라본 조홍이 발걸음을 돌렸다. 용문이 위치한 천하맹 총단 내 내성의 뒷산인 용문산 방향으로.

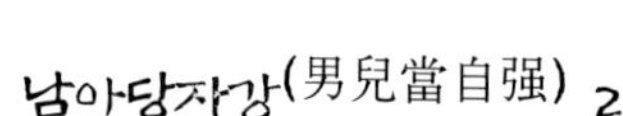

카악!

하늘에서 떨어져 내린 물방울은 천 년의 바위를 뚫는다. 그와 마찬가지로 까마득하게 높은 하늘을 배회하던 솔개가 떨어져 내리는 기세는 장난이 아니었다.

그러나 상대가 나빴달까?

무시무시한 기세로 떨어져 내리던 솔개의 날개가 순간 격렬하게 퍼덕거렸다. 느닷없이 날아든 돌멩이에 놀란 것이다. 그리고 그때 조그맣고 매끈한 손이 움직였다.

쾌릉!

손의 주인을 생각하면 도저히 예상할 수 없는 박력.

아무렇게나 휘둘러진 조그만 수장에서 발출된 기(氣)의 회오리가 단숨에 솔개를 하늘로 팅겨 올렸다. 강호에서 격공장력이라 불리는 재주였다.

카악, 칵!

날짐승답게 솔개는 하늘로 날아오르며 깃털을 사방으로 흩뿌렸다. 깜짝 놀라긴 했으나 앞서 날아든 돌멩이에 놀라 방향을 바꿨기에 큰 상처는 입지 않은 듯 보였다.

그러나 축생이 그러한 전후의 사정을 알 리 없다. 하늘로 날아올라 놀란 가슴을 진정시키자마자 솔개는 장력을 뿌린 당사자를 향해 몇 차례 울어 보이곤 방향을 바꿨다. 처음 자신을 놀라게 했던 돌멩이가 날아온 쪽이었다.

푸드득!

토끼를 낚아채듯 하늘에서 떨어져 내린 솔개를 피하며 단천엽이 쓴 웃음을 던졌다.

"하하, 처음 공격했던 상대가 무서우니 애꿎은 내게 화풀이를 하려는 건가? 하지만 그렇게 까불다가는 오히려 크게 다칠 텐데……."

단천엽의 말이 채 끝나기도 전이었다. 하늘을 돌아 다시 그의 머리를 할퀴려 들던 솔개가 깜짝 놀라 날아올랐다. 방금 전 장력을 뿌렸던 손의 주인이 어느새 근처까지 다가서 있었다.

파파팍!

"아난!"

"이 망할 날짐승! 잡아서 구워 먹어버릴 테다!"

아난은 모습을 드러내자마자 곧장 단천엽 쪽으로 달려갔다. 그러나 그녀의 목적은 그가 아니라 솔개를 잡는 것이었다.

파팍!

땅을 박차는 것과 동시에 단천엽에게 다가선 아난의 신형이 옆에 서 있던 노송을 박차고 뛰어올랐다. 달려오던 탄력에 더해 나무를 찬 반동까지 이용해 하늘로 뛰어오른 것이다.

일학충천(一鶴沖天)!

용수철에 튕겨진 듯 솟아오른 아난의 신형이 공중에서 잠시 멈칫하더니, 단숨에 솔개가 떠 있는 곳까지 이르렀다.

그야말로 솔개로선 어이없는 상황.

"이 녀석!"

아난의 쌍수가 천라지망(天羅地網)과 같은 장세를 펼쳐 냈다.

카악!

난생처음이었으리라. 자신의 안방인 하늘에서 공격을 당한 솔개는 날개를 퍼덕이며 울부짖었다. 당황한 탓에 녀석의 날갯짓은 경황이 없었다.

아난의 입가에 미소가 번졌다. 이미 그녀의 천라지망 장세는 솔개를 완벽하게 가두고 있었다. 그녀의 마음에 따라 솔개는 운명을 달리해야 할 판이었다.

그런데 그때 예의 돌멩이가 다시 날아들었다.

피잉!

'이건……!'

돌멩이는 정확히 아난이 펼친 장세와 솔개의 사이를 갈랐다. 특별히 강맹한 힘이 실린 건 아니나 마침 공중으로 뛰어오른 아난의 진기가 달리는 때를 노렸다. 아난은 간발의 차로 솔개를 사로잡을 기회를 놓칠 수밖에 없었다.

휘익!

공중에서 가볍게 신형을 회전한 아난이 깃털처럼 가볍게 살짝 떨어져 내렸다. 간신히 천라지망의 장세를 벗어난 솔개가 한참 더 높은 하늘로 날아오른 뒤였다.

"천엽!"

신형을 일으키며 자신을 노려보는 아난을 향해 단천엽이 어색하게 웃어 보였다.

"미물에게 화를 내는 건 바보 같잖아."

"그치만 저 녀석은……."

단천엽에게 다가들며 잔뜩 잔소리를 늘어놓으려던 아난이 말을 멈췄다. 그녀는 비단 말을 멈췄을뿐더러 샐쭉해진 표정이 됐다.

"천엽은 혼자가 아니구나!"

그녀의 말이 떨어지자마자 단천엽이 서 있던 곳에서 얼마 떨어지지 않은 소나무가 가볍게 몸을 떨었다. 실제 소나무가 움직임을 보인 게 아니라 그곳에 몸을 숨기고 있던 소녀가 은신술을 풀고 모습을 드러내며 생긴 변화였다.

"헤헤, 안녕하세요."

단천엽을 향하고 있던 시선을 슬쩍 소녀에게 던진 아난의 표정이 퉁명스러워졌다.

"역시 저 싸가지없는 솔개로 날 공격한 게 너 였구나, 금난주!"

"예."

"너, 죽고 싶냐?"

"죄송해요! 죄송해요! 그치만 아난 언니가 반룡십결을 너무 심하게 핍박해서 그랬어요."

아난의 눈에 이채가 떠올랐다.

"반룡십걸? 내가 붙잡은 녀석들은 철검회의 계집애를 쫓아다니는 호화(護花) 얼간이들로 기억하는데?"

금난주가 고개를 끄덕였다.

"예, 맞아요. 하지만 언니가 반룡십걸 중 이곳에 몰려왔던 여섯 명을 너무 무참히 박살 내는 바람에 저는 크게 겁을 먹었다구요. 회주 언니의 인가도 받지 않고 철검회의 정예를 끌고 왔는데 몽땅 병신이 되면……."

"단지 그 이유뿐?"

아난이 말허리를 끊자 금난주의 얼굴이 금세 울상이 됐다. 용문의 연옥백강 중 십강에 들며, 상대가 누구든 입가에 웃음을 잃는 법이 없다는 그녀에게도 아난은 두려운 존재였다. 지금과 같은 때라면 더 더욱 그랬다.

그런데 당장이라도 금난주를 덮칠 듯 살기를 피워 올리던 아난이, 갑자기 시선을 단천엽에게 던졌다.

"설마 이 계집애도 천엽하고 가까운 사이야? 그래서 이 계집애가 키우는 못된 날짐승을 살려준 거고?"

"그건……."

아난의 질문에 대답하려던 단천엽의 시선이 금난주를 향했다. 얼마 전까지 보였던 발랄하면서도 대담한 표정이 사라진 그녀를 보자니, 자신 앞에 처음으로 모습을 드러낸 한 식경 전의 일이 떠올랐다.

제운영을 뒤로하고 앞으로 나선 단천엽은 천천히 용문 삼십육방의 주변을 살폈다. 간다르나 기진악 등이 간파한 매복을 그는 특유의 육감으로 간파했다.

단천엽의 입가에 부드러운 미소가 떠올랐다.

"모두 날 마중 나온 것 같은데, 숨어 있지 말고 그만 나오는 게 어떻겠습니까?"

단천엽의 목소리는 조용했지만 힘이 실려 있었다. 제운영이나 기진악은 물론이거니와, 주변에서 벌어지는 일에 전혀 관심을 보이지 않고 있던 간다르마저 눈빛이 변했을 정도였다.

'잔뜩 숨죽이고 있는 녀석들에게 무작정 나오라고 하다니!'

'그것도 저렇게 당당하게!'

'아미타불! 그러나 이런 식으로까지 얘기를 들었으니 나이 어린 시주들로선 계속 몸을 숨기고 있긴 힘들겠구나.'

단천엽을 지켜보는 삼 인의 얼굴에 각기 호기심 어린 표정이 떠올랐다. 일견 납득이 가지 않는 행동이었지만 의외로 먹혀들지도 모르겠다는 판단이었다.

그때 한참 단천엽의 시선이 머물러 있던 장소에서 자그마한 교영이 뛰쳐나왔다. 눈이 절반쯤 쌓여 있던 바위가 사라진 직후의 일이었다.

"에이, 창피해!"

은신술이라기보다는 동영의 인자(忍者)들이 주로 사용하는 은영술(隱影術)을 펼치고 있던 교영의 정체는 앳되고 귀여운 얼굴을 한 무쌍창 금난주였다. 등에 매단 피풍의만으로 그녀는 완벽하게 눈 쌓인 바위를 연기하고 있었던 것이다.

익히 금난주를 알고 있던 제운영의 얼굴에 어이없다는 기색이 떠올랐다.

"금난주! 오늘은 오전 중에 철검회의 집단 병진 수련이 있는데, 네가 어째서 여기 있는 거야?"

"아!"

살짝 헛바닥을 내민 금난주가 슬슬 입가에 미소를 배어 물었다.

"헤헤, 요즘 난주는 바쁜 일이 많아서 다른 사람들한테 착실히 진법을 전수해 놨어요."

"아아, 그래?"

"예."

제운영은 왈칵 목소리를 높였다.

"예는 무슨 예야! 그런 걸 묻는 게 아니었잖아! 도대체 오전 수련도 빼먹고 왜 이런 곳에 왔냔 말야!"

"그, 그건……."

"또 쓸데없는 말 하면 열흘간 징벌방(懲罰房)에 갇힐 줄 알아!"

"앙!"

금난주의 얼굴이 울상이 됐다. 징벌방이란 용문에서 규범을 어긴 수련생들을 가두는 한 평 남짓한 독방이다. 그녀같이 발랄한 성격의 소녀에겐 지옥만큼이나 무서운 곳이었다.

게다가 제운영이 양손을 허리춤에 척 걸치기까지 하자 금난주의 얼굴은 완전히 겁을 집어먹은 표정이 됐다. 그녀의 표정을 보는 것만으로 사람들의 마음이 약해질 정도였다.

그때 단천엽이 끼어들었다.

"그런데 이곳에 저를 환영하러 왕림한 분이 소저 한 명뿐입니까? 아니면 본래는 몇 분 더 계셨는데 나머지 분들은 물러간 겁니까?"

"……."

금난주의 표정이 변했다. 그녀는 언제 자신이 울상을 지었냐는 듯 크고 맑은 눈동자를 한차례 깜빡이더니 깡충거리며 단천엽에게 다가왔다.

"대답해 주지 않을 겁니까?"

"흐응?"

단천엽의 질문에 금난주는 대답하지 않았다. 대신 시장에서 구입할 물건을 살피듯 단천엽의 주변을 몇 바퀴나 돌았다. 그리고 심각한 표정으로 고개를 몇 차례 갸웃해 보인 그녀의 입술이 살짝 튀어나왔다.

"에이, 얼마나 대단한 사람이 들어왔나 했더니, 내공도 익히지 않았잖아? 그런데 어떻게 내가 숨어 있던 장소를 정확히 알아냈을까? 정말 이상한 일이네."

단천엽의 입가에 미소가 짙어졌다.

"그런 것이 궁금합니까?"

금난주가 고개를 끄덕였다.

"난주는 이해할 수 없는 일이 생기면 밤에 잠을 못 자요."

"그렇다면 큰일이군요."

"알려줄 거예요?"

"그건 곤란한데요."

금난주는 그럴 줄 알았다는 표정이 됐다. 그러나 그녀는 금세 표정을 바꾸곤 단천엽에게 혀를 낼름 내밀어 보이더니 곧 제운영에게 달려 갔다.

"제 교두님!"

자신에게 매달릴 듯 달려드는 금난주를 떼어내며 제운영이 냉소했다.

"흥, 이제 와서 이런 짓을 해봤자, 징벌방 삼십 일은 결정됐다!"

"아앙!"

"우는 척해봐야 소용없어!"

그때 멀찌감치 떨어져 서 있던 기진악이 두 여인에게 다가들며 말했다.

"지금이라도 방금 전 도망간 다른 녀석들의 위치를 불고 반성문을 쓴다면 징벌방행은 봐줄 수도 있다."

"기 교두!"

"기 교두님!"

기진악을 향한 두 여인의 표정이 각기 다른 빛깔을 띠었다. 제운영이 못마땅한 기색이라면 금난주의 얼굴에는 다소 희색이 감돌았다.

제운영에게 기진악이 말했다.

"이번 달 징벌방을 담당하는 사람은 본인이올시다. 징벌방을 담당하는 교두로서 이 정도 직권 정도는 발휘할 수 있다고 봅니다만."

"그건 그렇지만……."

여전히 못마땅한 표정이 완연한 제운영을 뒤로하고 금난주가 이번에는 기진악에게 달려들었다.

"기 교두님!"

기진악이 뒤로 한 걸음 물러섰다. 무림인임에도 꼬장꼬장한 유생처럼 그는 금난주와 일정한 거리를 뒀다.

그의 냉랭한 목소리가 금난주의 발걸음을 멈춰 세웠다.

"그러니 너는 내 말에 따르겠느냐?"

"예?"

"내게 딴청은 통하지 않는다. 한마디만 더 딴청을 부리면 나는 당장 이 일에서 손을 떼고 모든 것을 제 교두에게 맡길 것이다."

"……."

슬그머니 고개를 돌려 제운영 쪽을 바라본 금난주는 어깨를 움찔 떨었다. 도끼눈을 하고 있는 제운영은 보기만 해도 무서워 보였다.

"…그냥 반성문만 쓰면 안 될까요?"

"안 돼."

기진악이 고개를 흔들어 보이자 금난주가 발을 동동 굴렀다. 보기만 해도 가엾고 귀여워, 어떤 말이든 들어주고 싶게 하는 모습이었다.

그러나 기진악의 차가운 얼굴은 전혀 변함이 없었다. 만년설이 내린 빙산(氷山)과 다름없었다.

금난주의 얼굴에 체념의 표정이 떠올랐다. 상대가 상대인만큼 아무리 어리광을 부리고 떼를 써도 소용없다는 걸 깨달은 것이다.

그런데 그때 아난이 사라진 용문산 방향을 중간중간 살피고 있던 단천엽이 침묵을 깨고 말했다.

"안타깝게도 소저의 동료들은 늑대를 피하던 중 무시무시한 호랑이를 만난 것 같군요."

"예?"

"하필이면 소저가 여태까지 벌어준 시간 동안 동료 분들이 아난이 있는 방향으로 도망쳤다는 뜻입니다."

"아아!"

흠칫 어깨를 떤 금난주의 신형이 황급히 대지를 박차며 뛰어올랐다. 여태까지 보였던 모습이 무색할 정도로 강인한 표정을 지어 보이며.

남아당자강(男兒當自强) 3

'덕분에 나는 그동안 남들과 비교해 본 적이 없던 경공을 마음껏 시험해 볼 수 있었다. 아난을 만난 후 잃어버렸던 자신감도 어느 정도 되찾는 데 성공했고. 그러니까 그녀의 솔개를 살려준 것은 어느 정도 형평성에 맞는 일이다.'

금난주를 따라 달리던 중 곳곳에서 발견된 반룡십걸들의 모습은 비참했다. 그들은 혈도를 제압당해 쓰러진 게 아니라 몇 군데나 뼈마디가 부러진 채 쓰러져 있었다. 아난의 무위가 어느 정도인지를 짐작케 하는 모습이었다.

대답을 종용하는 눈빛을 던지고 있는 아난을 바라보며 단천엽이 입가에 씩 웃음을 담았다. 그새 생각을 정리한 것이다.

"아난, 난 용문에 아직 입문도 안 했어. 어떻게 금 소저를 알고 있었겠어?"

"그렇지만 천엽은 제 교두님도 알고 있었잖아!"

"그거야말로 우연이지."

"우연?"

"응."

고개를 끄덕인 단천엽이 진지한 표정으로 말했다.

"하지만 세상에는 우연이란 게 그리 많지 않아. 만약 우연이란 게 하루에도 몇 번씩이나 생길 정도로 많다면 우연은 우연이라 불리지 못하게 될 거야. 길 가다 발에 차이는 돌멩이를 보물이라 부르지 않는 것처럼."

"……"

잔뜩 의심의 눈초리를 빛내던 아난의 표정이 그제야 다소 풀어졌다. 그녀는 단천엽이 마음만 먹으면 어떤 상대라도 속여 넘길 수 있다는 걸 모르고 있었다.

게다가 그녀가 보기에도 미모나 성숙함에서 질투할 수밖에 없던 제운영과 금난주는 격이 달랐다. 미모로만 봐도 금난주 정도는 이길 수 있다는 생각이 들었다.

그때 시시각각 달라지는 아난의 표정을 살피던 단천엽이 결정타를 날렸다.

"나는 그저 아난이 걱정돼서 이곳으로 달려오다가 우연히 솔개의 위기를 발견하고 손을 쓴 거야. 여기 금 소저가 자신의 동료들을 구하기 위해 솔개를 부린 것과는 별개로."

아난의 시선이 금난주를 향했다.

"그게 사실이야?"

금난주는 이미 단천엽과 아난의 관계와 힘의 역학 관계를 대충 짐작하고 있었다. 단천엽이 자신을 도와주겠다는데 마다할 까닭이 없었다.

"에헤헤!"

특유의 애교있는 눈웃음을 지어 보인 금난주가 뒤통수를 긁적이며 말했다.

"아난 언니라면 벌써 상황 파악을 끝내셨을 테지만, 용문에서는 이번에 들어올 신입 수련생에 대한 소문이 굉장치도 않게 났어요."

"몇 년간이나 봉인되어 있던 용문 삼십육방이 열렸으니 당연한 일일 테지. 아난도 그래서 몰래 숨어들어 갔으니까."

"맞아요! 그래서 저희 철검회도 움직일 수밖에 없었어요. 반룡회의 음흉한 너구리가 반룡십걸을 움직였기 때문에……."

"흥! 결국 반룡회에 신입 수련생을 빼앗기기 전에 철검회에서 먼저 가로채겠다는 의도였겠지."

"……."

금난주가 안색을 가볍게 붉히면서도 고개를 끄덕였다. 평소 같으면 잔뜩 호들갑이라도 떨었으련만, 아난에게 박살난 반룡십걸의 모습을 본 터라 반박할 엄두를 내지 못했다.

"역시 그렇군."

비웃음 섞인 표정으로 금난주를 바라본 아난이 화난 기색을 지우고 단천엽에게 웃어 보였다.

"역시 천엽은 아난 걱정을 해줬던 거구나!"

"……."

"그렇지만 그런 걱정은 아난을 무시하는 처사야. 이런 녀석들쯤 백명이 몰려오든 이백 명이 몰려오든, 아난에게는 전혀 상대가 되지 않으니까."

단천엽은 고개를 끄덕였다.

"확실히……."

"그렇다니까."

언제 샐쭉한 표정을 지었냐는 듯 화사하게 웃어 보인 아난이 금난주를 밀어 제치고 단천엽에게 다가갔다.

반룡십걸 중 용문산 근처에 모여 있던 여섯을 처리했고, 철검회의 호화검수(護花劍手)들은 솔개 섬영과 금난주의 비호 속에 도망간 지 오래였다. 이제 그녀와 단천엽의 사이를 방해할 방해물은 깨끗이 정리됐다고 볼 수 있었다.

'분명히 그랬는데…….'

단천엽의 안색이 변한 순간 아난이 미간을 상큼하게 찌푸렸다. 짜증스럽게도 새로운 방해물이 모습을 드러냈던 것이다.

"정말 요란스럽게도 분탕질을 쳤군. 용문에는 요즘 비상이 걸려 있어 교두들의 눈을 피해 빠져나오기도 힘들 텐데……."

귓전을 때린 목소리가 채 끝나기도 전에 고개를 돌린 아난의 눈에 이채가 떠올랐다. 그녀가 생각했던 것과 전혀 다른 예상 밖의 인물을 발견한 것이다.

"조홍?"

솔개 섬영을 쫓아 용문산까지 달려온 조홍의 얇은 입술이 묘하게 꿈틀거렸다. 누군가를 비웃을 때 짓곤 하는 특유의 미소였다.

"후후, 내 등장이 뜻밖이신가요?"

여태까지 보였던 여유와 달리 표정이 딱딱하게 굳은 아난이 재빨리 주변을 둘러봤다. 무언가를 찾는 것 같기도 하고, 염려하는 것 같기도 한 모습이었다.

조홍이 고개를 가로저었다.

"회주는 이곳에 오지 않았습니다. 그분은 지금 복귀한 총교두에게만 관심이 있으니까요."

"아, 그래……."

"예, 사실은 제가 이곳에 온 것도 그분이 알면 꽤나 혼이 날 일이지요."

아난의 표정이 슬그머니 풀렸다. 용문 내에서 그녀가 가장 두려워하는 건 파군성 서문휘강이었다. 그가 이곳에 없다는 걸 확인하자 안심이 됐다.

그때 조홍의 등장에 눈을 반짝이고 있던 금난주가 목소리를 높였다.

"명백한 협정 위반이에요!"

"협정 위반?"

"그래요! 전날 저랑 맺은 협정에 의하면……."

"그런 걸 이런 곳에서 까발릴 필요는 없다고 보는데요?"

"이이……."

슬쩍 아난을 곁눈질한 금난주가 볼이 퉁퉁 부은 채 입을 다물었다. 확실히 그녀와 조홍이 맺은 협정은 이런 곳에서 따지기엔 곤란한 점이 있었다.

승리자의 얼굴이 된 조홍이 피식 웃었다.

"뭐, 그렇게 걱정할 필요는 없습니다. 나는 이곳에 개인 자격으로 온 것이니까요."

"개인 자격?"

"우연히 이쪽 방면으로 섬영이 떨어져 내리는 걸 발견하고 달려왔을 뿐이니, 특별히 철검회의 행사에 끼어들거나 방해하진 않겠다는 뜻입니다. 반룡회에 대해서도 마찬가지겠지만."

"아아!"

금난주는 고개를 끄덕이더니 방긋 입가에 미소를 담았다.

"그러니까 조 소협은 이곳에 난주가 걱정돼서 달려온 것이군요."

"뭣?"

"하긴 내가 한미모 하죠."

어깨를 으쓱거리며 금난주는 어느새 평소의 모습을 되찾고 있었다. 아난의 살기에 벌벌 떨던 그녀와 완전히 다른 사람이 된 것이다.

"쿨럭!"

자신도 모르게 헛기침을 몇 차례 토해낸 조홍이 아난에게 말했다.

"그렇지만 내가 이곳까지 달려온 이유가 그뿐만은 아닙니다."

아난의 안색이 다시 가볍게 굳어졌다.

"그럼?"

조홍이 보고하듯 말했다.

"회주는 이번에 아난 소저가 용문 삼십육방을 통과했다는 소식을 듣고 매우 기뻐했습니다."

"그 자식이 왜 기뻐했는데?"

"용문 삼십육방은 회주도 반드시 도전해 보고 싶어했던 곳이니까요."

"설마……."

조홍이 고개를 끄덕였다.

"회주는 용문 삼십육방을 통과한 아난 소저와 따로 만나고 싶다고 하셨습니다. 물론 때와 장소는 회주가 총교두를 만난 후 따로 전달하겠지만."

“…….”

아난이 뒤에 서 있던 단천엽 쪽으로 물러났다. 단지 몇 걸음이지만 그녀가 받은 마음의 충격이 그대로 단천엽에게 전해져 왔다.

‘떨고 있다! 아난을 떨게 하는 사람도 있단 말인가?

단천엽은 자신이 나서야 될 때임을 직감했다. 아난을 바라보던 조홍의 시선이 어느새 그를 향하고 있었다. 금난주와 마찬가지로.

“천엽?”

아난과 어깨를 나란히 한 단천엽은 그녀를 바라보며 빙긋 웃었다.

“생각보다 아난은 손이 작구나?”

“뭐?”

“아난의 손이 생각보다 작다고.”

아난의 안색이 발그레하게 붉어졌다. 언제 충격을 받았냐는 듯 그녀는 삽시간에 마치 딴사람이 되었다. 단천엽의 한마디가 만든 변화였다.

그때 다시 그녀에게 부드러운 미소를 던진 단천엽의 시선이 조홍을 향했다.

“용문 삼십육방을 통과한 사람을 보고 싶다고 했습니까?”

이미 단천엽을 주시하고 있던 조홍이다. 고삐가 채워지지 않은 야생마나 다름없는 아난의 낯을 붉히게 만든 범상치 않은 모습에, 그의 눈매가 가늘어졌다.

“용문 삼십육방을 통과한 사람을 만나고 싶어하는 건 저희 회주입니다.”

“저 역시 그 회주란 분의 의중을 물은 겁니다만.”

“그렇습니까?”

“예. 그러니 이젠 대답해 주시겠습니까?”

앞으로 나선 단천엽의 뒤에 다소곳이 선 아난에게 한차례 시선을 던진 조홍의 입술 꼬리가 말려 올라갔다.

“흐흐, 과연 남아당자강(男兒當自强)이라는 건가?”

“남아당자강?”

“남자라면 마땅히 강해져야 한다! 그야말로 강호의 뭇 멍청이들이나 신봉하는 말을 지키기 위해 당신이 나선 것이 아니냔 말야. 여인의 몸인 아난 소저를 대신해서. 아난 소저가 자신보다 훨씬 강하다는 사실을 알고 있으면서도.”

“그건……..”

“왜? 내 말이 틀렸다고 말하고 싶은 건가?”

단천엽은 잠시 대답을 미루고 스스로에게 자문했다. 과연 자신이 아난을 대신해서 나선 것이, 조홍이 말하는 것처럼 단순히 사내임을 내세운 만용이 아니었는지를.

‘하지만 그런 게 그렇게 중요한 것일까? 이미 내 마음이 움직였는데도?’

단천엽이 천천히 고개를 끄덕였다.

“확실히 나는 아난보다 무공이 떨어지는 게 사실입니다. 용문 삼십육방도 그녀가 없었다면 통과하기 힘들었을지도 모르고.”

“……..”

“하지만 당신의 회주가 용문 삼십육방을 통과한 사람을 원한다면, 나는 그 초대를 피할 생각은 없습니다. 그것이 용문 삼십육방을 통과한 자가 책임져야 할 짐이라면 더 더욱!”

단천엽은 가슴을 폈다. 아난이나 제운영에게 휘둘리는 동안 보인 적이 없는 널찍한 가슴을 드러낸 것이다.

그 모습을 황홀한 듯 바라보던 아난이 조홍에게 소리쳤다.

"며칠 뒤 천랑성 아난이 천엽과 찾아가겠다고 파군성 서문휘강에게 전해! 아난과 천엽은 서문휘강도, 낭인회도 전혀 무섭지 않으니까!"

"알겠습니다."

"흥, 알았으면 이만 꺼지라구! 그렇지 않으면……."

"누구 맘대로!"

아난의 호기로운 목소리를 끊은 건 제운영의 노한 목소리였다. 먼저 달려가 버린 단천엽과 금난주의 뒤를 좇던 중 그녀와 기진악은 곳곳에 쓰러진 채 신음하는 반룡십결과 몇 명의 호화검수를 구해야만 했다. 덕분에 독술과 함께 의술 역시 일가견이 있는 기진악이 뒤에 남고 그녀만 뒤늦게 용문산에 도착했으니, 분노가 가벼울 리 없었다.

도착과 동시에 용문으로 향하는 길목을 막아선 제운영이 조홍과 금난주 등을 훑어보곤 화난 목소리로 외쳤다.

"이 녀석들! 하라는 수련은 안 하고 이런 곳에서 작당 모의를 하고 있다니! 모두 징벌방에 며칠 갇히는 것 정도론 끝나지 않을 테니 각오하는 게 좋을 거야!"

"그, 그건……!"

"으음."

금난주와 조홍의 얼굴에 난처한 기색이 떠오른 순간, 단천엽과 아난은 서로를 바라보며 피식 웃었다. 비가 온 다음 땅이 굳어지듯 두 사람은 용문 삼십육방을 나와 더욱 가까워졌다. 서로가 서로를 존중하고 위해주는 단계까지.

아난에게서 시선을 뗀 단천엽이 불현듯 소리쳤다.

"운영 누나, 만약 오늘 일로 벌을 받아야 한다면 저도 잊지 말고 끼워주세요!"

"뭐?"

"오늘 벌어진 일에는 저 역시 아주 많이 참가했거든요."

단천엽의 미소가 이번에는 제운영을 향했다. 그의 얼굴엔 어느새 태연하고 천연덕스런 표정이 더불어 떠올라 있었다.

제24장

구천도문(九天刀門)의 소공자

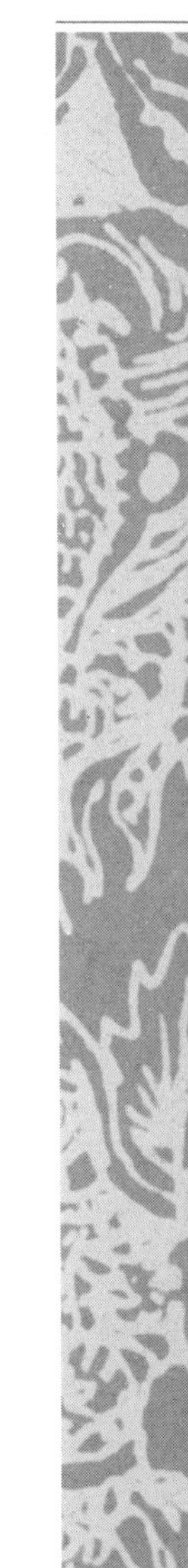

구천도문(九天刀門)의 소공자 I

천하맹 총단의 내성. 그중에서도 가장 경계가 삼엄하다 알려진 천원의 한 켠에 만들어진 수상루(水上樓)의 이름은 망월정(望月亭)이다.

달을 기다린다는 이름답게 달밤의 풍취가 가장 느껴지는 이곳에도 아직 동장군(冬將軍)은 기승을 부리고 있었다. 바람은 날이 선 칼날처럼 느껴졌고, 주변을 은은히 밝히는 달빛은 처량할 정도로 차갑고 고독해 보였다.

냉월지야(冷月之夜).

오직 어둠 속을 가로지르는 한 가닥의 바람만을 벗삼아 외로움을 고고함 속에 감추고 있던 달빛이 가볍게 흔들렸다. 숨죽이고 있던 어둠의 대지를 깨우는 소음이 인 것과 동시였다.

디링!

청아하면서도 구슬픈 음색의 정체는 고래로부터 북방의 대국인 고구려(高句麗)의 왕산악에게서 전해진 후 문사들의 친우라 불리게 된 거문고의 선율이었다.

통겨지고, 뜯기고, 또한 격하게 휘몰아치는…….

거문고가 만들어내는 선율의 정체는 신라 경덕왕(742~764) 때의 거문고의 대가 옥보고(玉寶高)가 지은 상원곡(上院曲)이었다. 본래 거문고는 고구려에서 만들어진 만큼 동류인 신라에서도 가야금(伽倻琴)과 함께 크게 유행했고, 중원에도 꽤 많은 곡이 들어와 있었다.

그런데 풍월(風月)을 친구 삼아 끊임없이 거문고의 사 현(四絃:고대의 거문고는 현재와 같은 육 현이 아니라 사 현이었다) 위를 넘나들던 열 개의 손가락이 문득 동작을 멈췄다. 그리고 현란하기까지 하던 음색과 달리 다소 투박해 뵈는 손가락의 주인이 거문고에서 시선을 뗐을 때다.

냉랭한 달빛 속에 흉측한 귀면탈이 모습을 드러냈다. 밤의 망월정 주변을 에워싼 담장 위에 홀연히 야행인 한 명이 모습을 드러낸 것이다.

디시 몰아지경에 빠져 탄주하던 거문고를 한동안 내려다보던 문상 한상월의 시선이 귀면탈 쪽을 향했다.

"일부러 왔음을 알린 것인가?"

천하맹 총단의 내성 중 가장 경계가 삼엄한 곳이 천원이고, 망월정은 그곳에서도 지척이라 할 만한 곳이다. 그런 곳을 제 집 안방처럼 찾아드는 야행인이라면 목적이 범상할 리 없다. 그의 앞에 있는 사람이 천하맹 서열 이위의 문상 한상월이라면 더욱 그렇다.

"……."

한상월의 평범한 질문에 야행인이 자신도 모르게 주변을 둘러봤다. 그는 오늘과 같은 등장을 위해 꽤나 오랜 시간 공을 들였다.

천원의 주변 경계가 가장 느슨해지는 시간과 한상월이 천원의 집무실을 벗어나는 때, 망월정에 들러 거문고를 탄주하는 날까지…….

그로선 자신이 들인 시간과 노력이 어느 정도인지 돌이켜 생각하기도 싫을 정도였다.

'그런데 저자의 태도는 마치 내가 오늘 밤 자신을 찾아올 것을 기다리고 있던 것 같지 않은가!'

귀면탈로 가려진 얼굴이 가볍게 구겨졌다. 무심코 주변을 둘러보기는 했으되 그것이 전혀 쓸데없는 행동임을 그는 이미 알고 있었다. 무심코 보인 행동이 그의 기분을 더욱 상하게 만들었다.

그때 한상월의 얼굴에 퉁명스런 표정이 떠올랐다.

"암천대공자, 계속 도깨비 같은 흉내나 내며 내 휴식 시간을 방해할 셈인가?"

꿈틀!

암천대공자는 귀면탈을 쓰고 오길 잘했다고 생각했다. 그의 본색을 익히 아는 한상월이지만, 자신의 격동한 모습을 보이긴 싫었다. 그런 약한 모습을 한상월에게 보이느니 죽는 편이 차라리 나았다, 그가 어떻게 생각하던지 간에.

스륵.

주변을 파랗게 물들인 달빛을 밟으며 암천대공자가 망월정 앞에 떨어져 내렸다. 처음 모습을 드러냈을 때와 마찬가지로 얼굴에 머물고 있는 귀면탈은 달빛이 만들어낸 몽환적인 분위기에 충분히 어울렸다.

"대주를 뵙습니다!"

암천대공자가 부복한 자세로 고개를 숙여 보이자 한상월이 미미하게 고개를 끄덕였다.

"오랜만이군."

“기껏해야 석 달 전에 명령을 받자왔습니다만?”

“그랬던가?”

“예. 천치권에 대한 일로······.”

“누구?”

“천권 화굉요 말입니다.”

“아아!”

한상월이 고개를 끄덕이자 암천대공자의 눈에선 차가운 한광이 뿜어져 나왔다. 그가 아는 한상월은 완벽주의자였다. 자신이 내렸던 명령을 기억하지 못할 사람이 아니었다.

‘그렇게 화굉요를 높이 평가한다는 건가? 나로 하여금 주제로도 삼지 못하게 할 만큼.’

암천대공자가 부복한 채 목소리를 높였다.

“대주께서는 화굉요를 속하보다 높이 보시는 겁니까?”

“응?”

“그날 생사지경에 빠진 화굉요를 뒤로 빼돌린 건 암천의 조직원입니다. 암천의 추격대가 뒤를 밟지 못할 리 없는데, 아직까지 종적이 묘연합니다.”

“그래서?”

“대주님께서 따로 뒤를 봐주지 않았다면 있을 수 없는 일이란 뜻입니다. 그것도 암천의 조직이 비교적 약한 강북이었기에 가능했겠지만.”

한상월이 각진 턱을 손가락으로 매만졌다.

“그러니까 결국 자네는 내가 자네보다 화굉요를 높이 평가하기에 그를 뒤로 빼돌렸다고 보는 건가?”

"그렇습니다. 그렇지 않고서야……."

"맞네."

"예?"

"나는 화굉요를 자네보다 높게 평가하고 있네."

꿈틀!

암천대공자의 얼굴을 가린 귀면탈이 가볍게 떨렸다. 귀면탈 안쪽의 떨림은 더욱 심했으리라. 태어나 지금까지 남의 뒤에 선다는 건 상상조차 해본 일이 없는 그로선 한상월의 말에 굴욕을 느끼지 않을 수 없었다.

그 순간 한상월이 나직이 키득거렸다.

"하하, 자네는 역시 젊구만. 아니, 어리다고 해야 하려나? 내 한마디 한마디에 그렇게 바로 반응해 버리면 놀려먹는 재미가 들지 않겠나?"

"놀… 려먹는 재미?"

한상월이 자세를 바로 했다. 그저 어깨를 한차례 꿈틀거렸을 뿐이나 일순 사람 자체가 커 보였다. 그리고 암천대공자를 향해 냉오한 시선을 집중한 그가 말했다.

"자네는 암천뿐 아니라 내게도 소중한 사람이야. 나는 인재를 무엇보다 아끼는 사람이니까."

"……."

"하지만 내가 하는 일에 감히 끼어들어 주절거릴 생각은 않는 게 좋아. 나는 인재를 아끼는 만큼 기어오르는 자식을 밟는 걸 좋아하거든."

뚜뚱!

거문고의 현이 튀어 올랐다.

탄지(彈指)에 사 현 중 두 개가 이미 끊어져 있었다.

달빛에 비친 두 개의 손가락에 핏물이 보였다. 거문고의 현이 끊어
지며 손가락에 상처를 입힌 것이다.

혀를 내밀어 상처를 핥은 한상월이 말했다.

"그나저나 이렇게 야심한 시각에 날 찾은 까닭을 아직 듣지 못한 것
같군."

한상월의 상처 입은 손가락을 뚫어지게 바라보고 있던 암천대공자
가 으슬하고 어깨를 떨었다. 그는 잠시 다른 데 정신이 팔려 있었다.
정신을 차려보니 한상월의 시선이 추상같다.

'날 유혹하는가……'

다시 고개를 바닥 쪽으로 향한 암천대공자가 천천히 입을 열었다.

"속하가 이곳을 찾은 이유는……."

한상월이 손가락에 입은 상처는 그리 가볍지 않았다. 길쭉하고 좌우
로 갈라져 속살이 보이고 있었다.

그래서인지 치맛단을 찢어 조심스레 상처를 감싸는 귀비 유설영의
얼굴은 가볍게 찌푸려져 있었다. 특유의 귀안이 초점 하나 흩트리지
않은 데 반해 콧잔등에 작은 주름이 잡혀 있다. 마음이 언짢을 때 보이
는 모습이다.

"…아프군."

한상월이 신음 대신 핀잔을 주자 유설영이 잠시 손놀림을 멈추는가
싶더니 더욱 재게 놀렸다.

"아프다니까!"

"존체를 돌보지 않는 분께서 하실 말은 아닌 줄로 압니다."

한상월의 시선이 유설영을 향했다.

“화났는가?”

“…….”

대답 대신 상처를 감싼 옷자락을 단단히 매듭 지은 유설영의 신형이 천천히 뒤로 물러섰다. 달빛과 어우러져 한 폭의 그림과 같은 모습이었다.

유설영을 잠시 바라보던 한상월의 입가에 담담한 미소가 떠올랐다.

“달빛 때문이야.”

유설영이 시선을 들어 올렸다.

“달을 없앨까요?”

“달을 없애겠다?”

“명하신다면.”

한상월의 미소가 더욱 짙어졌다.

“달은 묘한 힘이 있어. 가끔 완전히 지웠다고 생각했던 과거의 기억을 떠올리게 하고, 내 가슴을 미칠 듯한 광기에 젖어들게 만들거든.”

“…….”

“방금 전도 그런 광기에 젖어 저지른 치기라고 알아주게. 내일 날이 밝아 다시 천원에 들게 되면 오늘과 같은 모습은 한 점도 남기지 않고 사라질 테니.”

유설영이 문득 말했다.

“술을 올릴까요?”

“술?”

“사내들은 그럴 때 술을 마신다고 거산이 그러더군요.”

“거산이…….”

한상월의 고개가 가볍게 끄덕여졌다. 거산이라면 그런 말을 할 법했다. 그러나 요 근래 거의 손에 대지 않던 거문고를 탄주하고, 유설영 앞에서 쓸데없이 혼잣말을 지껄였다. 술을 마시지 않았다곤 하나 이미 달빛에 취했다고 봄이 옳았다.

'이미 취했는데 술이 필요할까?

고개를 가로저은 한상월이 무릎에 올려놨던 거문고를 옆으로 밀어 냈다.

터엉!

유설영의 시선이 거문고를 걱정스레 바라봤다. 그녀는 내동댕이쳐 진 거문고가 한상월에게 어떤 의미인지 알고 있었다.

그때 한상월이 말했다.

"귀비, 암천대공자에 대해 어떻게 생각하지?"

유설영의 시선이 거문고에서 떨어졌다. 그녀는 어느새 평소와 같은 무심함을 회복한 한상월을 찬찬히 바라보곤 신중한 기색으로 대답했다.

"암천대공자는 암천의 주인인 남천존자(南天尊者)가 최고의 심혈을 기울여 만들어낸 절세의 기재입니다. 무공의 천재일뿐더러, 지략이 있 고 담대하여 앞으로의 대업에 크게 쓰일 인재입니다."

"원론적인 얘기 말고."

"남천존자의 성격을 닮아 성격이 편협한 데다, 감히 대주께 반항심 을 품고 있습니다. 어렸을 때부터 최고가 되어야 한다는 교육을 받은 탓으로 사료됩니다만, 이번 화굉요 사건같이 도가 지나칠 때는……."

"엉덩이를 까고 죽도록 패주고 싶다고 거산은 말했겠군?"

유설영이 고개를 끄덕였다.

"거산은 분명 그렇게 말했습니다. 하지만 그가 지닌 능력은 이미 보 통이 아닌 데다 점점 더 대단해지고 있습니다. 솔직히 비녀로서도 이제는 가늠하기 힘들 정도입니다."

"두 사람이 합공을 하고도 당해내지 못했다는 보고는 들었다. 아주 멋지게 당했다고 하더군."

"……."

"그래서 걱정하는 바는?"

마치 속마음을 속속들이 읽는 듯한 질문이었다. 유설영은 잠시 자신이 가진 귀안을 한상월에게 빼앗긴 게 아닌가 하는 의심이 들었다.

'그렇기에 나의 대주시다!'

유설영이 답했다.

"비녀가 걱정하는 바는 용문에 들어간 단 공자에 대한 것입니다."

"그가 녀석을 가만 놔두지 않을 걸 걱정하는 건가? 남천존자가 가진 권세만으론 양이 안 차 내 후계자 자리까지 차지하기 위해서?"

"그렇습니다. 그는 기회만 닿는다면 용문 안에서 단 공자를 없애려 할 겁니다. 전날 오성의 중심이었던 모회언 공자를 폭주하게 만들었듯이."

"모회언의 폭주는……."

"암천대공자를 제외하고 천괴성(天魁星: 오행이 병화(양화)에 속한다. 길성으로 화합의 상징)의 현현(顯現)인 모회언 공자를 폭주하게 만들 정도의 힘을 가진 자는 용문 안에 없는 줄로 압니다. 아직 비녀가 무능하여 증거를 찾아내진 못했습니다만."

단호한 유설영의 확언에 한상월의 눈빛이 깊숙해졌다. 그 역시 의심하고 있던 바였다. 특별히 그녀의 말이 놀라울 것은 없었다.

'그래, 단지 확인을 못했을 뿐이야.'

한상월이 말했다.

"어쨌든 지금까지는 단지 가정에 불과하다. 함부로 녀석을 범인으로 몰아선 안 돼. 그리고 용문에는 이미 거산이 들어가 있다. 더 이상의 관여는 과보호밖엔 안 된다."

"그렇지만……."

손을 들어 유설영의 말을 막은 한상월이 차갑게 말했다.

"녀석이 암천대공자의 암수 정도를 피할 수 없다면 그냥 용문에서 죽어버리는 게 오히려 편할 것이다. 앞으로 녀석이 헤쳐 나가야 할 일들을 생각하면."

"……."

자리에서 일어선 한상월은 내동댕이쳤던 거문고를 집어 들었다. 오랫동안 가부좌를 틀고 앉았기 때문인지 그의 작지 않은 신형이 달빛 아래 가볍게 휘청거렸다.

스륵.

얼른 다가와 부축하는 유설영에게 시선을 던진 한상월이 문득 입가에 미소를 담았다.

"달빛 때문에 마음이 흔들리나 했더니……."

"대주?"

"눈이 오려고 그랬군."

"눈……."

한상월의 시선을 좇아 고개를 돌리던 유설영의 눈에 이채가 떠올랐다. 과연 언제 달빛만이 교교했냐는 듯 망월정 밖은 온통 눈발이 휘날리고 있었다. 아직 계절이 겨울임을 시위라도 하려는 듯.

구천도문(九天刀門)의 소공자 2

밤새 내린 눈은 용문 전체를 하얗게 물들였다. 고색창연한 천무서각과 용문 교두들이 기거하는 구룡무각(九龍武閣), 대강당 격인 십전대각(十全大閣)의 지붕과 중간중간 만들어진 수련생용 막사, 연병장, 훈련교장이 온통 눈 속에 파묻혀 있었다.

그야말로 별유천지(別有天地).

동심이 남은 아이들이라면 보는 순간 크게 소리를 지르며 눈밭 위를 뛰어다녔으리라. 방심에 가슴 뛰는 소녀 역시 마찬가지였다. 어딘가 있을 낭군을 그리며 얼굴을 붉히고 눈 위를 자박자박 걸어 발자국을 남기며 즐거워했을 것이다.

그러나 눈이 오는 날을 공포로 여기는 사람들이 있다. 정확히 찍어서 말하자면, 용문의 수련생용 막사를 빠져나온 소년, 소녀들이 그런 부류였다.

우렁찬 기상 구령과 함께 수련생 막사를 빠져나온 단천엽의 귓전으로 날카로운 비명과 절규가 파고들었다.

"이, 이런 빌어먹을!"

"하필이면 연병장을 맡은 날 눈이 내리다니!"

"끄으, 나는 용문산 쪽으로 향하는 길목인데……."

하나같이 인생을 포기한 듯한 목소리였다. 밤새 추위와 싸우며 야간 훈련을 끝마친 후 간신히 눈을 붙인 수련생들에게 새벽의 눈 치우기는 그만큼 끔찍한 고난이었다. 용문의 영역은 넓고 눈을 치울 인원은 한정되어 있었다.

그런 혼란의 소용돌이 속을 뚫고 단천엽은 재빨리 자신의 소속을 찾아 달려갔다. 용문의 하루를 여는 새벽의 일조점호에 참석하기 위함이었다.

용문의 조직은 간단히 교육을 담당하는 구룡무관의 스물다섯 명의 교두와 오 년 이상 수련한 연옥백강을 비롯한 이백오십 명에 달하는 수련생으로 나뉜다.

교두진은 총교두 무상 단백경 이하 태악일협 임천생, 철사자 장선홍, 다정쾌검 윤문환이 삼대교두를 맡고, 그 밑을 칠독수 기진악을 필두로 한 이십여 명의 하급 교두들로 이뤄졌다. 수련생 열 명당 한 명씩 교두가 배정된 셈이었다.

그러나 실제로 교두들과 수련생의 비율은 꽤 자주 변했다. 연옥백강에 들지 못한 수련생을 나눈 천지인(天地人) 삼 개 조에 속한 인원들 중 고된 수련 때문에 도망가거나 사고사(事故死) 등으로 탈락자가 속출했기 때문이다.

실제로 간단한 입문식을 치른 후 용문에 들어온 단천엽이 속한 인자
조(人字組)의 경우 지난 한 달 동안 탈락자가 다섯 명이나 됐다. 다섯
명이 탈락하고 단천엽 한 명이 들어왔으니, 인자조에는 현재 결원이 네
명인 셈이었다.

"하나, 둘, 셋… 마흔여섯. 인자조 일조점호 끝!"
씩씩하게 마지막 목소리를 높인 단천엽이 용문에 들어온 지는 벌써
한 달이 다 되어갔다. 모든 것에 익숙해질 기간이다. 그러나 그가 인자
조에 들어온 건 닷새가 채 지나지 않았다. 입문 직전에 친 사고 때문이
다.
눈앞을 왔다 갔다 하며 딱딱한 표정으로 지시 사항을 전달하는 일직
교두에게 시선을 맞추고 있던 단천엽의 눈에 이채가 떠올랐다.
이십여 일간이나 징벌방에 갇혀 지낸 탓에 아직 인자조에 적응되지
않은 그의 눈길을 잡아끈 건 가쁜 숨을 식식대고 있는 조그만 몸집의
소년이었다.
"헉헉헉……."
소년은 금방이라도 쓰러질 듯 힘겹게 숨을 몰아쉬었다. 일조점호 전
에 가볍게 돈 연병장 오십 바퀴에 녹초가 된 모습이었다.
'내공이 없는 나도 연병장 오십 바퀴 정도는 그다지 힘들지 않았다.
용문에 들어왔다면 중원 각지에서 뽑힌 기재이거나 무문(武門)의 제자
일 텐데, 저 모습은 거의 죽어가는 사람의 모습이다.'
소년을 주시하는 사람은 단천엽뿐만은 아니었다. 몇 명의 인자조 수
련생이 정자세를 한 채 소년 쪽을 힐끔거렸다. 일조점호시 일직 교두
의 명령이 없는 한 절대 떠들거나 움직일 수 없다는 규칙이 없다면 당

장 소년에게 달려가 부축이라도 해주고 싶다는 표정들이었다.

그때 이 열로 정열한 인자조 앞을 왔다 갔다 하던 일직 교두 금강철권(金剛鐵拳) 철무심의 걸음이 멈췄다. 허리를 잔뜩 수그린 소년의 바로 앞이었다.

"하급 수련생 기소천!"

"허억, 헉……."

"대답이 없는가?"

"아, 아닙니다."

뒤늦게 기소천이 대답한 순간 철무심의 발이 움직였다.

퍽!

"커억!"

기소천의 허리가 꺾인 순간 아랫배를 벗어난 철무심의 발이 다시 움직였다. 자세가 낮아진 얼굴 쪽이었다.

퍼퍽!

용문 교두에 걸맞게 전광석화 같은 연타!

숨이 턱까지 올라온 데다 아랫배를 얻어맞았다. 고통으로 일그러지다 못해 하얗게 질려 있던 기소천의 얼굴이 좌우로 크게 흔들렸다. 철무심의 철각(鐵脚)이 지나간 그의 얼굴은 이미 피투성이로 변해 있었다.

휘청!

결국 참지 못하고 쓰러지려는 기소천의 멱살을 잡아 올리는 손길이 있었다. 어느새 그에게 다가선 철무심이었다.

"으흑!"

신음하는 기소천을 근육이 꿈틀대는 손으로 들어 올리며 철무심이

으르렁거렸다.

"이 정도로 끝날 줄 아는가?"

"저는, 저는……."

"이 정도로 끝내고 싶은가?"

"……."

"그런 건가!"

철무심의 벽력같은 고함에 반쯤 의식을 잃고 있던 기소천의 눈꺼풀이 바르르 떨렸다. 짧은 순간 그의 몽롱하던 눈에 힘이 되돌아온 것이다.

"아, 아닙니다!"

"대답은 짧고 힘있게!"

"아닙니다!"

철무심의 입술 끝이 꿈틀거리더니 위로 치켜 올라갔다.

"다리에 힘을 줘라!"

"예!"

기소천이 바로 서자 그를 놔주고 뒤로 물러선 철무심이 인자조를 훑어봤다. 기소천을 구타할 때처럼 무시무시하진 않지만 보는 이의 등골을 오싹하게 만드는 표정이었다.

"하급 수련생 기소천에게 기력을 불어넣는 동안 정자세를 흩트린 녀석이 셋 있었다. 둘은 눈에 익은데 한 놈이 낯설다. 어떻게 된 일이지?"

"……."

단천엽은 철무심의 시선이 자신을 향하고 있음을 느꼈다. 확실히 그는 기소천이 얻어맞는 순간 앞으로 뛰어나가려다 동작을 멈추었다. 만

약 철무심이 쓰러지려는 기소천의 멱살을 잡아 끌어 올리지 않았다면
그는 동작을 멈추지 않았을 터였다.

단천엽이 자진 신고를 하려는데, 피투성이가 된 얼굴의 기소천이 크
게 목소리를 높였다.

"하급 수련생 기소천, 교두님께 할 말이 있습니다!"

철무심의 시선이 기소천을 향했다. 그의 얼굴엔 뜻밖이란 표정이 떠
올라 있었다.

"무슨 일이지?"

"이번 일은 어디까지나 저의 잘못입니다!"

"그래서?"

"저의 불찰에 다른 사람을 끌어들이고 싶지 않습니다!"

철무심의 입가에 웃음이 떠올랐다. 방금 전 기소천에게 얼핏 보였던
것과 달리 완벽한 웃음이었다.

웃음을 멈춘 그가 말했다.

"그래야 사문의 체면이 서는 거겠지. 이번 일은 그냥 넘어가기로 하
겠다."

"감사합니다!"

"하지만 인자조는 전체가 곧 하나이다! 한 명의 실수나 잘못은 곧 전
체가 짊어지는 것이니 제대로 일조점호를 준비하지 못한 잘못까지 넘
어갈 순 없다!"

일순 인자조 전체의 표정이 암울하게 변했다. 주변은 온통 눈으로
가득한데, 새벽부터 실컷 구를 일이 생긴 것이다.

일조점호가 끝나자마자 천자조(天字組)나 지자조(地字組)가 새벽 수

련에 들어간 것과 달리 인자조는 특별한 임무를 배정받았다. 세 명의 일직 교두 간의 합의—인자조를 맡은 철무심의 적극적인 주장에 의한—에 의해 용문 내에 밤새 내린 눈을 치우는 제설 작업을 맡은 것이다. 인자조 단독으로.

"헉헉……."

자신의 몸보다 훨씬 큰 제설용 밀대에 달라붙은 기소천은 당장이라도 죽을 듯 숨을 토해냈다. 좀 전, 작은 몸이 박살날 정도의 타격을 철무심에게 당했다. 현재 그의 몸은 넝마처럼 너덜거리고 있었다.

'그런데도 참 필사적이구나.'

단천엽은 누구보다 빨리 맡은 구역의 제설 작업을 끝내고 기소천을 찾아갔다. 아직 얼굴도 익히지 않은 그가 걱정됐기 때문이다.

과연 그의 예상대로 안간힘을 쓰는 만큼의 성과를 기소천은 거두지 못하고 있었다. 어느 정도 눈이 모인 상태인 제설용 밀대는 좀 전부터 전혀 움직임을 보이지 않고 있었다. 마치 단단한 암벽이라도 앞을 막고 있는 듯한 모습이다.

기소천 쪽으로 걸어가려던 단천엽이 걸음을 멈췄다. 그의 발길을 멈춰 세운 건 일조점호 시 기소천과 더불어 눈길을 끌었던 인자조의 단혼도(斷魂刀) 상명헌과 귀도(鬼刀) 유현중이었다.

주변을 두리번거리다 기소천 쪽으로 달려간 그들이 연달아 목소리를 높였다.

"소주!"

"소주!"

자신을 부르는 익숙한 목소리에 고개를 돌린 기소천이 미간을 찌푸려 보았다.

"사형들……."

"속하들이 모자라……."

"죄송합니다!"

거의 동시에 기소천 앞에 도착한 상명헌과 유현중은 바로 허리를 숙여 보였다. 주변에 보는 눈이 없다면 당장 바닥에 머리라도 박을 기세였다.

그러자 당황한 표정으로 주변을 둘러본 기소천이 잔뜩 안색을 상기시켰다.

"명헌 사형과 현중 사형은 문 내의 선배일뿐더러 이곳 용문에서도 제 선배가 되는 상급 수련생입니다. 어찌 제게 허리를 숙여 보이십니까?"

상급 수련생이란 용문 내에서 연옥백강에는 들지 못했으나 몇 년간 탈락하지 않고 버틴 자들을 일컫는 말이다. 기소천이나 단천엽처럼 들어온 지 일 년 미만인 하급 수련생들과는 현격한 차이가 있는 자들이었다.

게다가 그런 상급 수련생 중에서도 상위의 실력자들로 이름 높은 상명헌과 유현중이다. 기소천의 말처럼 용문에 들어오기 전 같은 문파에서도 선배였다면, 절대 있을 수 없는 일이 벌어진 셈이다.

그러나 상명헌과 유현중의 태도는 전혀 변한 것이 없었다. 그들은 오히려 더욱 얼굴에 죄송하다는 표정을 떠올리며 허리를 굽신거렸다.

"소주께서 속하들을 사형이라 부르는 건 저희들더러 죽으라고 하시는 겁니다!"

"어찌 속하들을 이리 가혹하게 대하십니까!"

기소천의 안색이 더욱 붉게 물들었다. 처음과 같이 당황한 것이 아니라 노한 표정이 그의 얼굴에 떠올랐다.

"제가 용문에 들어온 건 이런 대접을 받지 않기 위해서였습니다. 어찌 사형들은 못난 사제를 더욱 못난 놈으로 만드려 하십니까!"

"소주……."

"속하는 그저……."

"됐습니다! 주변의 이목이 있으니 두 분은 이만 물러나 주십시오."

기소천이 신형을 돌리자 상명헌과 유현중이 난처한 기색으로 서로를 바라봤다. 그들은 한시라도 빨리 이곳으로 달려오기 위해 죽도록 제설 작업을 했다. 기소천이 맡은 구역이 다른 어떤 수련생보다 많았기 때문이다.

'그런데 이렇게 야단을 치다니…….'

'그렇다고 그냥 놔두고 갈 수도 없고…….'

그때 단천엽이 두 사람에게 다가갔다. 그는 엉거주춤한 자세로 서 있는 두 사람의 뒤에 이르러 헛기침을 터뜨렸다.

"콜록!"

"……."

"두 분 선배님, 방금 전에 철 교두님께서 두 분을 찾던 것 같던데요?"

"뭣?"

"일직 교두님이?"

신형을 돌린 두 사람이 일제히 쏟아낸 기파에, 슬쩍 한 걸음 옆으로 물러선 단천엽이 고개를 끄덕였다.

"함부로 자신이 맡은 구역을 이탈했다고 소리치시는 게, 단단히 화가 난 것 같았습니다."

"이, 이런!"

"큰일났군!"

재빨리 신형을 돌린 그들은 제설용 밀대에 매달려 있는 기소천에게 얼른 허리를 숙여 보였다.

"소주, 이만 물러나 보겠습니다!"

"물러나겠습니다!"

허리를 바로 한 두 사람의 신형이 급히 회전하더니 바람처럼 앞으로 솟구쳤다. 이곳에 도착할 때와 비교하면 배는 빠른 속도였다. 상급 수련생인만큼 구룡무각에 속한 교두들의 면면을 잘 알고 있었던 것이다. 철무심의 포악스러움을 포함해서.

구천도문(九天刀門)의 소공자 3

"아!"

갑자기 옴쭉달싹도 않던 제설용 밀대가 움직임을 보였다. 여태까지 죽기살기로 달려들어도 소용없던 일이 갑자기 이뤄지자 기소천은 잠시 얼떨떨해졌다. 도무지 현 상황을 이해할 수 없는 것이다.

그때 묵직한 힘이 느껴지는 손길이 기소천의 어깨를 두드렸다.

"힘을 빼면 안 되지."

"뭐?"

"이렇게 잔뜩 눈을 모았으니 자세를 좀 더 낮추고 밀대를 미는 양손에 힘을 집중시키는 데 노력 하라고 말하는 거야."

기소천은 그제야 고개를 옆으로 돌렸다. 움직이지 않는 밀대와 씨름하느라 기력을 몽땅 소진한 탓에, 그는 단천엽이 다가드는 것도 모르고 있었다.

“다, 당신은……?”

단천엽이 씩 웃어 보였다.

“내 이름은 단천엽, 너와 같이 인자조에 속해 있는 하급 수련생이야.”

“나는, 나는…….”

“기소천이지? 오늘 일조점호 때 이름을 들어 기억하고 있어.”

기소천의 안색이 붉어졌다. 일조점호 때의 얘기를 듣자 수치심이 끓어올랐다.

“이건 내 일입니다!”

“응?”

“내 일이고, 내 구역이니 당신은…….”

“단. 천. 엽!”

“다, 단 소협은…….”

“비슷한 나이에 같은 하급 수련생이니 그냥 천엽이라 부르면 돼.”

“그런 게 아니라!”

“…….”

순간 단천엽이 잡고 있던 밀대를 놨다. 그리고 뒤로 한 걸음 물러선 그가 기소천의 붉게 물든 얼굴을 바라보다 슬쩍 고개를 숙여 보였다.

“미안.”

기소천의 얼굴이 일그러졌다.

“뭐, 뭐가 미안하다는 거죠?”

“응?”

“당신도 내 신분 때문에 억지로 자신을 낮추는 겁니까!”

“아니, 나는 그런 것이…….”

"그런 마음에도 없는 사과 따윈 집어치우고 내 앞에서 사라지란 말입니다!"

단천엽을 향해 있는 힘껏 소리 지른 기소천의 얼굴이 금세 파랗게 질렀다. 일조점호 시 그의 체력은 이미 한계에 이르러 있었다. 그런데 다시 심정적으로 격동하자 몸이 더 이상 견디질 못하게 된 것이다.

'이런!'

재빨리 상황 파악을 한 단천엽은 처음 밀대를 잡았을 때처럼 망설이지 않았다. 그는 새파랗게 질린 얼굴로 몸을 부르르 떨다 옆으로 쓰러지는 기소천을 재빨리 안아 들었다. 처음부터 준비하고 있었던 듯 기쾌하고 단호한 동작이었다.

'심장 마비?'

단천엽의 주먹에 힘이 들어갔다. 이런 증상은 과거 화굉요의 밑에서 권법을 수련하며 몇 차례나 경험해 본 바 있었다. 스스로의 몸을 실험체 삼아.

픽! 픽! 픽!

단천엽의 주먹은 정확히 기소천의 심장 부위를 때렸다. 특별히 잠능을 끌어올릴 필요도 없었다. 그냥 심장의 혈류가 원활하게 돌 정도의 압박을 가하는 것만으로 충분했다.

그러자 금방이라도 숨이 멎을 듯하던 기소천의 얼굴에 점차 혈색이 돌아오기 시작했다. 단천엽의 빠른 대응이 기소천을 위험한 고비에서 벗어나게 했다.

그런데 문득 한숨을 돌리던 단천엽의 얼굴에 가벼운 경련이 일었다. 반쯤 열린 인당 쪽이 찌르르 아파왔다.

스윽!

단천엽은 순간 기소천을 놓고 뒤로 물러섰다. 단순한 동작이지만, 그의 움직임은 어느 때보다 빨랐다.

그리고 번개같이 튀어 오른 섬광!

파팟!

단천엽이 뒤로 물러선 것과 거의 동시였다. 기소천의 손에서 시작된 섬광은 단숨에 단천엽의 가슴을 스치고 지나갔다. 여태까지 전혀 신경 쓰지 않았던 기소천의 옆구리에 매달려 있던 한 자루 환도(還刀)가 일으킨 변화였다.

'아직 끝나지 않았다!'

뒤로 물러선 단천엽의 얼굴에 긴장의 빛이 떠올랐다. 숨을 들이킨 기소천이 눈을 뜬 순간 인당으로 파고든 예기치 못한 살기 때문이었다. 만약 그때 단천엽이 바로 신형을 날리지 않았다면, 베어진 건 옷자락 정도가 아닐 터였다.

지익!

옆으로 한 걸음 내디딘 단천엽이 주먹을 거머쥐었다. 그의 몸에서 자연스레 비권 천류영의 기파가 넘실거렸다. 그러자 순간, 기소천에게서 다시 처음과 같은 살기가 뿜어져 나왔다. 처음 느꼈던 것과 비교조차 할 수 없을 정도로 강렬하게.

파앗!

이번에는 가슴 따위가 아니었다. 환도에서 일어난 섬광의 목표는 단천엽의 목젖이었다.

그야말로 일격필살(一擊必殺)의 기세!

그러나 단천엽은 이미 처음처럼 방심한 상태가 아니었다. 섬광이 파고든 것과 동시에 그는 오히려 기소천을 노리며 신형을 날렸다. 스스로 간격을 좁혀 들어간 것이다.

파파팍!

일직선으로 파고든 환도를 피한 것과 동시였다. 찰나지간 회전을 일으킨 단천엽의 주먹이 맹렬한 기세를 품고 기소천의 단전을 때렸다.

두 번째 공격을 생각할 수 없게 만드는 일격.

단천엽이 다시 수장을 금나수로 바꿔 번뜩인 순간, 기소천의 환도가 하늘로 날아올랐다. 확인 사살이었다.

"크윽!"

뒤로 연달아 물러서는 기소천의 안색은 창백했다. 처음 봤을 때처럼 수줍음 많은 홍안자(紅顔子)도 아니지만, 심장 마비로 죽어가던 새파란 빛은 더 더욱 아니었다.

온몸을 부들거리면서도 눈빛 가득 살기를 뿜어내는 기소천을 바라보던 단천엽이 갑자기 버럭 소리 질렀다.

"기소천, 정신 차려!"

"으으……."

"너는 무인(武人)이지 미친 살인귀 따위가 아냐!"

"……."

"이대로 살귀가 될 테냐!"

부르르!

단천엽의 인당에서 튀어나온 청명한 기운과 호연지기 가득한 외침에, 혈해(血海)처럼 붉던 기소천의 눈빛이 흔들렸다. 천지를 몽땅 피로 물들일 듯하던 기세 역시 둔화됐다. 단천엽의 진심이 효과를 본 것이다.

"흐아아!"

제정신을 차린 것이리라. 잠시 자신의 행색을 둘러보던 기소천이 갑자기 하늘을 바라보며 울부짖었다. 이처럼 살기에 미쳐 날뛴 것이 처음이 아니란 걸 짐작게 했다.

그런데 그때 잠시 뒤로 물러서 있던 단천엽이 바람처럼 기소천의 품으로 파고들었다.

짜짜짜짜짝!

철무심에게 얻어맞아 이미 잔뜩 부어 있던 기소천의 뺨이 연신 좌우로 돌아갔다. 단천엽은 손에 전혀 사정을 두지 않았다. 금세 기소천의 얼굴은 피투성이가 됐다. 지혈됐던 상처가 일제히 터져 버린 것이다.

"……."

어느새 눈물을 멈추고 이를 악문 기소천의 얼굴이 보였다. 단천엽은 그의 눈을 지그시 바라보고 손을 멈췄다. 이젠 더 이상 걱정할 필요가 없기 때문이다.

씩!

기소천을 향해 단천엽은 처음 만났을 때와 다름없는 표정으로 웃어 보였다. 기소천으로선 마치 방금 전에 벌어졌던 일이 백일몽(白日夢)처럼 느껴지는 순간이었다.

"나, 나는……."

단천엽이 고개를 흔들어 보였다.

"벌써 제설 작업에 상당히 늦었잖아. 일단 작업부터 끝내야지. 안 그랬다가는 네 얼굴을 더 이상 다른 사람들이 알아보지 못하게 될지도 모르겠다."

"……."

말을 끝내자마자 내동댕이쳐졌던 제설용 밀대를 집어 든 단천엽이 콧노래를 흥얼거리며 기운차게 산더미처럼 모인 눈을 밀기 시작했다.

'이런!'

한동안 단천엽을 빤히 바라보고 있던 기소천이 밀대 쪽으로 달려갔다. 이 구역을 맡은 게 자신이란 사실을 떠올린 것이다. 어느새 그의 뇌리에서는 살기로 미쳐 날뛰던 방금 전의 일은 까맣게 잊혀지고 있었다.

단천엽의 도움에도 불구하고 기소천은 가장 늦게 제설 작업을 끝냈다. 그나마도 눈의 성질을 전문가 뺨치게 꿰뚫고 있던 단천엽이 있기에 가능한 일이었다.

철무심의 검사를 맡은 후 뒤늦게 식당으로 달려간 기소천은 멍청한 표정이 됐다. 예상하지 못했던 바는 아니지만, 식당에는 이미 남은 밥이 없었다.

제설 작업에 빠진 대신 평소보다 새벽 수련을 좀 더 일찍 끝낸 천자조와 지자조가 다녀간 후 남은 부스러기가 인자조의 몫이었다. 그것도 제설 작업을 빨리 끝낸 순서대로 식사를 했으니, 가장 늦게 끝낸 기소천이 도착했을 때 이미 식당은 청소 중이었다. 꼼짝없이 굶게 된 것이다.

힘없이 신형을 돌리는 기소천에게 단천엽이 싱글거리며 다가왔다.

"어째서 그렇게 울상을 하고 있지?"

"아!"

"밥을 못 먹어서 그런 거야?"

기소천의 안색이 자동적으로 붉어졌다. 오늘 하루 단천엽에게 너무 부끄러운 모습만 보이는 것 같아 기분이 언짢았다.

'그렇지만 이 사람이라면…….'

마음을 돌이킨 기소천이 천천히 고개를 끄덕였다.

"한 끼쯤 굶는 건 괜찮지만……."

"전혀 괜찮지 않아!"

"……."

"곧 수련에 들어갈 텐데, 추운 겨울날 든든히 먹지 못하면 체력 소모가 커서 버틸 수가 없다구."

말을 마친 단천엽이 품에서 한 덩이의 건량을 꺼내 기소천에게 던졌다. 적어도 한 끼 식사는 충분히 될 만한 크기였다.

"이건……."

단천엽이 한쪽 눈을 깜빡여 보였다.

"본래 음식 구하는 건 내가 지닌 많고 많은 특기 중에서도 일절이라구. 오늘 식사로 나온 걸 적당히 주물러 만든 거라 맛은 자신할 수 없지만, 안 먹는 것보다는 나을 거다."

'이걸 구해놓으려고 먼저 떠났던 거구나.'

"우욱!"

기소천은 얼른 밝개지려는 눈을 소매로 훔쳤다. 용문에 들어온 후 몇 번이나 몰래 울었지만, 다른 사람 앞에선 절대 눈물을 보이지 않았다. 사문의 명예와 작고 보잘것없는 자존심을 지키기 위함이었다.

'하지만 사문의 명예나 자존심과 별개로 나는 이 사람 앞에서만큼은 정말 약한 모습을 보이고 싶지 않다! 이 사람 앞에서만큼은 절대로!'

기소천은 고맙다는 말도 없이 건량을 들어 천천히 씹어 먹기 시작했다. 그는 결국 단천엽을 친구로 인정하고 만 것이다. 그것도 평생을 함께할 만한.

그때 담담히 미소 짓고 있던 단천엽의 입가에 난처한 기색이 떠올랐다. 멀리서 상명헌과 유현중이 노기등등한 표정으로 달려오고 있었다.

"이크! 나는 좀 도망가야겠다!"

"뭐?"

"소천, 네 사형들이 날 잡으러 달려오고 있거든."

"그런 거라면……."

기소천은 말을 채 끝맺을 수 없었다. 자신이 용문에 들어올 때부터 가장 혐오했던 짓을 떠올렸음을 깨달았기 때문이다.

그런 기소천을 향해 다시 한차례 웃어 보인 단천엽은 뒤도 돌아보지 않고 아침 식사가 끝난 후 인자조가 모이기로 되어 있는 유격 교장(遊擊敎場) 쪽으로 신형을 날렸다.

"어엇!"

"우웃!"

단천엽을 발견하자마자 식당으로 달려온 상명헌과 유현중이 기소천을 보고 걸음을 멈췄다. 그가 맛있게 건량을 먹는 모습을 본 그들의 얼굴이 일그러졌다.

"소주, 어떻게 그런 음식을!"

"크윽, 속하들이 바빠서 음식을 준비하지 못했습니다!"

안절부절못하는 얼굴이 된 두 사람을 빤히 바라본 기소천이 퉁퉁 부은 얼굴을 가볍게 흔들어 보였다.

"아닙니다. 저는 이걸로도 요기를 충분히 했습니다. 아니, 여태까지 먹어본 것 중 가장 맛있는 밥을 오늘 먹게 된 것 같습니다."

“예?”

“무슨 그런…….”

기소천이 가볍게 웃었다. 용문에 들어온 후 처음으로 짓는 진짜 미소였다.

“후후, 정말입니다. 너무 맛있어서 다른 어떤 사람에게도 나눠 줄 수 없을 정도입니다.”

‘소주가 웃음을…….’

‘소주가 저렇게 웃다니!’

두 사람이 일순 꿀 먹은 벙어리가 되자, 수중의 건량을 남김없이 먹고 손가락마저 깨끗이 핥은 기소천이 입가에서 웃음을 지웠다.

“이 건량은 방금 전에 친구가 된 사람이 절 위해 준비한 겁니다. 제게는 너무나 소중한 친구지요.”

“…….”

“하지만 저는 두 분이 그 친구를 어떻게 대하든 전혀 신경 쓰지 않습니다. 다만 사문의 명예를 위해 삼가시길 권고할 뿐입니다.”

‘권고?’

‘사문의 명예를 위해?’

“제가 새로 사귄 친구는 저는 물론이거니와 두 분을 합친 것보다 훨씬 강하거든요.”

말을 마친 기소천이 활짝 어깨를 폈다. 천하맹을 받치는 세 개의 기둥 중 하나라 일컬어지는 구천도문의 정통 후계자이자, 천도각의 소각주가 용문에 입문한 후 처음으로 보이는 기지개였다.

제25장

우연한 재회

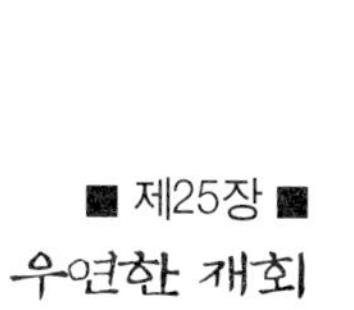

유격 교장은 용문의 뒤편에 위치한 용문산의 산자락 중 동쪽보다 상대적으로 낮은 편인 서쪽에 위치해 있었다. 동쪽의 근력 강화 교장이 제법 높고 험한 지형인데 반해, 유격 교장은 구릉이라 하는 편이 옳을 정도의 높이였다.

근력과 지구력 등을 높이는 근력 강화 훈련과 공포, 자제심, 합동 정신 등을 길러주는 유격 훈련은 비슷하면서도 차이가 나는 부분이 있었다. 바로 훈련의 강도와 위험성이다.

그래서 근력 강화 교장을 연옥백강이 주로 사용하는 데 반해 유격 교장은 그 외의 수련생들이 이용했다. 일부러 교장을 서로 가장 먼 쪽으로 떨어뜨려 놓은 까닭이었다.

진법이나 경공, 신법, 격투기(格鬪技) 등을 주로 연마하는 연병장을 지나쳐 한참 산길을 걸어서야 유격 교장은 간신히 모습을 드러냈다.

유람하듯 여유있는 걸음으로 유격 교장에 도착한 단천엽의 눈에 이
채가 떠올랐다. 벌써 그보다 먼저 용문에서 가장 외진 이곳에 도착한
사람이 있었다.

'용문의 교두들은 정말 기운이 넘치는 사람들이구나!'

유격 교장의 한쪽에 마련된 단상에 걸터앉아 있는 사람은 간밤에 일
직을 선 금강철권 철무심이었다.

일직 근무를 선 교두들은 새벽 수련이 끝난 후 구룡무각으로 돌아가
휴식을 취하는 게 보통이다. 일류고수인 교두들도 사람이었다. 그런데
구룡무각으로 가지 않고 이곳에 모습을 드러낸 걸로 보아, 그는 오전
수련까지 맡기로 작정한 듯 보였다.

"교두님을 뵈옵니다!"

단천엽이 다가가 인사하자 철무심의 흉맹한 얼굴에 작은 주름이 잡
혔다.

"너는······."

단천엽이 얼른 대답했다.

"닷새 전 인자조에 들어온 신입 수련생 단천엽입니다."

"······."

철무심의 눈에 이채가 떠올랐다. 그는 마치 단천엽을 처음으로 봤다
는 표정으로 몇 차례나 눈을 희번덕거렸다. 그의 시선에 압박당한 단
천엽이 어색한 표정으로 웃었다.

"저는 사내입니다만."

"뭐?"

"그렇게 열심히 뜨거운 눈길을 주서봤자 별로 교두님한테 반하거나

하진 않을 거란 뜻입니다."

"헛!"

철무심은 실소와 함께 앞으로 쭈욱 뺐던 고개를 뒤로 젖혔다. 농담이라는 걸 알면서도 일순 몸에 소름이 돋았다. 확실히 긴 머리를 아무렇게나 흐트러뜨린 단천엽은 꽤 그럴듯한 외모였고, 그를 살피던 자신의 시선은 뜨거웠다. 그런 오해를 충분히 살 수도 있다는 생각이 들었다.

'용문 삼십육방을 통과한 소문의 신입이라길래 어떤 녀석인가 궁금했는데, 오늘 보니 확실히 재밌는 점이 있구나!'

내심 고개를 흔든 철무심이 말했다.

"제 교두로부터 얘기는 전해 들었다만 꽤나 당돌한 녀석이구나."

"운영 누님을 말하시는 겁니까?"

"누님? 제 교두와 호형호제(呼兄呼弟)한다더니, 그 말이 사실이란 말이냐?"

"그렇게 됐습니다."

"그렇게 됐다?"

"예."

웃음과 동시에 뒤통수를 긁적이는 단천엽을 바라보는 철무심의 표정이 괴이쩍게 변했다. 용문의 교두 중 제운영은 가히 월궁(月宮)의 항아(姮娥)나 월국(越國:춘추전국 시대 오나라와 자웅을 겨룬 나라)의 서시(西施)와 같은 존재였다. 좋게 말하면 극히 사내답다고 말할 수 있지만, 나쁘게 말하면 여인들이 한 번 보고 뒤도 돌아보지 않고 달아나는 외모인 철무심의 마음이 동하지 않을 수 없었다. 자고로 휘하의 수련생을 갈궈서 예쁜 누님이나 여동생을 소개받는 건 교두들의 유일한 즐거움인 것이다.

'꿀걱!'

마른침을 삼킨 철무심의 얼굴에 붉은 기운이 떠올랐다. 굵직한 입술의 양쪽 끝 역시 한껏 치켜 올라갔다. 그가 지어 보일 수 있는 가장 온화하고 부드러운 표정이었다.

"단천엽 수련생…….."

"예?"

"혹시 용문에 들어온 후 제 교두와 만난 일이 있는가?"

"입문한 첫날을 제외하곤 없습니다."

"어째서 그랬지?"

"입문과 동시에 징벌방에 갇혔다 닷새 전에야 인자조에 배속됐습니다. 제가 징벌방에 들어가겠다고 우겼기 때문에 화가 나신 것 같습니다."

"흐음, 그렇군."

고개를 끄덕인 철무심이 짐짓 얼굴에 근엄한 표정을 지어 보였다.

"제 교두에게 자네 얘기는 종종 들었네. 평소 공과 사를 엄격하게 지키는 제 교두를 그렇게 걱정시켰으니 자네는 큰 잘못을 한 게야."

"잘못을 통감하고 있습니다."

"험험, 그러니 앞으로 제 교두를 만나게 되면 반드시 크게 사과를 해야 할 것이고, 더욱이, 더욱이 노력하는 자세로…….."

"…….."

자꾸 말을 빙빙 돌리는 철무심의 얼굴과 태도로 그의 내심을 읽은 단천엽이 빙긋 입가에 미소를 띠었다.

"물론 멋지고 훌륭한 철 교두님의 지도 하에 용문에서 즐겁고 보람된 생활을 하고 있다고 전할 생각입니다."

"허헛! 그, 그거야…….."

"혹시 철 교두님께 폐를 끼치는 일이라면 그만…….."

"…둬서는 안 되지!"

스스로도 놀랄 정도로 크게 고함을 지른 철무심이 이미 붉으죽죽하던 낯을 더욱 심하게 붉혔다. 그러나 서른다섯이 넘도록 여인의 손목 한 번 잡아보지 못한 노총각의 가슴에 한번 붙은 불꽃이 쉬이 꺼질 리 없다.

"후우!"

시커멓게 타오른 한숨과 함께 가슴을 진정시킨 철무심이 덥석 단천엽의 손을 잡고 힘차게 흔들었다.

"부탁하네!"

"아, 예."

"내 자네만 믿겠네!"

단천엽의 입가에 쓴웃음이 떠올랐다. 철무심의 압박에 두려움을 느낀 게 아니라 제운영에게 당할 것이 끔찍했다. 그녀의 성격상 이와 같은 거래를 그냥 넘어갈 리 없었다.

'뭐, 그래도 운영 누님은 여인치고 취향이 독특한 편이니 자리를 마련해 주면…… . 필시 날 죽이려 들겠지.'

단천엽은 슬그머니 철무심에게서 손을 빼고 뒤로 물러섰다. 그의 양손에 힘이 미세하게나마 빠진 순간을 노린 것이다.

"엇!"

단천엽이 자신의 손아귀를 벗어날 줄 몰랐던 것이리라. 놀란 얼굴이 된 철무심에게 단천엽이 순진한 수련생의 얼굴을 한 채 말했다.

"철 교두님, 슬슬 오전 수련 시간이 된 듯합니다."

오전의 유격 수련은 교장의 진흙 밭을 반 시진 내내 뒹구는 걸로 시작됐다. 철무심의 평소보다 힘이 들어간 구령에 맞춰 인자조 사십육명은 연신 진흙 밭을 뛰고, 구르고, 기어다녔다.

본격적인 유격에 들어가기 전의 맛보기 수련!

맞다. 맛보기 수련이었다. 그러나 체력과 순발력이 떨어지는 수련생들은 그 반 시진 동안의 맛보기 수련으로 입고 있는 수련복에 진흙을 잔뜩 묻혀야 했다. 아무리 무공의 기초가 탁월하다 해도 철무심의 몰아치기는 그리 쉽사리 넘어갈 수 없을 정도로 거칠고 격렬했다.

그렇게 하급 수련생 중에서는 어느새 숨이 턱에 차 헐떡이는 사람이 늘어갔다. 어떻게든 버텨내는 상급 수련생과의 차이가 보이기 시작한 것이다.

그때 정신없이 진흙 밭을 뛰어다니는 수련생들을 흐뭇한 표정으로 바라보던 철무심이 벽력같이 소리쳤다.

"그만! 인자조, 이 열 횡대로 집합!"

"하앗!"

상급 수련생이고 하급 수련생이고가 없었다. 자연스레 터져 나온 함성과 함께 인자조 마흔여섯 명은 단숨에 단상 앞으로 몰려들었다.

처처처처척!

앞줄은 상급 수련생, 뒷줄은 하급 수련생이었다. 단상 앞에 이 열 횡대로 집합한 인자조를 바라보는 철무심의 입술에 웃음이 떠올랐다.

"흐흐. 애송이들, 시작도 하기 전에 지친 거냐?"

"아닙니다!"

"아닙니다!"

상급 수련생의 선창을 따라 하는 하급 수련생 사이에서 가벼운 기침 소리가 터져 나왔다. 아무래도 하급 수련생 중에는 새벽 일조점호 때의 기소천처럼 벌써 기진맥진한 사람이 섞여 있었다.

기침 소리가 멎기를 기다려 철무심이 다시 목소리를 높였다.

"지금까지 아침밥을 소화시키는 간단한 준비 체조를 끝냈다! 본 유격 교장은 정상까지 오르는 중간중간에 꽤나 많은 장애물과 매복이 숨어 있기에, 이렇게 몸을 풀고 수련에 참여하지 않으면 사상자가 속출할 수 있다! 그래서 말인데, 몸의 근육은 완전히 풀렸겠지?"

"예, 그렇습니다!"

"예, 그렇습니다!"

철무심의 입꼬리가 치켜 올라갔다.

"녀석들, 대답들은 잘한다! 하지만 지난 한 달간 인자조에서 탈락한 다섯 명 중 세 명이 유격 교장에서 떨어졌다. 각별히 조심하고, 오늘은 오 인 일 개 조로 출발한다!"

"예, 알겠습니다!"

"예, 알겠습니다!"

대답과 동시에 앞으로 뛰어나온 인자조의 상급 수련생들이 능숙하게 조와 출발 순서를 짜기 시작했다. 이미 유격 수련에 능숙한 상급 수련생들에게 세부적인 통제를 맡기는 것도 수련의 일부분이었다.

그런데 그때 상급 수련생 중 한 명이 슬그머니 뒤로 빠진 철무심에게 빠른 걸음으로 다가갔다. 인자조의 상급 수련생 중 우두머리로 통하는 청성일수(靑城一秀) 안환이었다.

"무슨 일이지?"

철무심의 시선을 받은 안환이 얼른 정자세를 취해 보였다.

"교두님께 질문 있어 왔습니다!"

"질문?"

"예, 그렇습니다."

철무심이 굵직한 목을 손으로 주물럭거리며 고개를 끄덕여 보였다.

"말해 봐라."

"교두님께서 명하신 대로 오 인 일 조로 조를 짜면 한 명이 남습니다."

"그런가?"

"그렇습니다."

"그런데?"

안환이 정자세를 풀며 눈빛을 빛냈다.

"하급 수련생 기소천을 제 조에 넣었으면 합니다."

"기소천을?"

"예, 그렇습니다."

철무심의 얼굴에 퉁명스런 표정이 떠올랐다.

"어째서 하필 녀석을 데려가려고 하지? 안환 자네는 여태까지 조를 짜서 치르는 수련의 경우 언제나 최고 실력자들만 받아들인 걸로 기억하는데?"

"그건……."

가볍게 눈빛을 흐트러뜨린 안환이 얼른 대답했다.

"기소천은 하급 수련생 중에서도 가장 체력이 떨어집니다. 가뜩이나 삼 개 조 중 가장 낮은 평가를 받는 저희 인자조에서 다시 탈락자가 나온다면……."

"허헛!"

웃음으로 안환의 말을 끊은 철무심의 표정이 일순 무시무시하게 변했다. 당장 안환의 얼굴에 주먹을 먹이고 싶다는 표정이었다.

"……."

그러나 안환이 움찔 어깨를 떨면서도 제자리를 지키자 철무심은 불끈 힘이 들어갔던 주먹을 폈다. 마치 사람이 달라진 듯한 변화였다.

"천도각의 상명헌과 유현중도 내게 와 그 딴 소리는 하지 않았다. 생각 같아선 어린 나이에 벌써 쥐새끼 같은 짓을 배운 네 녀석을 한 방 후려 패고 싶지만, 나이답지 않은 참을성을 가상케 여겨 이번만은 그냥 넘어가겠다."

"그럼……."

"기소천은 네 녀석의 조에 집어넣지 않을 것이며, 남는 한 명은 내가 따로 뽑아 시킬 일이 있다는 뜻이다."

"그렇다면 그 한 명은……."

"그것도 내가 알아서 할 일이다!"

귀찮다는 표정으로 손을 휘휘 저어 안환을 물러가게 만든 철무심이 다시 단상에 올라 주변을 둘러보다 기소천과 같이 조를 짠 단천엽을 향해 버럭 소리쳤다.

"단천엽, 이리 와봐라!"

"예, 부르셨습니까!"

얼른 단상 앞으로 다가온 단천엽을 바라보며 얼핏 입가에 웃음을 담은 철무심이 말했다.

"너는 지금부터 유격 수련 대신 중요한 심부름을 좀 해줘야겠다!"

"심부름… 입니까?"

"그래, 아주 중요한 심부름이다!"

기소천을 비롯한 주변 수련생들의 시선이 일제히 단천엽을 향했다. 그들의 얼굴엔 한결같이 한번 시작하면 반쯤은 죽어야 통과할 수 있는 유격 수련에서 빠지는 행운아에 대한 부러움과 질시의 표정이 떠올라 있었다.

유격 교장을 떠난 단천엽은 십전대각으로 향하며 내심 고개를 가볍게 흔들었다. 오전 수련이 시작되기 전 철무심에게 언질을 받긴 했지만, 이렇게 노골적인 방법으로 수련에서 배제될 줄은 몰랐다. 평범하게 용문에서의 생활을 시작하려던 그의 의도가 시작부터 어그러지는 기분이었다.

'역시 그 당시 별다른 말은 안 했지만, 자존심이 상했다는 뜻이겠지?'

단천엽은 오전 수련이 시작되기 직전 철무심과 가졌던 비무를 떠올리며 입가에 쓴웃음을 띠었다. 그저 아주 조금 실력 행사를 한 것뿐인데, 예상외로 일이 커졌다. 앞으로의 일이 걱정되지 않는다면 거짓말일 터였다.

한 시진 전.

철무심과 몇 마디 농담을 주고받던 단천엽이 일순 묘한 표정으로 말했다.

"그런데 정말 빠른 경공술이십니다. 얼마 전까지 기소천의 뒤를 쫓아다니셨잖습니까?"

철무심의 안색이 가볍게 변했다.

"그게 무슨 소리냐?"

"일조점호가 끝났을 때부터 기소천의 뒤를 따라다니셨는데, 저보다 일찍 교장에 도착하셨으니 대단하다는 뜻입니다."

"……."

일순 철무심의 몸에서 날카로운 기파가 뿜어져 나왔다. 제운영에 관한 얘기를 할 때완 전혀 다른 분위기였다. 그리고 순간 뒤로 약간 젖혀져 있던 그의 상체가 더욱 크게 굴신했다.

휘릭!

거의 곡예에 가까운 동작이었다. 신형을 회전해 바로 세운 철무심이 당장 무시무시한 기세로 단상에서 뛰어내렸다. 이미 그의 전신은 전투적인 기운으로 휩싸여 있었다.

"어디까지 알고 있는 것이냐?"

'역시 소천에겐 내가 모르는 꽤나 복잡한 사정이 있었구나.'

시퍼런 광망이 번뜩이는 철무심과 시선을 맞춘 단천엽은 씩 웃으며 뒤로 한 걸음 물러섰다. 어느새 면전까지 파고든 기괴한 암경(暗勁)을 피하기 위함이었다.

"다짜고짜 공격하는 건 군자가 취할 도리가 아니라고 봅니다만……."

"군자? 이런 곳에 그런 게 어딨느냐!"

은연중 자신이 발출한 암경이 빗나간 걸 눈치 챈 철무심의 안색이 딱딱하게 굳었다. 단천엽의 실력이 자신의 예상을 웃돈다는 판단을 내린 것이다.

우웅!

금강철권이란 별호가 무색하지 않았다. 철무심이 양 주먹을 들어 올린 순간, 단천엽 주변의 대기가 크게 출렁거렸다. 이미 그의 양 주먹은 충분할 정도로 공력을 끌어올린 상태였다.

'이크!'

처음과 달리 빠른 걸음으로 세 차례나 뒤로 물러선 단천엽이 크게 목소리를 높였다.

"교두가 수련생을 공격하는 법이 어딨습니까?"

"여기 있다!"

말이 끝나기도 전에 단천엽을 따라 똑같이 세 차례 앞으로 뛰쳐나온 철무심의 주먹에서 강렬한 권풍(拳風)이 일었다. 그는 이미 현 상황을 대화로 풀 생각이 없어 보였다.

'그렇다면 어쩔 수 없지!'

면전까지 파고든 철무심의 권풍이 맹렬한 변화를 일으킨 것과 동시였다. 그때까지 연신 뒤로 물러서던 단천엽의 신형이 멈칫하더니, 순간 바람처럼 공중으로 떠올랐다.

퍼퍽!

처음은 안면이었고 나중은 뒤통수였다. 단천엽의 무릎에 코가 깨지고 뒷발차기에 뒤통수를 걷어차인 철무심의 신형이 후둘 떨렸다.

보통 사람이라면 크게 맴을 돌며 쓰러질 정도의 타격, 그것도 연달아 당한 터였다. 금강철권이라 불리는 그조차도 일순 정신을 차리기가 쉽진 않았다.

그러나 단천엽의 공격은 그것으로 끝난 것이 아니었다.

휘릭!

후수를 피하기 위해 철무심이 펼친 대금강파권(大金剛破拳)의 구명절초(求命絶招) 금강천라영(金剛天羅影)의 권세를 뚫고 단천엽이 파고들었다. 폭포수를 타고 뛰어오르는 비단잉어[금리도천파(金鯉倒穿波)]와 같이.

스윽!

단천엽의 수장이 향한 곳은 철무심의 왼쪽 옆구리였다. 그는 슬쩍 수장에 힘을 주며 속삭이듯 말했다.

"힘을 빼세요."

'세 번째와 여섯 번째 늑골 사이, 심장을 겨누고도 손을 멈춘 것인가!'

만약 단천엽이 사용한 게 비권 천류영이 아니었다면 철무심은 죽어도 항복하지 않았으리라. 그의 사문은 설혹 제자가 죽는다 해도 항복하지 않는 것을 긍지로 삼았다. 권사는 죽어도 권법은 남는 법이었다.

그러나 단천엽이 사용한 비권 천류영의 기본은 천권 화굉요의 무한류였고, 철무심은 본래 권왕각 출신의 권사였다. 단천엽의 움직임에서 과거 자신의 우상이었던 화굉요의 그림자를 본 철무심의 입에서 가벼운 한숨이 뿜어져 나왔다. 화굉요의 권법에 저항할 순 없다는 판단이었다.

팽!

몇 차례 고개를 흔들어 코피를 지혈한 철무심이 양손 가득 끌어올렸던 권력을 거둬들였다.

"이제 됐나?"

"됐습니다."

단천엽이 바로 수장을 거두고 뒤로 물러섰다. 그는 비권 천류영의 수련으로 이미 몸속에 흐르는 내력과 혈맥의 움직임을 손바닥 보듯 알고 있었던 것이다.

그러자 철무심의 몸에서 갑자기 콩 볶는 소리가 일었다. 어쩔 수 없이 권력을 거둬들이긴 했으나 그의 몸은 아직도 싸우기를 원하고 있었다.

그때 서너 걸음 뒤로 물러선 단천엽이 말했다.

"교두님, 너무 염려하지 마십시오. 저는 교두님과 소천의 관계에 대해 아는 바가 아무것도 없습니다."

"아무것도 아는 바가 없다?"

"예, 그저 오늘 우연히 교두님께서 소천의 뒤를 쫓는 걸 발견하여 호기심이 일었을 뿐입니다."

"……."

"그리고 교두님이 소천을 감시하는 건 무언가 이유가 있을 거라 생각됩니다. 제가 보기에도 소천은 특별한 구석이 있었으니까요. 하지만 그런 식으로 특별 취급을 하는 건 소천에게 도움이 되지 않으리라 봅니다."

"그건 어째서 그렇지?"

신중한 표정이 된 단천엽이 답했다.

"소천이 타고난 잠재 능력은 대단히 뛰어나지만, 매우 위험하기 때문입니다. 자칫 주변의 동료들까지 위험에 빠뜨릴 수 있을 만큼."

"……."

잠시 단천엽을 바라보며 침묵을 지키던 철무심이 고개를 절레절레

흔들었다. 본래 그는 생각을 오래하는 법이 없었다. 그런 것은 글줄이나 읽은 문사들이 할 일이라 치부하는 사람이었다. 한마디로 그는 머리가 아파왔다.

"그러니까 네 얘기는……."

"소천을 그냥 놔두는 게 좋겠다는 뜻입니다."

"그래, 그렇군. 그러면 되겠어!"

그제야 생각이 정리됐는지 손뼉을 친 철무심이 미간을 꿈틀거리며 단천엽을 바라봤다.

"그러면 기소천 건은 그렇게 넘어가기로 하고, 네 녀석은 어떻게 하지?"

"저요?"

"그래, 앞으로 기소천보다 네 녀석이 문제가 될 것 같단 말야."

"어째서……?"

"너처럼 괴물 같은 녀석하고 같이 뒹굴게 하기엔 인자조의 녀석들이 너무 불쌍해서 안 되겠단 말이다!"

유격 교장을 떠나기 전 흉측한 웃음을 던지던 철무심의 얼굴을 곱씹으며 단천엽은 걸음을 빨리했다. 어차피 엎질러진 물, 주워 담으려 노력하기보다는 다른 곳에서 물을 구할 방도를 강구하는 게 편하다는 판단이었다.

단천엽이 심부름이란 명분 하에 향하고 있는 십전대각은 대강당으로 용문 내에 특별한 행사가 없는 한 대부분 비어 있는 곳이었다. 말이 심부름이지 수련에서 쫓겨난 거나 다름없는 그가 시간을 때우기에는 더할 나위 없이 좋은 곳이었다.

그러니 오전 수련이 끝나는 정오까진 유격 교장으로 돌아갈 수도 없는 판이었다. 군이 바삐 걸음을 재촉할 필요는 없는데도 단천엽의 걸음이 갈수록 빨라지는 데는 다른 이유가 있었다.

십전대각 근처에 있는 징벌방!

그곳이 바로 현재 단천엽의 목표였다. 용문 삼십육방을 나오던 날 벌어진 소란으로 징벌방에 갇힌 사람이 단천엽뿐이 아니란 것과 무관하지 않은 일이었다.

그렇게 한참을 걸어 단천엽이 십전대각 부근에 도착했을 때다. 새벽을 진저리치게 했던 눈의 흔적이란 주변에 늘어선 교목 가지에 남은 잔설 정도로나 엿볼 수 있을 정도로 잘 닦여진 길목에서 그는 발길을 멈출 수밖에 없었다. 길 한가운데를 떡하니 가로막고 한 사내가 누워 있었기 때문이다.

사내는 태연히 몸을 뒤척이더니 갑자기 부스스 몸을 일으켰다.

"끄응! 상황이 안 좋아, 상황이."

"……."

단천엽의 눈에 이채가 떠올랐다. 사내가 한 말보다는 사내 그 자체에 흥미가 느껴졌다. 삼십 대 초반의 잘생긴 얼굴, 빳빳하게 풀이 먹여진 백의무복을 멋들어지게 걸친 사내의 모습은 어떻게 보든 이런 곳에 누워서 뒹굴 위인으론 보이지 않았다. 무언가 아귀가 맞지 않는 것이다.

"혹시 제게 한 말입니까?"

찬 바닥에 누운 탓에 몸이 뻣뻣해진 것일까? 사내는 단천엽은 본체만체하고 온몸을 이리저리 돌려가며 풀었다. 어찌 보면 육순이 넘은 노인이 도인 체조를 하는 것 같고, 달리 보면 그저 눈앞의 단천엽을 놀리려는 모습 같기도 하다.

'재밌군.'

단천엽은 다시 질문하거나 사내를 돌아 지나치는 대신 서 있던 자리에 슬쩍 쪼그려 앉았다. 사내가 하는 모양을 지켜보자는 생각이었다.

사내는 그제야 단천엽을 주시했다. 그의 시원스런 눈매에 호기심 어린 기색이 떠올랐다.

"자네는 왜 이런 곳에 쪼그려 앉는 것인가? 모양새를 보니 용문의 수련생 같은데, 지금이라면 한참 오전 수련으로 뺑뺑이를 돌고 있을 시간인데…… 혹시 땡땡이치고 있는 중인가?"

'땡땡이라……'

단천엽이 사내를 힐끔 올려다봤다.

"저는 땡땡이치는 중이 아니라 교두님의 심부름으로 십전대각에 가는 중입니다."

"십전대각?"

"예, 십전대각으로 가서 비번인 교두님의 명령에 따르는 게 제 오전 중의 일과입니다."

"그렇군."

사내가 손가락으로 턱을 쓰다듬더니 곧 고개를 끄덕이며 수긍하는 기색을 보였다. 누가 듣던 먼저 의심부터 하고 볼 게 분명한 대답인데, 그는 전혀 개의치 않는 표정이었다.

'교두 중에도 재밌는 사람이 있구나.'

씩 웃은 단천엽이 쪼그린 자세를 풀고 일어섰다. 사내의 하는 행동이 재밌고 호감이 가 사귀고 싶은 생각이 없진 않았으나, 일단 징벌방부터 둘러봐야 했다.

“그럼, 저는 바빠서…….”

슬쩍 고개를 숙여 보이고 옆을 지나치려는 단천엽을 사내가 갑자기 불러 세웠다.

“자네, 바쁘다고 했나?”

단천엽이 고개를 끄덕였다.

“예, 교두님께서 제게 내린 명령은 오전 수련을 빼먹을 정도로 중요한 건데…….”

“이런 곳에서 노닥일 순 없다는 뜻이군?”

“…예.”

사내가 갑자기 어깨를 으쓱해 보이며 이를 드러냈다.

“하하, 용문에 들어와서 십전대각에 바쁜 일이 있다는 것도 처음 알았지만, 자네처럼 특이한 친구도 처음이구만.”

“특이?”

“처음 본 사람한테 미주알고주알 얘기를 늘어놓곤 그 사람의 신분조차 알려 하지 않으니, 이처럼 특이한 사람이 또 어딨겠는가?”

“그렇지만 그건…….”

“나도 마찬가지라고?”

단천엽이 고개를 끄덕이자 사내가 다시 어깨를 으쓱해 보였다.

“그거야말로 용문에서 대교두로서 누릴 수 있는 극히 작은 권리가 아니겠는가.”

‘대교두라면…….’

단천엽은 금세 사내의 정체를 눈치 챘다. 총교두 단백경의 바로 아래인 삼대교두를 통칭 대교두라 일컫는데, 그중 눈앞의 사내와 인상착의가 비슷한 사람은 한 명뿐이었다.

“다정쾌검 윤문환 노사십니까?”

“맞아.”

“노사를 뵈옵니다!”

단천엽이 포권하며 허리를 숙이자 윤문환이 얇은 입술을 살짝 말아 올리며 웃었다.

“뭐, 한낱 무림의 탕아이니 그리 억지로 존경하는 표정을 지어 보일 필요는 없다네. 그런데 자네는 마침 좋을 때 찾아왔구만.”

“예?”

“지금 십전대각에는 용문 최고, 아니, 장래 천하맹 제일의 미녀가 와 있다네.”

“……”

“여태까지 동향을 살피려 이렇게 지키고 있었는데, 마침 자네를 만났으니 이것이야말로 하늘이 정해준 인연이라 말해야겠구만.”

자신을 바라보며 더욱 입가의 미소를 짙게 하는 윤문환을 바라보는 단천엽의 표정이 가볍게 변했다. 그는 여인에 대해 얘기하며 이렇게 은밀한 표정을 짓는 사람을 상대하는 게 처음이 아니었다.

우연한 재회 3

십전대각 안에 들어선 모어언은 눈앞에 보이는 광대한 나무 바닥을 바라보며 나직이 한숨을 토해냈다.

십전대각의 내부는 적을 때는 이백여 명, 많을 때는 삼백여 명에 달하는 용문의 수련생이 몽땅 들어설 수 있을 정도의 크기였다. 그녀는 홀로 이곳을 모두 청소할 생각에 가슴이 답답해 왔다.

그러나 그녀가 오늘 오전 수련도 하지 않고 이곳 십전대각을 찾은 건 사람을 구명하기 위함이었다.

벌써 한 달 전의 일이다. 명령도 없이 철검회의 정예를 끌고 나갔다가 사고를 쳐 징벌방에 갇힌 금난주의 죄를 탕감해 주는 대가로, 그녀는 앞으로 한 달간 이곳의 청소를 맡았다. 일종의 죄의 대속이었다.

'여동생 하나 잘못 둔 죄로 달게 받아야 할 벌치고는 좀 심하구나. 하지만 이렇게 한숨만 내쉬고 있어봤자 아무것도 나아지는 건 없을

테지.'

모어언은 천천히 천은마갑을 벗었다. 그녀가 지금부터 해야 할 일은 팔과 다리를 움직이는 수련이 아니라 십전대각의 너른 나무 바닥을 반질반질 윤이 나도록 닦는 일이었다. 아무래도 천은마갑의 갑주는 한쪽에 벗어놓고 청소에 들어가는 게 합리적인 판단이었다.

철커덩!

갑주와 갑주를 연결하는 이음새 부분을 열자 녹이 슨 쇳문이 열리는 소음과 함께 천은마갑의 앞과 뒤의 갑주 사이가 벌어졌다. 단단히 조여졌던 갑주와 갑주 사이가 느슨해져 여유가 생긴 것이다.

그러나 본래 천은마갑은 이음새 부분을 열었다 하여 갑주 간의 사이가 아주 크게 벌어지진 않는 구조였다. 어떻게 보든 사람이 빠져나오기란 불가능한 틈이었다.

그런데 모어언에겐 그것만으로 충분했다.

스윽!

마치 명검이 검갑을 벗어나듯 모어언의 늘씬한 교영이 천은마갑 안에서 빠져나왔다. 속칭 물 찬 제비 같다는 표현이 무색한 동작이었다.

그 뒤 무게가 거의 느껴지지 않는 동작으로 바닥에 내려선 모어언이 나무 바닥 위를 몇 차례 가볍게 뛰었다. 갑자기 변한 무게감을 몸에 인식시키기 위함이다.

이때 그녀는 짧은 단삼에 허벅지를 간신히 가리는 바지를 걸쳐, 가냘프고 섬세한 몸매가 그대로 드러난 채였다. 무게 자체가 느껴지지 않는 듯 보이는 그녀의 모습은 하늘의 천녀가 대지로 꽃을 뿌리듯[천녀산화(天女散花)] 사람을 매혹시키기 충분한 매력을 발산했다.

"자, 그럼 무엇부터 시작할까?"

　동작을 멈추고 잠시 청려한 아미를 찌푸려 보인 모어언이 주변을 둘러보다 천천히 한쪽 구석으로 걸어갔다. 바닥 청소를 위한 청소 도구가 놓여 있는 방향이다.

　잠시 후 잔뜩 쌓여 있는 청소 장비 중 사람 하나가 들어갈 수 있을 정도로 큼직한 나무통을 번쩍 치켜든 모어언이 성큼성큼 십전대각 밖으로 걸어나갔다. 일단 청소를 하려면 물부터 길어와야했다.

　얌전히 윤문환의 뒤를 좇으며 단천엽은 연신 뒤통수를 긁적였다. 현재 그는 갑자기 대교두라는 직위를 밝힌 윤문환의 명령을 거역할 수 없어 뒤를 따르게 된 상황이었다. 십전대각을 향하며 계획했던 바가 몽땅 어그러지게 된 터라 난감하지 않을 수 없었다.

　'이렇게 되면 징벌방으로 찾아가 간다르 대사님을 뵙고 구양구음검공에 대해 질문하려던 오늘 계획은 대폭 수정해야 하는 건가?

　단천엽은 잠시 용문에 입문하자마자 향한 징벌방에서 보낸 이십여 일간을 떠올렸다.

　일의 발단이야 어찌 됐든 그가 징벌방에 갇힌 건 아난과 간다르 등이 모두 조사와 벌을 받는데 혼자만 징벌을 피할 수 없다는 고집의 결과였다. 처절하게 반항하던 아난 등을 단숨에 제압한 총교두 단백경은 용문의 일개 수련생의 고집에 자신의 뜻을 꺾는 사람이 아니었다.

　하지만 단천엽이 징벌방에서 보낸 이십여 일은 결코 헛되지 않았다. 아니, 오히려 용문 수련에 늦게 들어간 이상으로 그는 알찬 시간을 보냈다고 할 수 있다.

　그 이십여 일은 용문 삼십육방 안에서 간다르에게 얻은 구양구음검공을 참오하는 기간이었고, 단천엽은 충분한 결과를 얻기 위해 매진했다.

그런데 한 가지 문제가 발생했다.

구양구음검공은 단천엽이 생각했던 것보다 훨씬 중원의 무공과 다른 방식의 무공이었다. 검공이라 해도 검초(劍招)나 운검(運劍)의 방법은 하나도 없고, 온통 보법과 호흡, 그로 인해 받아들인 기운을 아우르는 법이 전부였다.

게다가 구양구음이란 이름이 붙었듯 보법과 호흡으로 받아들인 기운은 곧 단천엽의 체내에 잠재된 잠능과 어울려 아홉 개나 되는 음양(陰陽)의 기운을 형성했다. 서로 상극을 이루는 기운이 한데 뭉쳐진 것이다.

요즈음 들어 단천엽은 체내를 돌아다니며 심술을 부리듯 오장육부를 건들고 혈맥을 놀라게 하는 아홉 개의 기운을 제어하는 게 갈수록 힘들어지고 있었다. 비권 천류영을 익힌 후 간신히 제어하는 데 성공한 잠능은 이미 전혀 다른 형태로 진화를 거듭하고 있는 상황이었다.

'검공 수련을 계속할수록 몸 안의 기운은 점차 더욱 얄궂게 변하고 있다. 한시라도 빨리 대사님께 현재의 증상에 대해 묻고 조언을 구하고 싶었는데……'

단천엽은 내심 세상일이 뜻대로 되지 않는 게 너무 많다며 고개를 흔들었다. 간다르에게 구양구음검공을 얻은 후 가문의 괴질을 극복할 희망으로 여겼는데, 또 다른 벽이 그를 기다리고 있었다.

그런데 그때였다. 앞서서 걸음을 재촉하던 윤문환이 걸음을 멈추더니 재빨리 자세를 낮추는 게 아닌가!

"자세를 낮춰라!"

"……."

"아무 소리도 내지 말고!"

직위를 내세우며 단천엽을 꼼짝 못하게 할 때완 달리 매우 신중한 모습, 그리고 모깃소리처럼 작은 목소리였다.

스윽!

군말없이 단천엽이 자세를 낮추자 윤문환은 재빨리 전면을 향해 손가락을 가리켰다.

"저길 봐라!"

'저 사람은……'

단천엽의 눈에 이채가 떠올랐다. 윤문환의 손가락이 가리킨 방향에는 뜻밖에도 그가 익히 아는 사람의 얼굴이 보였다.

'…모 소저!'

그렇다. 모어언이었다. 그녀는 지금 가냘픈 몸매로 볼 때 절대 어울리지 않는 엄청난 크기의 나무통을 한 손으로 받친 채 십전대각 쪽으로 걸어가고 있었다. 나무통 안에 물이 넘칠 듯 출렁이고 있으니, 적어도 몇 백 근이 족히 넘을 무게를 그녀는 아무렇지도 않게 다루고 있는 것이다.

기괴하기 짝이 없는 광경이었다. 그러나 활짝 핀 장미처럼 매혹적으로 성장한 모어언의 모습에 단천엽은 잠시 얼이 빠졌다. 일 년 만에 다시 보게 된 그녀는 이미 과거의 풋내나는 소녀가 아니라 물씬 여인의 향기를 뿜어내고 있었다.

그때 일순 얼굴까지 붉히고만 단천엽의 옆구리를 싱글거리는 표정의 윤문환이 팔꿈치로 꾹 눌렀다.

"어떠냐? 내 말이 절대 틀린 것이 아니었지?"

"예?"

“참으로 대단한 미녀가 아닌가 말이다! 비록 나이는 아직 십칠 세밖에 안 됐지만, 본래 꽃이란 활짝 피기 직전의 봉오리일 때의 매력이 역시 남다른 법이거든.”

위험할 정도로 음흉한 감정이 절절이 흘러넘치는 목소리였다. 그 목소리는 이미 삼십 대를 훌쩍 넘긴 자신의 연배를 전혀 고려치 않고 있었다.

“……”

윤문환을 한차례 바라보고 살짝 미간 사이를 좁혀 보인 단천엽이 눈에 힘을 담았다.

“이 한겨울에 길 한가운데 몸을 눕히고 있었던 까닭이 설마 모 소저의 움직임을 살피기 위함이었던 겁니까?”

“당연하지! 그런 일이 아니라면 어찌 내가 아침부터 옷을 더럽히는 짓을 했겠…… 어!”

윤문환이 놀란 표정을 짓자 단천엽이 얼른 첨언하듯 말했다.

“저는 모 소저와 구면입니다.”

“구면?”

“예, 과거 모 소저와 여행을 함께한 일이 있습니다.”

“여행을 함께했다고? 그렇지만 저 소미녀는 요 몇 년 새 단 한 차례밖엔 용문을 떠나지 않았는데…….”

“그 한 번이 바로 저와의 여행이었습니다.”

단천엽의 대답이 끝나기도 전이었다. 여태까지 사람 좋은 이웃집 형과 같은 얼굴을 하고 있던 윤문환의 안색이 변하더니 벼락같이 단천엽의 멱살을 잡아끌었다.

“이 녀석! 설마 하니… 설마 하니…….”

“무슨?”

“오늘 이곳에 소미녀가 온다는 걸 알고 밀회를 하기 위해 온 것이 아니냐!”

“…….”

“내가 오늘 같은 ‘우연한 만남’ 을 만들기 위해 그동안 얼마나 많은 심기를 소모했는데…….”

‘우연한 만남?’

단천엽은 잠시 어이없었다. 그는 눈앞의 윤문환이 여태까지 만나봤던 어떤 사람보다 독특한 정신 세계를 가진 사람이라는 생각이 들었다. 여자를 밝히는 건 영환도사 최필과 비슷하지만, 무언가 더욱 심오한 구석이 있어 보였다.

단천엽의 대답이 없자 윤문환의 안색이 더욱 크게 일그러졌다. 자신의 짐작이 옳다고 지레짐작한 것이다.

“이 녀석! 이 부러운 녀석! 그리고 보니 얼굴도 제법 곱상한 게 재수없이 생겼잖아!”

더 놔두면 어떤 꼴을 당할지 알 수 없는 판이었다. 윤문환의 손에 이리저리 흔들리며 단천엽이 경고하듯 말했다.

“목소리가 너무 큽니다.”

“뭐?”

“모 소저의 청각은 웬만한 절정고수 못지않습니다.”

일순 윤문환이 단천엽을 흔드는 동작을 멈췄다. 다시 처음과 같은 경각심이 생긴 것이다.

그때를 놓치지 않고 살짝 신형을 비틀어 윤문환의 손길을 뿌리친 단천엽이 그와의 거리를 슬쩍 벌렸다. 그가 다시 금나수를 전개하더라도 더 이상 붙잡히지 않을 거리를 확보하기 위함이었다.

그러자 너무나 쉽게 자신의 금나수법을 파해한 단천엽의 움직임에 놀란 것이리라. 여태까지와 확연히 구별될 정도의 표정이 된 윤문환의 눈매가 살짝 가늘어졌다.

"이 녀석, 날 속였구나!"

"예?"

"네 녀석은 내게 인자조의 하급 수련생이라고 했잖아!"

"저는 확실히 인자조의 하급 수련생이 맞습니다만."

"무슨 그런 말도 안 되는 소리를!"

믿지 못하겠다는 듯 고개를 가로젓던 윤문환의 미간이 좁혀졌다. 문득 그는 한 달 전쯤 용문 삼십육방을 통과하고 들어온 신입 수련생이 있었다는 사실을 떠올린 것이다.

"설마 네 녀석이 이번에 용문 삼십육방을 통과하고 들어온 신입 수련생이더냐?"

"예, 그렇습니다. 그런데 대교두님께서는 앞전에 인자조에서 절 보내기만을 기다리고 있었다고 하셨잖습니까?"

"그, 그건……."

"설마 제게 거짓말을 하신 겁니까?"

"……."

"제가 십전대각으로 향해 모 소저와 만나면 대교두님이 계획하셨다는 그 '우연한 만남'을 할 수 없게 될까 봐서요?"

단천엽의 뒷말은 사뭇 비꼬여 있었다. 하급 수련생이 대교두에게 할 만한 말은 아니었다. 그러나 확실하게 아픈 곳을 찔린 것이리라.

잠시 안색을 미묘하게 변하던 윤문환이 갑자기 고개를 십전대각 쪽으로 돌리곤 몸을 가볍게 떨었다.

"우왓! 촉촉하게 물기에 젖은 소미녀의 모습을 보게 되다니! 그동안의 노력이 헛되지 않았구나!"

'파악하기 쉬운 성격!'

나직이 한숨을 토한 단천엽의 시선이 모어언 쪽으로 향했다. 윤문환과 달리 그는 모어언과 진짜 우연한 재회를 하게 된 것이다. 상황이야 어떻든 간에.

철검회로의 권유

철겁회로의 권유 1

모어언은 큰 물통으로 물을 대여섯 번이나 길어왔다. 십전대각의 너른 바닥을 일단 물바다로 만들어놓고 깨끗이 닦아낸다는 게 그녀의 원대한 청소 계획이었다. 남들과 같이 깨작깨작 하는 청소는 그녀의 배포와 맞지 않았다.

그러다 보니 모어언은 물통을 나르며 몇 바가지나 되는 물을 뒤집어썼지만 전혀 개의치 않았다.

그녀는 청소 자체를 오전 수련 대신으로 삼고 있었다. 일부러 내력을 끌어올리지 않고 단순한 근력만으로 물통을 나르는 터에 그 정도 각오쯤 하지 않았을 리 만무했다. 그녀는 자신의 물에 젖은 모습을 멀리서 훔쳐보고 있는 사내들이 있다는 사실을 짐작조차 하지 못하고 있었다.

그런데 모어언이 막 마지막 물통을 들고 십전대각으로 향할 때였다.

다른 건물로 연결되어 있는 길의 한쪽 편에서 불쑥 두 인영이 모습을 드러냈다.

모어언의 입장에선 그야말로 아닌 밤중의 홍두깨와 같은 등장이랄까?

걸음을 멈추고 손에 들고 있던 물통을 한쪽에 내려놓은 모어언을 향해 윤문환이 번쩍 손을 들어 보였다.

"이거 우연이구만!"

"윤 대교두……."

"오전 수련 시간에 이런 곳에서 대체 뭘 하고 있는 건가?"

대답을 하는 대신 모어언의 아미가 가볍게 찌푸려졌다. 그녀가 가장 싫어하는 부류의 남자를 꼽으라면 단연 윤문환이 들어갔다. 아무리 상대가 대교두라지만, 거짓으로 환대를 하고 싶진 않았다.

그런데 문득 모어언의 아미가 본래대로 돌아왔다. 윤문환의 뒤를 좇는 단천엽의 존재를 발견한 것이다. 윤문환을 떠난 그녀의 시선이 단천엽을 향했다.

"단 공자?"

"예, 단천엽입니다."

대답과 동시에 윤문환을 제치고 모어언 앞으로 나온 단천엽이 정중히 포권해 보였다.

"모 소저, 오랜만입니다."

모어언의 눈빛이 가볍게 흔들렸다. 헤어진 후 종종 생각했고, 어떨 때는 꿈속마저 찾아왔던 사람이었다. 그런데 얄궂게도 막상 다시 만나니 특별이 할 말이 떠오르지 않았다.

"그렇… 군요."

“예, 그렇습니다.”

모어언이 간신히 고개만을 끄덕이자 단천엽이 얼른 겉에 걸친 장포를 벗어 모어언에게 내밀었다. 순간 뒤로 처져 있던 윤문환의 얼굴이 눈에 띌 정도로 일그러졌지만 단천엽은 가볍게 무시했다. 물에 촉촉이 젖은 모어언을 앞에 두곤 도저히 온전한 대화를 나눌 수 없다는 판단이었다.

“아!”

비로소 자신의 신색을 깨달은 모어언이 입술을 가볍게 벌렸다. 그녀의 하얀 목덜미가 가볍게 붉어졌다. 그때 단천엽이 얼른 말했다.

“여인은 항상 몸을 따뜻하게 해야 한다고 들었습니다.”

“…….”

과거 화굉요의 해장술을 받으러 빙화루에 들렀다가 몇몇 누님에게 주워들은 말이다. 문득 생각나는 대로 내뱉은 말이지만 얼추 현 상황과 들어맞았다.

단천엽을 물끄러미 바라보며 가볍게 안색을 붉힌 모어언이 그의 장포를 건네받았다. 그녀의 얼굴에는 감사의 기색이 떠올라 있었다. 자칫 서로 안색을 붉힐 뻔했던 상황을 단천엽은 자연스레 넘어가게 한 것이다.

그때 뒤에서 연신 툴툴거리고 있던 윤문환이 걸어와 단천엽을 한 켠으로 밀어냈다. 웃는 얼굴에 가벼운 동작이었으나 단천엽은 급히 천근추를 일으켜 하체에 힘을 줘야만 했다. 암경에 가까운 힘이 어깨를 타고 밀려왔기 때문이다.

단천엽이 주춤거리며 옆으로 물러서자 윤문환이 모어언을 향해 한껏 멋을 부린 미소를 던졌다.

"하하, 두 사람 구면이었던가?"

"예, 그렇습니다."

"그렇군."

고개를 끄덕여 보인 윤문환이 입가의 미소를 거뒀다.

"그런데 방금 전에 했던 질문에 대한 대답을 아직 못 들은 것 같은데?"

"질문이시라면……?"

"어째서 오전 수련 시간에 자네가 이곳에 있냐는 질문 말일세."

모어언의 얼굴이 가볍게 찌푸려졌다. 철검회의 그림자들이 알아온 바에 의하면 그녀가 오늘부터 십전대각의 청소를 맡게 된 건 삼대교두의 결정이었다. 그런데 삼대교두 중 한 명인 윤문환이 모른 척 딴청을 피우니 기분이 좋을 리 없었다.

'이 사람은 날 무시하는 것인가?'

내심 분을 삭인 모어언이 천천히 고했다.

"저는 오늘부터 한 달간 십전대각의 청소를 맡았습니다. 그래서 오전 수련에는 따로 참가하지 않아도 된다는 허락을 받은 상황입니다."

"아아, 그렇게 된 일이로군!"

크게 고개를 끄덕여 보인 윤문환이 표정을 은근하게 바꿨다.

"그럼 그 귀엽게 생긴 금난주란 애를 위해서 대신 벌을 받기를 자청한 것이겠군?"

"난주 동생은 철검회에 속해 있으니, 그녀의 잘못은 제 과실이기도 합니다."

"그야 그렇긴 하지만……."

모어언이 안색을 싸늘하게 굳힌 채 목소리를 높였다.

"그런데 윤 대교두께서는 제자에게 따로 명하실 일이 있으신지요?"

"그건 왜 묻는 건가?"

"만약 명하실 일이 없다면 이만 제자를 놔주셨으면 감사하겠습니다. 오전 중으로 십전대각 안의 청소를 모두 끝마치려면 시간이 부족할 듯합니다."

"하하, 그거야 내가 도와줘도 되는 문제고……."

"다른 명하실 일이 있으신지요!"

모어언의 냉랭한 표정은 북풍한설처럼 차디찼다. 바늘조차 파고들지 못할 정도였다. 그러니 더 이상 유들유들하게 굴 수도 없었다.

잠시 아무런 말도 못하고 뒤통수만 긁적이던 윤문환은 문득 단천엽에게 고개를 돌리더니, 버럭 소리쳤다.

"너, 나 좀 잠깐 보자!"

"저 말입니까?"

"그래, 갑자기 따로 지도할 문제가 떠올랐다!"

모어언을 뒤로하고 느닷없이 단천엽을 덮친 윤문환이 그의 목을 팔로 얼싸안더니 재빨리 한쪽 구석으로 끌고 갔다. 여태까지와 달리 진지하고 엄숙하게 굳어져 있던 표정과는 전혀 어울리지 않는 행동이었다.

"이봐! 어떻게 좀 해봐!"

"싫습니다."

"자꾸 그런 식으로 굴면 방금 전까지 나와 소미녀를 훔쳐봤던 일을 모조리 까발릴 테다!"

"그런 억지가!"

"난 할 수 있다!"

처음 윤문환의 애원 섞인 부탁을 단호히 외면하던 단천엽의 표정이 복잡해졌다. 그의 협박이 절대 허장성세가 아니라는 걸 직감적으로 깨달았기 때문이다.

'이런 사람이 대교두로 있으니 모 소저의 성격이 그렇게 괴팍하게 변한 것도 전혀 무리는 아니다. 하지만 이 사람이 원하는 바를 그대로 들어줄 수도 없다.'

짧은 순간 마음을 결정한 단천엽은 표정을 딱딱하게 굳혔다. 좋은 표정, 좋은 말로는 윤문환을 상대할 수 없다는 걸 간파한 것이다.

"대교두님의 뜻은 모 소저와 오붓한 시간을 가지고 싶다는 거겠지요?"

"응."

고민조차 없이 고개를 끄덕이는 윤문환을 잠시 어이없다는 듯 바라본 단천엽이 말을 이었다.

"그렇다면 제게 아예 방도가 없는 것도 아닙니다."

"정말인가!"

"그렇지만 저와 한 가지 약속을 해주셔야 가능한 일입니다. 대교두님께서는 지킬 수 있겠습니까?"

"아무렴, 여부가 있겠나!"

내용조차 듣지 않고 승낙의 말을 하는 윤문환을 향해 단천엽이 빠르게 입 모양을 만들어 보였다.

"그, 그건……."

"그 조건이 아니라면 저는 도움을 드리지 않겠습니다."

"나와 경쟁하겠다는 뜻인가?"

“예.”

잠시 단천엽을 무서운 표정으로 바라보던 윤문환이 갑자기 입술을 실룩거렸다.

“흐흐흐, 그것도 재밌겠군. 어차피 고지의 꽃이야말로 꺾는 맛이 나는 법이니까.”

“…….”

만약 모어언이 들었다면 분노를 금치 못할 말을 내뱉은 윤문환이 다시 단천엽의 목덜미에 한쪽 팔을 척 하니 올렸다. 그가 내건 조건을 받아들이기로 결정한 것이다.

“그런 명령은 받아들일 수 없습니다!”

모어언이 아미를 치켜 올렸으나 윤문환은 입가의 미소를 거두지 않았다. 대신 그는 대교두란 직위를 마음껏 남용하며 말했다.

“본래 자네가 금난주의 벌을 가볍게 하기 위해 십전대각을 청소하는 것 자체가 용문의 법규로 볼 때 대단히 이례적인 조치였다. 이제 와서 자네를 위해 십전대각의 청소를 맡은 단천엽에게 다른 일을 시킬 순 없는 노릇이야.”

“그렇지만…….”

“아아, 결정된 사항이다. 두 사람은 앞으로 한 달간 같이 십전대각을 청소해야 하는 게야. 그리고 두 사람이 맡은 바 소임을 충실히 완수할 수 있게 앞으로 본인이 청소의 관리 감독을 맡게 될 테니 그리 알고 있도록.”

“…….”

입술을 꾹 다문 채 모어언이 고개를 옆으로 돌렸다. 승리자의 표정으로 빙글거리는 윤문환의 얼굴을 보고 싶지 않았다. 단천엽과의 우연한 만남으로 가볍게 설레었던 가슴이 싸늘하게 식는 기분이었다.

'그런데 설마 단 공자도 이 밉살스런 색한과 한통속이 된 건 아니겠지?'

윤문환에게서 뗀 시선을 단천엽에게 던진 모어언의 눈에 이채가 떠올랐다. 한쪽 구석에서 두 사람의 대화를 듣고 있던 단천엽이 어느새 물통 쪽으로 걸어가고 있었던 것이다.

"단 공자!"

고개를 돌려 모어언을 바라본 단천엽이 빙긋이 웃었다.

"벌써 꽤나 시간이 지체됐으니 청소를 시작해야 하지 않겠습니까?"

"그렇긴 하지만……."

"걱정 마세요. 지난 일 년 동안 이런 힘쓰는 일에는 꽤나 자신이 붙었습니다."

"……."

물통을 번쩍 들어 어깨에 걸친 단천엽이 성큼성큼 십전대각 쪽으로 걸어갔다. 아예 처음부터 물통을 나르던 사람이었던 것처럼 자연스럽고 여유있는 모습이다.

'하나도 변하지 않았어!'

살짝 아랫입술을 깨문 모어언이 단천엽의 모습을 지켜보다 얼른 뒤를 좇았다. 그냥 놔뒀다가는 단천엽이 십전대각을 몽땅 혼자서 청소할 게 분명했다. 뒤에서 머뭇거릴 여유 따윈 없는 것이다. 물론 윤문환이 빙글거리며 그녀의 뒤를 좇은 건 당연한 일이고.

그때 십전대각 안까지 물통을 짊어지고 들어간 단천엽의 입에서 놀란 목소리가 터져 나왔다.

“아니, 이게 무슨!”

뒤따라 십전대각 안에 들어선 모어언의 얼굴에 조심스러운 기색이 떠올랐다.

“물 청소를 하려고…….”

물통을 바닥에 내려놓고 고개를 돌린 단천엽이 씁쓸한 표정으로 웃었다.

“모 소저, 이런 일은 처음이시죠?”

“그렇긴 하지만…….”

“그럼 앞으로 이런 일에 약간 경험이 있는 제 명령을 따르셔야 되겠네요.”

“그건…….”

모어언의 조심스런 표정이 머뭇거리는 표정으로 변했다. 그때 기다렸다는 듯 그녀를 뒤따라 들어온 윤문환이 갑자기 목소리를 높였다.

“그건 안 될 말이지!”

단천엽의 시선이 윤문환을 향했다. 그는 다소 무뚝뚝한 표정으로 말했다.

“그럼 대교두께서 명령을 내리시겠습니까?”

“거야 당연한 일이 아닌가, 내가 바로 관리 감독을 하는 자인데.”

“그럼 명령을 내려주십시오.”

“명령?”

“예, 지금부터 저희는 어떻게 청소를 시작하면 되겠습니까?”

모어언과 마찬가지로 윤문환 역시 타고난 무인으로, 인생의 쓰디쓴 고난을 경험한 일이 별로 없는 자다. 청소와 같은 잡일에도 익숙하지 않은 건 당연했다. 일 년 동안 화굉요를 모시며 개봉성의 밑바닥을 온

통 훑고 돌아다닌 단천엽과 그는 아예 인생의 경험 자체가 비교되지
않았다.

십전대각의 내부와 주변에 아무렇게나 놓여진 대여섯 개의 물통을
찬찬히 둘러본 윤문환의 입가에 어색한 미소가 떠올랐다.

"역시 물 청소가……."

"……."

두 남녀를 한심하다는 듯 바라본 단천엽이 입을 꾹 다문 채 신형을
돌렸다. 처음 예상했던 대로 두 사람 중 누구도 십전대각의 청소에는
도움이 되지 않는단 판단이 선 것이다. 그리고 그것으로 청소의 책임
자는 결정됐다 봐도 무방했다.

철검회로의 권유 2

단천엽은 오전만 되면 인자조의 수련을 빠지고 십전대각으로 달려
가야 했다. 대교두 윤문환이 즉흥적으로 내린 결정대로, 그의 인솔 하
에 우연히 재회한 모어언과 십전대각을 청소하기 위함이었다.

사실 십전대각의 청소를 인솔하는 건 오히려 단천엽이었다. 인솔을
해야 할 윤문환은 오직 천은마갑을 벗은 모어언을 훔쳐보는 데 정신이
없었고, 모어언의 경우 청소 같은 건 여태까지 해본 적이 없는 사람이
었다.

이런 상황에서 단천엽이라도 나서지 않는다면 오전 중에 드넓은 십
전대각 안을 티끌 하나 없이 깨끗하게 만든다는 건 이루기 힘든 희망
에 불과했다.

보통 사람 같으면 악전고투의 나날!

그러나 단천엽은 전혀 그렇게 생각하지 않았다. 그는 대외적으로 단

순한 청소 차출자일 뿐이었다. 전날 인자조를 맡았던 철무심이나 친구가 된 기소천 등에게도 그러했다. 청소 차출의 진실을 그들에게 설명한다는 건 꽤나 골치 아픈 일이었고, 단천엽은 꽤 입이 무거운 편이었다.

게다가 단천엽은 어디까지나 용문에서의 생활을 조용하고 눈에 띄지 않게 시작하고 싶었다. 천도각의 소공자인 기소천이나 철검회 회주 모어언과 연관됐다는 것만으로 그와 같은 바람은 물거품이 된 것이나 다름없었지만.

그렇게 단천엽은 오전에 십전대각의 청소를 마친 후부터는 인자조의 하급 수련생으로서의 역할에 충실했다.

그는 철무심이 처음 염려했던 것처럼 뛰어난 능력으로 조별 수련을 엉망으로 만들지 않았고 튀는 행동도 하지 않았다. 그야말로 기본에 충실한 나날이었다.

어떤 경우에도 스스로를 전혀 드러내지 않는 법!

사람들 속에 숨어들어 동화되는 법!

그리고 주변의 모든 것을 자신의 계산 속에 두는 법!

용문에 입문한 후 시작한 구양구음검공의 수련이 부작용을 낳자 단천엽은 과거 산노에게 전수받은 동방의 병법을 되새겼다. 옛날에는 다 이해하고 깨우쳤다고 생각했던 단순한 어구들이 인자조의 조별 수련을 받는 동안 새록새록 되살아났다.

그는 자신이 깨우쳤다고 생각했던 것은 그저 수박 겉 핥기에 불과했다는 생각이 들었다. 산노와 헤어진 후 경험한 수많은 일들이 일깨워 준 깨달음 중 하나였다.

한 달이 눈 깜짝할 새 지나갔다.

식당에서 아침밥을 먹은 후 십전대각으로 향하려던 단천엽이 문득 눈에 이채를 띠었다. 잘 정돈된 길가에 이름 모를 꽃 한 송이가 싹을 틔우고 있었다.

'벌써 삼월도 끝나가니 이곳에도 봄이 오는구나!'

산에서 생활할 때는 그저 대수롭지 않게 보고 넘겼던 광경이다. 겨울이 가면 봄이 오고 봄이 오면 봄꽃과 푸른 새싹이 싹을 틔우는 건 지극히 당연한 일이었다. 특별히 감동받거나 특별히 여길 일은 아니었다.

산을 떠나 세상으로 나오기 전까지는……

그때 꽃을 보며 상념에 잠긴 단천엽을 부르는 목소리가 있었다.

"단천엽 수련생! 용문의 수련생이 어찌 그렇게 길 한복판에서 넋을 잃고 있는 거지?"

'이 목소리는……'

단천엽의 입가에 미소가 떠올랐다. 그는 고개를 돌리지 않고서도 목소리의 주인을 알 수 있었다.

"운영 누님."

신형을 돌리는 단천엽의 얼굴에 움찔하는 기색이 떠올랐다. 어느새 코앞까지 다가온 제운영이 머리를 주먹으로 후려친 것이다.

픽!

"쳇, 이젠 하도 커서 머리에 군밤을 주는 것도 마음대로 할 수 없게 됐구만."

"……"

단천엽과 얼굴을 마주한 제운영이 생글거리며 웃었다.

"용문에 입문한 이상 교두를 봤으면 깍듯하게 교두님이라고 불러야지, 누님은 어떤 나라의 이상한 호칭이냐? 너, 아침부터 뺑뺑이 좀 돌아보려는 거냐?"

"아!"

"아는 무슨 아! 입문한 지 두 달이 다 됐는데, 교두 앞에서는 항상 정자세를 취해야 한다는 기본 사항도 제대로 숙지하지 못한 거야!"

"아닙니다!"

"목소리 봐라! 아침밥도 못 먹고 나온 거냐!"

"그렇지 않습니다!"

"정말?"

"예, 그렇습니다!"

제운영은 여전히 웃는 낯이었다. 과거부터 단천엽이 아는 그대로였다. 그러나 단천엽은 더 이상 반가운 표정을 짓지 못했다. 그는 얼른 정자세를 취했고 표정마저 진중하게 굳혔다. 마치 점호나 각종 수련에 들어가기 전과 같은 모습이었다.

그러자 그 모습을 요리조리 살펴보던 제운영의 입술로 비죽 웃음이 흘러나왔다.

"푸훗! 정말 적응의 천재는 확실히 다르구나."

'적응의 천재?'

"고작 두 달, 그것도 징벌방에 갇혔던 기간을 빼면 기껏해야 한 달이 지났을 뿐인데 자세에 각이 딱 잡혔잖아. 방금 전까지만 해도 마치 연옥백강에라도 든 것처럼 길가를 어슬렁거리던 주제에 말야."

정자세뿐 아니라 전방의 지평선 끝을 향하고 있던 단천엽의 시선이 슬그머니 제운영을 향했다. 그녀의 바뀐 말투가 아니라 갑자기 손끝으로 느껴진 따뜻한 온기 때문이다.

"교두님?"

단천엽의 손을 잡고 억지로 손가락을 펴 보이던 제운영의 입가에 걸린 미소가 더욱 짙어졌다.

"키만 큰 게 아니라 어깨도 넓어졌고 손도 이젠 나보다 훨씬 커. 정말 천엽은 잠시만 떨어져 있다 봐도 부쩍부쩍 성장하는구나."

"……."

"여자를 후리는 기술도 나날이 늘고 있구."

맘대로 주물럭거리던 손을 밀어낸 제운영이 팔꿈치로 단천엽의 옆구리를 꾹꾹 눌렀다. 그녀의 얼굴엔 얄궂은 표정이 잔뜩 떠올라 있었다.

"풉!"

결국 참지 못하고 단천엽이 헛숨을 내뱉자 제운영은 다시 교두의 표정을 해 보이려다 픽 하고 웃고 말았다. 움찔 놀라는 단천엽의 표정이 그녀를 약해지게 만든 것이다.

"아하하, 이제 그만해야겠다. 어떤 일이든 진지한 천엽을 놀려먹는 재미를 포기한다는 건 꽤나 아쉬운 일이지만, 시간이 그리 많지 않으니까."

"무슨?"

"너하고 진지하게 할 얘기가 있다는 뜻이야."

여전히 장난스런 표정과 달리 제운영은 슬쩍 목소리를 낮췄다. 그리고 다시 단천엽의 손을 잡더니 무작정 길의 한 켠으로 끌고 가기 시작했다. 그녀의 말처럼 확실히 무언가 할 얘기가 있음이 분명했다.

제운영이 단천엽을 끌고 간 곳은 몇 개나 되는 석사자상이 놓여 있는 곳이었다.

일렬로 쭉 늘어선 석사자상은 일종의 길을 이루고 있었다. 바닥에 촘촘하게 깔려 있는 돌길과 더불어 고풍스럽고 웅혼한 기상이 느껴지는 장소였다.

눈앞에 보이는 석사자상들을 일별한 단천엽은 내심 고개를 끄덕였다. 석사자상이 형성한 길의 끝에 위치한 게 수없이 많은 무공비급과 관련 서적이 쌓여 있는 천무서각임을 직감했기 때문이다.

'용문 내에서 십전대각을 제외하고 연옥백강에게만 개방된 천무서각만큼 인적이 드문 곳은 별로 없다. 운영 누님이 얘기를 하기에는 이곳만큼 좋은 곳도 찾기 힘들 것이다. 오늘 십전대각의 청소는 좀 늦어질지도…….'

염두를 굴리는 단천엽의 손을 놓은 채 주변을 둘러보던 제운영이 대뜸 석사자상에 주저앉았다. 단천엽의 예상대로 얘기가 길어질 듯 보였다.

단천엽 역시 맞은편 석사자상에 엉덩이를 걸치자 제운영이 마치 대지를 호령하는 여신처럼 석사자상의 갈기를 쓰다듬으며 말문을 열었다.

"천엽도 궁금한 게 많았을 텐데 이곳까지 꾹 참고 따라왔네?"

"그야……."

뒤통수를 긁적인 단천엽이 딴소리를 했다.

"벌써 완연한 봄이네요."

"봄?"

주변을 둘러본 제운영이 고개를 끄덕였다.

“그래, 진짜 완연한 봄이 됐어. 천엽을 처음으로 만났을 때도 이렇게 날씨 좋은 봄날이었는데…….”

“예, 정말 그렇습니다.”

“하아, 나도 이룬 것 하나 없이 나이만 한 살 더 먹었구나.”

“여전히 교두님은 최고로 예쁘십니다.”

“정말?”

“그럼요. 철 교두님은 어떻게라도 교두님의 환심을 사고 싶어 절 얼마나 괴롭히는데요.”

“철 교두?”

철무심의 흉측한 얼굴을 떠올린 제운영이 어깨를 가볍게 떨었다. 처녀의 가슴을 두근거리게 하는 봄날의 감회가 단숨에 싹 사라지는 기분이었다.

‘하아, 철 교두 정도인가?’

내심 한숨을 토한 제운영이 표정을 바꿨다. 단천엽에게 특별히 말을 돌릴 필요는 없었다.

“너, 요즘 표적이 되고 있더라.”

“표적이요?”

“응, 표적!”

단천엽의 눈살이 가볍게 찌푸려졌다. 용문에 들어온 후 될 수 있으면 남들 눈에 띄지 않으려 했던 노력이 물거품이 됐다는 소리였다. 아직 용문이란 곳을 내부적으로 파악할 시간이 필요함에도 불구하고.

‘하지만 뭐, 대충 용문에 적응은 된 상황이니까 한차례 드잡이질을 벌여보는 것도 그리 나쁘진 않겠지.’

화굉요의 영향이었다. 계획이 어그러진 상황임에도 은근히 전의가 치솟은 단천엽이 입가에 피식 미소를 띠었다.

"저는 용문에 입문한 후 누구에게 특별히 표적이 될 만한 짓은 한 일이 없습니다. 꽤나 얌전히 지냈다고 할 수 있지요. 그런데도 표적이 됐다니, 궁금해지네요?"

제운영이 고개를 끄덕였다.

"그래, 확실히 넌 용문에 들어온 당일을 제외하곤 전혀 사고를 치지 않았어. 오히려 꽤나 얌전하고 눈에 띄지 않는 생활을 했더구나."

"……."

"어떤 곳에 처박혀 어떤 일을 하든 반드시 눈에 띄는 네 녀석치고 상당히 자신을 억눌렀음에 분명해. 첫날부터 네가 연옥백강 녀석들과 벌인 사고만 아니었다면 나는 진짜 칭찬을 아끼지 않았을 거야."

"역시……."

"그래, 네가 표적이 된 건 첫날의 사건이 발단이야. 물론 전개되는 방향은 다소 엉뚱하긴 하지만 말야."

"엉뚱한 전개요?"

"그래, 진짜 엉뚱한 전개야."

제운영이 무서운 표정을 지은 순간 단천엽이 어깨를 가볍게 으쓱해 보였다. 무섭다는 표정과 달리 전혀 걱정되지 않는다는 몸짓이었다.

"단 공자가 철검회의 표적이 되었다고요?"

평소와 달리 모어언이 표정마저 바뀐 채 소리치자 윤문환의 안색이 흐려졌다. 지난 한 달간 천은마갑을 벗은 그녀를 꼬시기 위해 그가 들인 노력은 진짜 눈물날 정도였다.

그는 그동안 다방면으로 관계하고 있던 뭇 여성들과의 관계를 끊고 연옥백강에 대한 수련마저 등한시했다. 무공은 일류가 되지 못해도 여자에 대해서만큼은 초일류라던 평소의 자부심을 버린 전력투구였다.

'그런데 한 달이 지나고도 나는 이 아가씨의 마음을 얻지 못한 건가? 그 괴상한 애송이만큼도?'

자괴감이 가슴을 때렸다. 평생 쌓아왔던 공든 탑이 무너지는 듯한 심정이었다. 그러나 바람둥이는 달리 바람둥이가 아니다. 그는 곧 얼굴에서 불편한 심기를 지웠다.

"호오, 철검회주인 자네가 그런 것도 모르고 있었단 말인가?"

"그, 그건……."

"아하하! 농담이야, 농담. 자네가 모르는 게 당연한 일이지. 철검회에서 움직인 녀석은 용검(龍劍) 사도진명이니까."

"사도진명! 그 사람이……."

"왜 움직였겠나?"

노골적인 윤문환의 표정에 모어언의 안색이 가볍게 붉어졌다. 윤문환의 질문이나 표정 때문이 아니었다. 철검회 서열 삼위이자, 스스로 철검회 호화검수의 대형을 자처하는 사도진명이 단천엽을 표적으로 삼은 까닭을 짐작했기 때문이다.

"그는… 십전대각에서의 청소 때문에 화가 난 건가요?"

"정답!"

손뼉까지 마주치며 고개를 끄덕여 보인 윤문환이 빙글거리며 웃었다.

"사도진명은 연옥백강의 십강에 들 뿐 아니라 금난주가 빠진 철검회의 실질적인 우두머리라 할 수 있는 친구야. 회주인 자네에게 접근하는 날벌레… 아니, 사내들을 그냥 두고 볼 리 없지."

“그렇지만 단 공자와 저는 그저…….”

“그저 청소를 같이하는 사이라고?”

“…….”

모어언이 고개만을 끄덕이자 윤문환이 슬쩍 고개를 왼쪽으로 돌리며 목 부근의 옷깃을 들췄다.

그 순간 윤문환의 행동에 미간을 찌푸리던 모어언의 입에서 가벼운 신음이 흘러나왔다.

“아!”

윤문환의 드러난 목과 어깨 부근에는 최근에 생긴 듯한 길쭉한 검상이 보였다. 능숙한 솜씨로 치료된 상흔은 거의 한 치는 족히 넘는 길이였다.

옷깃을 추스른 윤문환이 입가에 씁쓸한 웃음을 담았다.

“사흘 전 내가 좀 늦었던 때가 있었지?”

“설마 그때!”

“아, 그때는 갑자기 총교두의 호출을 받아 몇 가지 일을 처리하느라 그랬던 것이고.”

“…….”

“이 상처는 그 다음날 밤에 졸던 중에 당한 상처야. 내가 평소 경공과 신법의 수련에 검법보다 훨씬 많은 시간을 할애하지 않았다면 의문사의 주인공이 될 뻔했지. 정말 죄 많은 남자는 어디를 가든…….”

“아니요!”

“응?”

“만약 대교두의 말씀처럼 용검 사도 공자가 나섰다면 암수까지 동원한 터에 검을 씀에 있어 실수를 할 리가 없습니다.”

윤문환의 얼굴에 놀란 기색이 떠올랐다.

"그렇다면 설마 녀석이 날 봐줬다는 건가?"

"그렇습니다."

"그건 날 너무 과소평가하는 거 아닌가? 비록 내가 검법으로는 그 사도진명을 반드시 이긴다 할 순 없어도, 경공이나 신법이라면 자신있다구!"

"대교두님을 암습한 사람이 진짜 용검 사도 공자라면 그런 점을 미리 염두에 두지 않았을 리 없습니다. 그가 정말 대교두님을 암습할 생각이었다면, 분명 완벽한 계획을 세워 그대로 실행했을 거예요."

잠시 침묵하던 윤문환이 떨떠름한 표정으로 고개를 끄덕였다.

"그러니까 자네의 말대로라면 결국 나에겐 단지 위협을 했을 뿐이고, 진짜로는 그 단천엽이란 친구를 노리는 거라는 내 추측이 맞아떨어진다는 것이군."

"그건……."

"나와 달리 단천엽 그 친구는 하급 수련생인데다, 용문에서 하급 수련생이 사고사하는 건 크게 이상할 것도 없는 일이야. 그렇게 완벽을 추구하는 사도진명이라면 그 점을 생각하지 않았을 리 없잖은가?"

"……."

모어언의 신형이 십전대각의 문 쪽으로 향했다. 평소와 달리 늦게 오는 단천엽이 걱정된 것이다.

제운영과 헤어져 십전대각으로 향하던 단천엽은 문득 발길을 멈췄다. 아침과 같이 봄꽃에 취한 것이 아니라 찌르는 듯한 살기를 느꼈기 때문이다.

'빨리도 찾아왔구나! 하긴 모 소저와의 청소가 한 달이 다 되어가고 있으니 당연한 건가?'

고개를 갸웃해 보인 단천엽이 다시 걸음을 옮겼다. 필시 자신을 노리고 있는 게 분명한 살기를 무시한 것이다. 과거 반검경혼 여만해의 살인적인 살기를 몇 차례나 받아낸 경험이 없었으면 하고 싶다 하여 쉽사리 행할 수 없는 일이었다.

그러자 기묘한 소리와 함께 살기가 씻은 듯 사라졌다. 즉각적으로 반응이 나타난 것이다.

"나오시지요!"

단천엽이 목소리를 높이자 길의 저쪽에서 사람이 나타났다. 훤칠한 키와 체격이 돋보이는 준수한 얼굴의 사내였다. 사내는 갑자기 모습을 드러냈으나 일반적으로 용문에서 익히는 은신술이나 은영술을 사용한 건 아니었다. 그는 주변과 그저 동화하는 것만으로 자신의 모습을 가리고 있었다.

'고수!'

단천엽은 처음 자신을 노리던 살기와 맞설 때보다 더 몸이 긴장하는 걸 느꼈다. 살기로 따지자면 여만해가 더욱 무시무시했고, 강렬함으론 기소천이 더 나았다. 특별히 눈앞 사내의 살기엔 신경이 쓰이지 않았다.

다만 단천엽의 눈길을 끈 건 모습을 드러낸 사내에게서 풍겨 나오는 묘한 기도였다. 가늠하기 힘들다는 표현이 적당한 아난이나, 패도와 부드러움을 겸비한 모어언을 제외한다면 용문에서 세 번째로 만난 고수라 할 만한 기도였다.

미미하게 고개를 끄덕인 단천엽이 다시 걸음을 옮기자 사내의 얼굴에 차가운 기운이 떠올랐다.

"본인을 무시하는 건가?"

"무시?"

"그렇다! 나더러 나오라 해놓고 자신을 소개하기는커녕 아무런 말도 없이 다가오고 있잖느냐!"

적반하장(賊反荷杖)이었다. 먼저 살기를 쏘아놓고 사내는 억지로 시비를 걸고 있었다.

내심 피식 웃은 단천엽이 말했다.

"난 당신이 누군지도 알지 못하고 있습니다. 지금은 갈 길도 바쁘고

요. 그래도 정히 대우를 받고 싶다면 먼저 자신부터 소개하는 것이 예
의가 아니겠습니까?"

"그건……."

"설마 이름도 없는 낭인은 아닐 테지요? 낭인을 상대할 정도로 저는
한가하지 않습니다."

어느새 단천엽은 사내와의 거리를 삼 장까지 단축하고 있었다. 처음
사내가 보여줬던 주변과 동화되는 모습을 그는 걷는 동안 발휘한 것이
다.

움찔!

삼 장의 거리를 두고 단천엽이 문득 걸음을 멈추자 사내의 어깨가
가볍게 떨렸다. 그의 얼굴에는 해연히 놀라는 빛이 떠올라 있었다. 동
작을 멈췄을 때와 그렇지 않았을 때 주변과 동화를 이루는 경지의 차
이는 생각보다 컸다.

'회주에 필적할 정도라는 건가!'

사내는 뒤로 물러서고 싶은 기분을 억지로 참아냈다. 젊은 나이에도
불구하고 스스로의 기도를 가질 만큼의 수련을 이룩하지 않았다면 불
가능한 일이었다.

"……."

단천엽이 미미하게 고개를 끄덕이자 내심 크게 숨을 내뱉은 사내가
두 손을 모아 올렸다. 자신을 이 정도로 몰아붙인 단천엽에 비해 상대
적으로 모자람을 인정한 것이다.

"본인의 이름은 사도진명, 철검회의 호화검수 중 일인이오. 갑자기
귀하에게 살기를 쏘아 보내 미안하게 생각하는 바이오."

단천엽 역시 손을 들어 포권했다.

“사도 형이셨군요. 저는 단천엽, 용문 인자조의 하급 수련생입니다.”

“단 형 같은 사람이 고작 하급 수련생이라니…….”

“사도 형 같은 분께서 고작해야 남의 그림자 노릇을 하시는데, 제가 하급 수련생인 건 당연하지 않겠습니까?”

“그…….”

사도진명의 입술이 움직였을 때다. 살짝 그를 향해 허리를 숙이고 있던 단천엽의 신형이 가볍게 공중으로 떠올랐다. 그가 서 있던 땅속을 뚫고 솟구친 한줄기 검기를 발끝으로 받아내며 뒤로 뛰어오른 것이다.

파파팟!

사도진명 역시 가만있지 않았다. 준비했던 암습이 실패한 걸 확인한 순간 그는 바로 발검에 들어갔다.

번쩍!

표홀한 검기는 공중에 뜬 단천엽의 전신사혈을 남김없이 노렸다. 속도나 변화는 평범한데 검끝의 움직임이 어디를 향할지 알 수 없는 일검이었다.

‘위험!’

단천엽은 공중에 뜬 상태 그대로 이중 동작으로 신형을 뒤로 돌렸다. 변화를 알 수 없는 검봉(劍鋒)에 맞서느니 뒤로 피하는 게 낫다는 판단이었다.

그런데 막 땅에 발을 디디려던 단천엽의 허리가 크게 굴신했다. 또다시 땅을 뚫고 검기가 치솟아오른 것이다.

파파팟!

이번 암습은 처음보다 훨씬 강했다. 검기의 기세가 두 배는 강했고, 숫자 역시 두 개였다. 공중에 뜬 채로 도합 두 차례나 방향을 돌린 단천엽으로선 막을 엄두가 나지 않는 암습이었다.

스파앗!

직선으로 튀어나온 검기가 곡선으로 바뀌었다. 검기는 몸을 굴신하느라 확연히 드러난 단천엽의 옆구리와 가슴을 노렸다.

그때 다시 신형을 철판교로 바꾼 단천엽의 쌍수가 기쾌하게 움직였다.

'비권 천류영, 파검결(破劍訣)!'

두 개의 검기가 만들어낸 기파 속을 파고든 단천엽의 쌍수가 미묘하게 흐름을 방해한 순간이었다.

차차창!

단천엽을 노리던 검기가 방향을 바꾸더니 공중에서 부딪쳤다. 내가권(內家拳)의 사량발천근과 동일한 원리, 하지만 더욱 고난이도의 기법이 발휘된 것이다.

순간 철판교를 풀고 낮게 뛰어오른 단천엽의 발끝에 두 개의 장검이 하늘로 솟아올랐다. 그야말로 촌분을 몇 토막 낼 만한 시간 만에 벌어진 일이다.

"엇!"

"큭!"

호구가 찢어지고 팔목이 시큰거렸다. 순간적으로 신음을 토해낸 두 암습자가 주춤거리며 뒤로 물러서자 단천엽이 앞으로 뛰어나갔다.

목표는 사도진명!

어느새 사도진명은 암습자들과는 비교되지 않을 정도로 창창한 검기를 일으킨 채 파고들고 있었다. 그의 검끝은 여전히 방향을 짐작할 수 없었으나 빠르기가 달랐다. 거의 눈으로 쫓을 수 없을 정도였다.

그러나 단천엽은 피하는 대신 파고드는 걸 선택한 상황이었다. 찰나의 순간 사도진명의 검기 속으로 뛰어든 단천엽의 신형이 사람의 키만큼 떠올랐다.

그냥 떠오른 게 아니다. 그는 그 순간 사도진명의 상반신에 위치한 요혈을 벼락같이 걷어찼다. 공격과 동시에 그를 뛰어넘은 것이다.

파곽!

검을 회수하는 것보다 단천엽의 발끝이 더욱 빨랐다. 어찌어찌 요혈은 방어했다지만 사도진명의 안면에 발자국이 남았다. 무인으로선 더할 수 없는 굴욕이었다.

"크윽!"

신형을 휘청이면서도 다시 검끝을 돌리려는 사도진명을 쳐다보지도 않고 단천엽이 버럭 소리쳤다.

"어찌 사나이가 정당하지 못하게 숨어만 있는 것이오!"

움찔!

사도진명의 검끝이 단천엽의 등을 노린 채 멈췄다. 그저 한 치 정도만 앞으로 들이밀면 오늘의 암습은 성공이었다. 그처럼 태어나 몇 살이 되지 않아 검을 끼고 산 검객에게는 그건 전혀 어려운 일이 아니었다.

'그런데 어째서 나는 동작을 멈춘 것이지?

사도진명이 스스로에게 자문하며 고민할 때 다시 단천엽이 목소리를 높였다.

"용검 사도진명! 설마 모습조차 보이지 않으려 하는 것이오!"

‘어, 어찌!’

단천엽의 등을 노리고 있던 검봉이 뒤로 조금 물러났다. 단천엽의 일갈에 놀란 것이다.

그때 검을 잃고 뒤로 물러선 두 암습자를 제치고 한 명의 왜소한 사내가 앞으로 나섰다. 최초 단천엽을 암습하곤 내내 전광석화 같은 싸움에 끼어들지 않던 자였다.

“진영아, 그는 너의 상대가 아니니 검을 거두고 뒤로 물러서거라!”

“혀, 형님!”

“철검회의 정예 호화검수, 그중에서도 최강이라 자부하던 네 명이 모두 달려들었는데도 단 한 명의 하급 수련생을 이기지 못했다. 더 이상 추한 꼴을 보여서야 되겠느냐?”

“……”

왜소한 사내의 말에 사도진명, 아니, 사도진영이 결국 검봉을 땅 쪽으로 떨궜다. 이번 암습의 책임자가 누구인지를 알려주는 모습이었다.

무인, 그것도 검을 다루는 검객에게 작은 키는 어떤 의미로 치명적이다. 검법이란 얼마나 빠르게 어떻게 간격을 지배하느냐가 관건인데, 키가 작은 자는 그게 보통인보다 어렵다. 싸우기 전부터 손해를 보고 들어가는 것이다.

그런 의미에서 단천엽은 눈앞의 왜소한 체격의 사내를 높게 봤다. 키가 작은 만큼 다리도 짧고 팔 역시 정상인보다 짧아 보이는 그가, 한 자루 검을 익히기 위해 들였을 노력이 어느 정도일지 짐작이 가고도 남았다.

‘게다가 저 당당한 모습은 방금 전 비겁하게 암습했던 사람이라곤 도저히 생각할 수 없다. 실력에 더하여 뻔뻔함마저도 갖췄다는 뜻이겠지?

내심 염두를 굴린 단천엽이 먼저 입을 열었다.

"당신이 용검 사도진명이겠지요?"

"……."

사나이는 부인하지 않았다. 그가 바로 철검회의 서열 삼위이자 호화검수의 대형인 사도진명이었다.

사도진명은 어느새 뒤에 도열한 사도진영과 두 호화검수에게 눈길을 던지며 담담하게 명령했다.

"앞으로 일각, 어떤 자도 접근하지 못하게 하라!"

"알겠습니다!"

"알겠습니다!"

허리를 숙여 사도진명에게 고한 세 호화검수가 빠르게 주변으로 흩어졌다. 망설임없이 단천엽을 암습했던 것처럼 간결하고 즉각적인 움직임이었다.

단천엽이 감탄하듯 말했다.

"정말 잘 훈련된 사람들이군요. 말 한마디에 저런 움직임을 보이다니……."

사도진명이 무심히 반문했다.

"연옥백강에 든 용문의 수련생이라면 당연한 게 아니오? 연옥백강도 아닌 하급 수련생을 합공하고도 제압하지 못한 바보들이지만."

"합공?"

"암습이라고 얘기해야 마음이 풀리겠소?"

단천엽의 입가에 웃음이 떠올랐다. 의외로 말이 통하는 사내일지도 모르겠다는 판단이었다.

"생각보다 뻔뻔한 사람은 아니었군요?"

"암습이 성공했다면 뻔뻔해졌을 거요."

"그 말뜻은?"

"용문에서 수련생 한두 명이 죽거나 달아나는 건 비일비재한 일이라는 뜻이오."

단천엽은 입가에서 웃음을 지웠다. 사도진명의 말은 진심이었다. 진심을 말하는 상대와 웃고 떠들 순 없었다.

"그럼 이유를 물어봐도 되겠습니까?"

"암습의 이유?"

"그 문제도 있지만, 어째서 사도 형이 암습 시 전력을 다하지 않았는지도 궁금합니다."

"……."

사도진명의 표정이 변했다. 단천엽의 말이 핵심을 찌른 듯했다. 잠시 단천엽을 퉁명스레 바라보던 그가 말했다.

"회주를 어떻게 생각하시오?"

"회주라면……."

"나는 말을 돌리는 사람이 제일 싫소!"

화를 내는 듯한 사도진명의 말에 단천엽이 뒤통수를 긁적였다. 모어언에 대해 얘기를 한다는 건 오늘과 같은 암습을 열 번 당하는 것보다 그에겐 곤란한 일이었다.

'하지만 대답을 하지 않으면 당장 나와 사생결단을 할 것 같은 얼굴이잖아.'

내심 한숨을 내쉰 단천엽이 작은 목소리로 말했다.

“나는… 모 소저를 좋아하고 있습니다.”

“회주에게 목숨을 걸 수 있다는 뜻이오?”

“그건……”

“설마 걸 수 없다는 뜻이오!”

한숨과 함께 단천엽이 고개를 흔들어 보였다.

“그렇진 않습니다.”

사도진명이 버럭 소리쳤다.

“그렇소! 나 역시 당신과 똑같소! 단천엽, 당신의 회주에 대한 마음은 나와 철검회의 호화검수 모두의 마음이오! 그러니 철검회에 들어와 주시오!”

“예?”

“철검회의 호화검수가 되어달란 말이오, 회주를 위해서!”

어느새 사도진명은 단천엽의 양손을 굳게 거머쥐고 있었다. 그는 이미 단천엽의 철검회 입회를 기정사실화하고 있었다. 단천엽의 대답 따윈 필요없다는 듯.

“……”

단천엽의 얼굴에 난감한 기색이 떠올랐다. 그는 자신이 사도진명의 표적이 되고, 암습까지 당한 까닭을 그제야 눈치 챈 것이다. 사도진명의 불을 뿜는 듯한 눈빛과 권유를 통해.

춘계쟁투지회(春季爭鬪之會)

단천엽을 본 순간 모어언은 남몰래 한숨을 내쉬었다. 그가 평소보다 늦는 바람에 그녀는 은근히 속을 끓이고 있었다. 윤문환의 불길에 기름을 붓는 듯한 말을 들은 후 그녀는 안절부절못하고 있었다. 평소 어떤 일이 벌어져도 경동하지 않던 철검회의 회주는 십전대각에 존재하지 않았다.

당연히 십전대각 안의 청소는 지지부진한 상태였다.

한쪽 구석에 자리를 잡고 앉아 모어언을 힐끔거리고 있던 윤문환에게 다가간 단천엽이 정중히 인사했다.

"대교두, 늦어서 죄송합니다. 바로 청소 시작하겠습니다."

"잠깐만!"

신형을 돌리려는 단천엽을 잡아 세운 윤문환의 얼굴에 기묘한 표정이 떠올랐다.

"늦은 이유는?"

"배탈이 났습니다."

"배탈?"

"예, 아침에 좀 과식한 것 같습니다."

단천엽의 천연덕스런 대답에 윤문환의 눈매가 가늘어졌다. 그의 시선은 단천엽의 몸 구석구석을 살폈다. 파탄의 증거를 찾으려는 듯. 그러나 그는 단천엽에게서 전혀 격투의 흔적을 찾을 수 없었다.

'제길, 진짜 배탈이 난 건가? 그렇다면 소미녀에게 내가 뺑을 친 꼴이 되는데……'

윤문환의 얼굴에 난감한 기색이 떠올랐다. 고개를 돌려 모어언을 바라보고 싶은데, 면목이 없었다.

그때 단천엽이 말했다.

"더 물으실 게 남으셨는지요?"

"그, 그게……."

"그럼 이만."

다시 윤문환에게 인사한 단천엽이 주변을 둘러보곤 모어언에게 다가갔다.

"늦었습니다. 제가 오기를 기다린 것 같으니 바로 청소 시작하죠?"

"저……."

"하실 말이라도?"

모어언이 고개를 가로저었다. 이곳으로 오기 전 용검 사도진명과 있었던 일을 전혀 드러내지 않는 단천엽의 표정을 보자니, 자신의 걱정이 몽땅 기우에 불과한 듯 보였다.

'멍청한 짓을 했어!'

'하하, 제법 귀여운 구석도 있잖아!'

모어언에게 웃음을 던진 단천엽이 익숙한 동작으로 걸레에 물을 묻힌 후 십전대각의 바닥을 문지르기 시작했다. 오늘부터 십전대각에서 칠독수 기진악의 독공(毒功) 수업이 있는 만큼 평소보다 더욱 열심히 청소해야 할 터였다.

단천엽의 대활약과 모어언의 분전으로 평소보다 늦게 시작된 십전대각의 청소는 생각보다 일찍 끝났다. 청소에 하등 도움이 안 되는 윤문환이 오늘따라 중간에 자리를 비운 것도 한 가지 요인이 되겠지만, 단천엽과 모어언 간에 흐른 기이한 침묵이 일등공신이라 할 만했다.

마지막으로 청소 도구와 물통을 한쪽 구석에 정리하고 돌아선 단천엽에게 모어언이 쭈뼛거리며 다가섰다.

"단 공자……."

"예."

"그동안 수고하셨어요."

"모 소저도 수고했습니다."

거의 동시에 고개를 숙여 보인 두 사람이 서로를 바라보다 웃음을 터뜨렸다.

한 달간 쭉 함께 보냈지만 두 사람이 따로 시간을 보낸 적은 한 번도 없었다. 윤문환이 두 사람이 함께 있는 걸 절대 좌시하지 않았기 때문이다.

그래서 그런가. 이렇게 청소 마지막 날이 되어 간신히 둘만 남게 되었는데도 두 사람은 부끄럽거나 애틋한 감정보다 웃음만이 흘러나왔다. 오랫동안 서로를 향해 품어왔던 감정이 이제는 친숙해지고 자연스럽게 변한 것이다.

한참을 웃은 모어언이 말했다.

"참 이상한 일이에요."

"뭐가 그렇게 이상하죠?"

"단 공자를 보고 있다 보면 항상 제 마음을 조이고 있던 불안이 씻은 듯 사라져요. 용문에서의 수련이라거나 앞날에 대한 불안 같은 것들이 모두 별것 아닌 것처럼 느껴지는 거예요."

"그건 정말 이상한 일이군요."

모어언이 고개를 가로저었다.

"아뇨, 그렇지 않아요."

"예?"

"단 공자는 어떻게 생각할지 몰라도 제겐 이미 더 이상 놀랍거나 이상한 일이 아니에요. 언제부터 그렇게 됐는진 모르겠지만……."

말끝을 흐린 모어언은 부끄러운 듯 안색을 붉혔다. 어찌 들으면 자신의 말이 일종의 사랑 고백처럼 느껴졌기 때문이다. 그러나 이미 내친 김이었고, 그녀는 어느 여인들처럼 하고 싶은 말을 참는 걸 규방의 미덕이라 배운 일이 없었다.

잠시 침묵하던 그녀가 말을 이었다.

"그건 아무래도 단 공자가 항상 제가 곤란을 겪을 때 나타났기 때문인 것 같아요. 처음 만났을 때부터 계속. 그러고 보면 저는 그렇게 단 공자에게 못되게 굴었는데…… 단 공자는 계속 너그럽게 절 대해주셨지요."

"그때도 모 소저는 그렇게 제게 나쁘게 대하진 않았습니다."

"피이, 거짓말!"

"너무 티가 났나요?"

"예, 정말 그래요."

단천엽에게 살짝 미소를 던진 모어언이 신형을 돌리며 목소리를 바꿨다.

"그러니까 단 공자는 사도 공자의 말에 너무 신경 쓰지 마세요."

"모 소저……."

"나는 이래 뵈도 철검회의 회주예요. 이름뿐인 회주이고, 아무리 노력해도 연옥의 사성을 이길 수 없는 무능한 사람이지만 남에게 보호받는 꽃은 아니에요. 아니, 될 수 없어요!"

"……."

"오늘을 끝으로 난주가 징벌방에서 나옵니다. 그동안 난주도 없고, 회주인 나 역시 무능해서 철검회의 인원이 절반으로 줄었어요. 용문 삼대세력이란 말이 무색하게 변한 거지요. 하지만 그걸 극복하는 건 어디까지나 제가 할 일이에요. 아직 하급 수련생도 벗어나지 못한 단 공자에게 기댈 수는 없어요. 그러니까……."

"그러니까 제가 하급 수련생을 벗어나면 되는 겁니까?"

"예?"

"제가 하급 수련생을 벗어나 연옥백강에 들게 되면 모 소저를 도와도 되냔 말입니다!"

"……."

단천엽을 등진 모어언의 얼굴에 홍조가 어렸다. 단천엽이 한 말의 의미를 이해 못할 그녀가 아니었다.

'가슴이…….'

모어언은 쿵쾅거리는 가슴을 손으로 눌렀다. 미칠 듯 뛰기 시작한 심장의 고동 소리를 단천엽에게 들키고 싶지 않았다. 그럴 바엔 차라리 죽는 게 낫겠다는 생각이 들었다.

그런데 그때 뜻밖의 곳에서 구원의 손길이 뻗어왔다. 청소 중간에 십전대각을 빠져나갔던 윤문환이 돌아온 것이다.

"어, 벌써 청소가 다 끝난 건가? 정말 제군들의 청소 솜씨는 노화순청(爐火純靑)에 이르렀구나!"

"대교두!"

모어언이 평소답지 않게 반색하며 맞이하자 윤문환이 얼굴에 화색을 띠었다. 그는 다소 붉은 기가 감도는 모어언의 표정을 보고 지레짐작했다.

'역시 그러면 그렇지! 한 달간이나 내가 열과 성의를 다해 공략했는데, 애송이 계집애 하나 함락하지 못할 리가 없지!'

윤문환의 득의양양한 내심은 금세 얼굴에 드러났다. 그는 잔뜩 우쭐해진 표정으로 입가에 웃음을 떠올렸다.

"아하하, 그렇게 내가 보고 싶었던 건가? 자네도 진작 내게 말을 했으면 좋았을 것을. 뭐, 하긴 나중에 따로 구룡무각에서 면담을 갖는 것도 나쁘진……."

"대교두, 가셨던 일은 잘 처리하셨겠지요?"

이미 모어언의 안색은 평소대로 돌아와 있었다. 윤문환의 얼굴을 대하자 자연스레 마음이 식었다. 다시 단천엽과 얼굴을 마주하지 않으면 가슴이 두근거리는 병이 재발하진 않을 것 같았다.

'하하, 소미녀가 부끄러워 내숭을 떠는 건가?'

여전히 자신만의 판단 기준으로 모어언의 표정 변화를 재단한 윤문환이 천천히 고개를 끄덕였다.

"두 달여 전 벌어진 사건을 최종적으로 해결한 건 총교두이셨네. 때문에 그날 문규를 어긴 수련생들에게 내려진 벌이 다른 때보다 중했지. 하지만 자네가 몸을 낮춰 청원한 일을 처리함에 있어 어찌 내가 소홀히 대했겠는가.”

“그렇다면…….”

“무쌍창 금난주는 오늘부로 징벌방에서의 연금이 해제되었네. 다른 철검회의 삼 인과 더불어. 지금이라도 징벌방으로 가면 인계받을 수 있으니 나와 함께 가볼 텐가?”

“예, 그러…….”

얼른 대답하려던 모어언이 슬쩍 뒤에 서 있는 단천엽에게 시선을 던졌다.

“단 공자도 징벌방에 볼일이 있다고 하지 않았나요?”

단천엽이 따라오길 은근히 바라는 눈빛이었다. 홀로 윤문환의 뒤를 좇아가기도 싫었지만, 기약도 없이 단천엽과 헤어지긴 싫었기 때문이다.

그러나 단천엽은 빙긋 웃으며 고개를 흔들어 보였다.

“대교두님 덕분에 제가 만나려 했던 간다르 대사님이 이미 징벌방을 떠났다는 사실을 알았습니다. 이제 곧 점심 시간이니 식사 집합에 참가해야 하고요.”

“그럼…….”

“이쯤에서 일단 이별을 고해야 할 것 같습니다.”

정중히 단천엽이 고개를 숙이자 모어언 역시 급히 따라 했다. 언제 마음의 한 켠을 내보였냐는 듯 첫 만남과 변한 게 없는 두 사람이었다.

그 뒤 모어언이 신형을 돌리려는데, 단천엽이 문득 생각난 듯 그녀를 불렀다.

“모 소저, 혹시 징벌방에서 아난을 보게 되면 안부를 전해주시겠습니까?"

'아난?'

다시 고개를 돌린 모어언이 미간을 찌푸려 보였다.

"아난 수하르를 말하는 건가요?"

"예, 용문 삼십육방에서 만나 친구가 됐는데, 징벌방에 갇힌 후 소식
이 묘연합니다. 아직도 징벌방에 갇혀 있다면 모 소저가 제 대신 안부
를 전해주셨으면 합니다."

"…그러죠."

잠시 단천엽을 바라보던 모어언이 윤문환에게 약간 성난 목소리로
말했다.

"대교두, 빨리 가죠!"

"그, 그럴까?"

"예, 이젠 이곳에 볼일은 더 이상 남지 않았으니까요."

"그럼 가자!"

희희낙락한 표정으로 모어언과 함께 십전대각을 빠져나가던 윤문환
이 문득 단천엽 쪽을 돌아보며 근엄하게 소리쳤다.

"자네는 마저 뒷정리 끝내고 바로 소속으로 돌아가도록! 오늘부로
청소 차출은 끝이니까!"

"예, 알겠습니다."

고개를 숙여 보이는 단천엽을 힐끔 바라본 모어언이 들릴 듯 말 듯
작은 목소리로 중얼거렸다.

"바보."

춘계쟁투자회(春季爭鬪之會) 2

　단천엽은 청소 끝마무리를 하고 오전 수련이 끝나는 시간에 맞춰 식당으로 향했다.

　용문의 식사 시간은 반 시진을 넘지 않았고, 아침과 저녁의 경우 일직 교두들의 엄격한 통제를 받았다. 식사마저도 수련의 연속선상으로 간주되었기 때문이다.

　점심 식사 시간은 그런 까닭으로 빡빡하게 짜여진 용문의 하루 일과 중 거의 유일무이한 자유 시간이었다.

　식당의 크기는 한정되어 있고, 식사 할 인원은 보통이 아니었다. 항상 식사 시간이 되면 줄 서기에 목숨을 걸어야 하건만, 이 시간 수련생들의 얼굴은 반짝반짝 빛났다. 젊은 그들에게 있어 교두의 통제를 벗어난 시간만큼 찬란히 빛나는 때도 없을 것이다.

　그래서인지 단천엽이 식당 앞에 도착했을 때 아직 '준비 중(準備中)'

이란 나무판이 걸려 있는 그곳은 삼삼오오 모인 수련생들로 시끌벅적했다.

철저하게 강자존의 원칙이 적용되는 용문.

식사 시간이 되기도 전 식당에 가장 먼저 도착한 수련생들의 주된 대화 내용은 자신의 무용담과 특이한 별명을 붙인 교두들에 대한 험담이었다.

모진 수련과 경쟁을 뚫고 이곳에 도착한 자만이 누릴 수 있는 작은 사치랄까? 하긴 그런 낙이라도 없으면 고된 용문 생활을 견디긴 쉽지 않을 터였다.

그런데 무심히 익숙한 면면들 사이를 지나치려던 단천엽의 발길이 문득 멈춰졌다. 누군가 그를 불러 세운 것이다.

"이게 누군가! 인자조의 행운아 단 소협이 아닌가!"

단천엽은 굳이 돌아보지 않고도 목소리의 주인을 알 수 있었다. 평소 남들의 눈에 띄지 않게 행동해 온 그에게 이런 시비조의 말을 내뱉는 사람은 단 한 사람밖에 없었다.

'오늘도 소천과 한 조를 이뤄 수련하지 못한 모양이군.'

내심 한숨을 내쉰 단천엽이 신형을 돌려 목소리의 주인에게 슬쩍 미소를 지어 보였다.

"이번에도 오전 수련을 첫 번째로 통과하셨나 보군요, 안환 형."

"안환 형?"

"같은 인자조의 동료이고, 저보다 연장자이니 형이라 불렀습니다. 혹시 불편하시면 달리 호칭하겠습니다만?"

안환의 입가에 슬쩍 미소가 떠올랐다. 기소천과 친한 단천엽이 존대를 해준다는데 나쁠 건 없다는 판단이었다.

"단 소제가 그리 우형을 대하겠다는데 어찌 이 사람이 마다하겠는
가. 앞으로 우리 호형호제하기로 하세."

'대뜸 하대인가?'

입술을 비집고 나오려는 쓴웃음을 단천엽은 참았다. 대신 그는 더욱
공손한 표정으로 허리까지 숙여 보였다.

"그렇게 해주신다면야 소제로서는 더 바랄 나위가 없지요. 그렇지
않아도 천하맹 출신도 아닌 터에 용문에 입문하자마자 벌을 받고 청소
차출을 당한 탓에 마음이 불안하던 참이었습니다. 앞으로 안 대형과
같은 든든한 그늘을 가지게 됐으니 허리를 펴고 살 수 있겠군요."

"그, 그런가?"

"앞으로 잘 부탁드리겠습니다. 소제 역시 앞으로 안 대형이 하시는
일이라면 성심성의를 다할 테니까요."

단천엽이 말하는 바는 자명하고 노골적이었다. 누가 듣더라도 천하
맹 출신이 아닌 안환이 따로 세력을 키운다는 걸 알 수 있을 정도였다.

대뜸 별 관심없이 두 사람의 대화를 지켜보던 각 조의 상급 수련생
들이 눈살을 찌푸렸다.

"청성일수는 재주도 좋군."

"이미 인자조를 장악했다더니, 그게 사실이었나 보지?"

"구산 출신이……."

"그렇지만 이렇게 벌건 대낮에 들어온 지 얼마 되지도 않는 하급 수
련생에게 충성 맹세를 하게 하다니, 참 염치도 좋은 사람이군."

주변에서 쏟아지는 비릿한 시선에 난처한 기색이 된 안환이 황급히
단천엽을 끌고 한쪽으로 갔다. 구산, 그것도 요 근래 성세가 미약해져
청성분파(靑城分派)라 불리는 청성이 그의 사문이었다. 천하맹 출신이

대다수인 용문에서 사조직을 형성한다는 오해를 받아선 곤란했다.

주변의 시선이 미치지 않는 식당 뒤편에 도착한 안환이 안색이 잔뜩 굳은 얼굴로 단천엽에게 소리쳤다.

"자네는……!"

"사문이 부끄럽습니까?"

"뭐?"

"안 대형은 사문이 부끄럽냐고 묻고 있습니다."

안환의 얼굴이 일그러졌다. 단천엽의 질문이 의미하는 바를 눈치 챈 것이다.

"내가 사문이 부끄러워 자리를 피했다고 생각하는 건가?"

"아니라면 다행입니다."

"뭐가 다행이라는 거지?"

"제가 본 안 대형은 인자조에서 가장 실력이 출중한 분입니다. 나이도 가장 많고요. 그런 분이 사문이 부끄러워 다른 문파의 연줄에 의지하려고만 하는 사람이라면 무척 기분이 나빴을 겁니다."

일그러지다 못해 성난 기색을 숨기지 않고 있던 안환의 표정이 변했다.

'처음 사부의 손을 잡고 청성산에 올라 검을 배우기 시작했을 때 나의 가슴에는 사문에 대한 자부심이 가득했다. 적전제자가 되어 사일검법(射日劍法)을 전수받았을 때도 마찬가지다. 하지만 그 뒤 사부와 사숙들이 근처 녹림도와의 싸움에서 중상을 입었고, 주변의 다른 문파 제자들이 청성을 조롱한다는 사실을 알았다. 청성에 힘이 없음을 안 것이다. 그래서 청성제일의 기재라고 자부하던 나는 힘을 기르기 위해 문호를 개방한 용문에 입문했다. 어떤 일이 있어도 이곳에서 힘을 길

러 내 사문 청성이 청성분파가 아니라 자랑스런 구산의 일원인 청성검
파임을 증명하기 위해서. 그런데 나는 어느새 내 사문 청성을 부끄럽
게 생각하고 있었던 것인가!

안환은 과연 자신이 진짜 사문 청성을 부끄럽게 생각하지 않았는지
자문하곤 내심 고개를 가로저었다. 확언할 수 없는 자신이 부끄러웠
다.

그때 단천엽이 빙긋 미소 지었다.

"제 뱃속의 회충들이 요동치는 걸 보니, 슬슬 식사 시간이 된 것 같
습니다. 늦기 전에 식당으로 가는 게 어떻겠습니까?"

"뭐?"

"지금 당장 줄 서지 않으면 배고픈 식귀(食鬼)들이 식당을 몽땅 장악
할 거라고요."

"그, 그렇군."

다시 평소의 눈빛을 찾은 안환이 이미 뛰기 시작한 단천엽을 좇아
신형을 날렸다. 용문에서 식사 시간에 늦는다는 건 곧 치열한 경쟁에
서 낙오하는 것과 다름없는 일이었다.

단천엽과 안환이 식당으로 돌아왔을 때 이미 오전 수련을 끝낸 식귀
들은 잔뜩 몰려든 상태였다. 단천엽 배의 회충은 그리 영험하지 못했
던 것이다.

낙담한 표정이 된 단천엽과 안환이 줄의 끝으로 걸어가는데, 익숙한
목소리가 들려왔다.

"천엽 형!"

"아!"

눈에 힘이 돌아온 단천엽이 잔뜩 동작을 크게 하며 손을 들어 보였다.

"소천, 거기 있었구나! 잠시 볼일을 보고 있는데 사람들이 몰려들어 헤매던 참인데."

"어서 오십시오!"

기소천의 말이 끝나는 것과 동시였다. 길게 늘어서 있던 식사 줄이 크게 출렁거렸다. 기소천의 앞뒤로 서 있던 상명헌과 유현중이 발도(拔刀)까지 해가며 자리를 넓힌 것이다.

그 사이를 단천엽이 안환과 함께 끼어들자 기소천이 그에게 붙으며 작은 목소리로 속삭였다.

"어떻게 된 일입니까? 주변에서는 천엽 형이 누군가에게 충성 맹세를 했다고 하던데."

"아아, 뭐 그렇게 됐어."

"그게 사실이었습니까?"

"왜? 그래서 소천은 내가 싫어진 거야?"

"그럴 리가 있겠습니까!"

말과 달리 안환을 곁눈질하는 기소천의 얼굴에는 불만의 기색이 엿보였다. 안환이 인자조에서 가장 강한 건 모두가 아는 사실이지만, 그에 대한 소문은 별로 좋지 않았다. 용문에서 처음으로 사귄 단천엽이 그와 붙어 지내는 걸 바라보는 건 기소천에게 그리 기분 좋은 일이 아니었다.

'하지만 천엽 형은 특별한 사람이다. 천엽 형을 친구로 인정한 이상 그가 인정한 사람을 무시할 순 없다.'

기소천은 얼른 얼굴에 떠올라 있던 언짢은 기색을 지웠다. 지난 몇 달간 무시하고 있던 안환을 인정하기로 마음먹은 것이다.

그렇게 기소천이 안환과 눈인사를 나누자 그 모습을 지켜보던 단천엽이 씩 웃어 보였다.

"오늘은 그럭저럭 얼굴이 좋아 보이네?"

기소천의 얼굴에 겸연쩍은 표정이 떠올랐다.

"천엽 형이 가르쳐 준 마음을 안정시키는 주문을 밤낮으로 외웠더니 체력이 많이 좋아졌습니다."

"그거 다행이군. 사실 나도 그게 소천에게 통할까 싶어 걱정했는데."

"정말 감사하게 생각하고 있습니다."

기소천이 단천엽에게 고개까지 숙여 보이자 주변을 향해 살기를 뿜어내고 있던 상명헌과 유현중이 서로를 바라보며 눈살을 가볍게 찌푸렸다.

그들이 보기에도 확실히 기소천은 단천엽을 만난 후 성격도 밝아지고, 체력이 늘어 폭주하는 일이 현저히 줄어든 터였다. 그 점만 생각하면 단천엽은 은인이라 함이 옳았다.

'하지만 소주는 구천도문과 천도각의 미래를 책임진 분이다. 저런 근본도 모르는 녀석을 형이라 부른다는 건 후일 큰 문제가 될 것이다.'

'가깝게 지내는 것까진 그렇다 쳐도 괴상한 주문을 전수받아 외운다는 걸 문주께서 아신다면 난리가 날 텐데……'

두 사람의 얼굴에는 어두운 먹구름이 드리워져 있었다. 기소천이 용문에 적응하지 못해 고생할 때완 또 다른 근심이 생겼기 때문이다.

그러나 단천엽이 기소천에게 전수한 주문은 동방의 병법 중 마음을 다스리고 천지(天池)와 하나가 되는 고문(古文)인 천부경(天符經)이었다. 보통 문외(門外)의 사람에겐 결코 전할 수 없는 비법인데, 기소천의 심상치 않은 폭주와 살기를 염려한 단천엽은 아낌없이 그것을 전수했다.

상명헌과 유현중이 시름에 잠겨 있는 동안 식사 줄은 점차 줄어들어 단천엽 일행은 곧 식당 안으로 들어섰다. 익숙하게 서로 분담하여 밥과 반찬을 받아온 그들이 자리를 잡고 앉자 안환이 눈을 빛내며 입을 열었다.

“곧 춘계쟁투지회(春季爭鬪之會)가 벌어지는데, 소제들은 준비를 충실히 하고 있는가?”

“춘계쟁투지회?”

단천엽이 되묻자 옆에 앉아 있던 기소천이 얼른 설명했다.

“춘계쟁투지회, 일명 춘투(春鬪)란 용문에서 매년 봄이 되면 벌어지는 일종의 시험입니다. 연옥백강에 들지 못한 전 수련생이 참가하는데, 매년 매우 많은 사상자가 나올 정도로 치열하다고 하더군요.”

안환이 기소천에 이어 설명을 계속했다.

“그뿐 아니라 춘투를 통과한 사람들은 연옥백강에 도전할 수 있는 자격을 갖게 된다.”

“연옥백강에 도전할 자격이란 것도 있습니까?”

“당연하지! 연옥백강은 용문 내에서도 다른 수련생들과 위치가 달라. 천하의 각종 무공 비급이 즐비한 천무서각을 마음대로 드나들 수 있고, 총교두를 비롯한 세 분의 대교두에게 따로 무공 지도를 받을 수 있다. 한마디로 말해 연옥백강에 들지 못한 용문의 수련생들은 헛고생을 하고 있다고 봐도 과언이 아니지. 상명헌, 유현중, 그렇지 않은가!”

안환이 자신들을 언급하자 상명헌과 유현중이 입가에 씁쓸한 웃음을 띠었다. 그들은 작년 춘투에 참가해 시험에 통과했지만 연옥백강에 대한 도전을 보류했다. 올해 용문에 입문한 기소천을 보위하기 위함이 었다.

그러한 사실을 알고 있는 기소천이 미안한 표정을 짓자 상명헌이 묵직한 표정으로 입을 열었다.

"안환 형의 말대로 춘투를 통과하면 연옥백강에게 도전할 권리를 얻게 되고, 용문에서 연옥백강에 드는 건 중요한 일이라 할 수 있습니다. 하지만 연옥백강은 하나같이 그리 쉬운 상대가 아닙니다. 몇 년간 춘투를 통과한 수련생 중 새롭게 연옥백강에 오른 이가 다섯 명에 불과한 것만으로도 알 수 있는 일이지요."

"그렇습니다."

유현중이 동조의 말을 하자 기소천이 그제야 안색을 풀었다. 단천엽을 만난 후 많이 나아졌다곤 하나 그는 여전히 지나칠 정도로 다른 사람을 신경 쓰고 있었다.

그때 묵묵히 밥을 먹으며 얘기를 듣던 단천엽이 입을 열었다.

"그럼 춘투를 통과하기만 하면 하급 수련생도 단숨에 연옥백강에 오를 수 있는 겁니까?"

기소천이 얼른 대답했다.

"예, 그런 걸로 압니다."

단천엽이 고개를 끄덕였다.

"그렇구나."

안환이 놀리는 듯한 얼굴로 물었다.

"왜, 단 소제는 이번에 한번 노려볼 작정인 건가?"

단천엽이 그를 향해 씩 웃었다.

“그럴까요?”

“뭐?”

단천엽의 표정이 진중해졌다.

“정말 그래야 할까 봅니다, 누군가와 한 약속도 있으니.”

식판에 남아 있던 밥풀 몇 개를 남김없이 핥아먹은 단천엽이 자리에서 일어섰다. 식사가 끝났으니 식판을 반납하고 오후 수련을 준비해야만 했다.

총 삼층으로 된 구룡무각의 최상층.

용문의 총교두이자 무상 단백경이 평소 다른 어떤 곳보다 많은 시간을 보내는 집무실 안은 특별할 것이 없을 정도로 단출했다.

방 주인의 성격을 말해 주는 풍경이랄까?

집무실 한 켠에 삐딱하게 놓여진 다탁에 위의 찻잔은 이미 다향이 가셨고, 찻물은 식은 지 오래였다. 단백경은 지금 평소 즐기던 용설산향차(龍舌山香茶)의 향기를 음미할 겨를도 없을 정도로 바빴다. 한동안 뒤로 미뤄뒀던 용문의 교육 일정을 일일이 검토해야 했기 때문이다.

그렇게 시간이 흘러 지난 한 달간 용문에서 행해진 교육 계획에 관한 서류 정리를 대충 끝마쳤을 때다.

단백경은 의자에 등을 기댔다. 평소 서류를 만지는 걸 그다지 좋아하지 않는 그로선 천하에 다시없는 격전을 치러도 느끼지 않을 피로가

엄습해 왔다.

'후우, 문상께서는 어찌 이렇게 지겨운 일을 하루 종일 처리하고 있는 건지……. 내게는 아직 그분을 따라잡는다는 건 요원한 일인 것 같구나.'

단백경은 절로 터져 나오는 한숨을 삼켰다. 서류 정리와 검토는 끝마쳤지만, 아직 처리할 일이 남아 있었다. 이렇게 축 늘어져 있을 순 없었다.

일순 잠시 감겨져 어둠 속을 맴돌고 있던 단백경의 외눈이 빛을 발했다. 집무실 밖에서 조심스런 목소리가 들려온 것과 동시였다.

"총교두, 들어가도 되겠소이까?"

'태악일협 임천생!'

삼대교두 중 우두머리인 태악일협 임천생이 왔다면 철사자 장선홍과 다정쾌검 윤문환 역시 동행했을 터였다. 내력을 집중해 장선홍의 무거운 기운과 윤문환의 가벼운 기운을 읽은 단백경이 목소리를 높였다.

"문은 열려 있으니, 세 분은 들어오십시오!"

"어이구, 정말 못 당하겠습니다!"

단백경의 말에 대답한 목소리는 임천생의 것이 아니었다. 경공과 신법에 항상 자부심을 보이던 윤문환이었다.

그는 처음부터 기운을 숨기지 않았던 임천생이나 장선홍과 달리 몰래 내력을 움직여 기운을 죽이고 있었다. 한번 단백경을 속여보겠다는 야무진 생각이었다.

'그런데 창피하게도 무상은 단번에 나의 존재를 파악했구나!'

가볍게 혀를 찬 윤문환이 집무실 문을 열고 들어서자 그 뒤를 이어

불쾌한 표정의 임천생과 장선홍이 연달아 모습을 드러냈다. 그들은 단백경에게 윤문환이 건 승부를 못마땅하게 생각하고 있는 것이리라.

한눈에 일의 전말을 파악한 단백경이 자리에서 일어서 삼대교두를 맞았다.

"어서들 오십시오. 알고 있다시피 자리가 여의치 않으니, 대충 아무 데나 걸터앉으십시오."

정말 단백경의 집무실은 특별히 손님을 맞을 만한 공간이나 의자가 부족했다. 기껏해야 삐뚜름한 다탁 한 켠에 의자 하나가 놓여 있을 뿐이었다.

주변을 둘러본 임천생이 씁쓸하게 웃으며 다탁 위에 앉자 장선홍이 의자를 차지했고, 윤문환이 그 곁에 쪼그리고 앉았다. 이곳에 들어서기 전 윤문환의 억지를 들어주는 대가로 짜여진 순서대로였다.

단백경이 불편한 표정의 세 사람을 바라보며 말했다.

"미안하게 됐습니다. 손님을 맞이하려면 본래 자리를 마련해야 하는 것인데, 이번에도 불편을 끼쳤습니다."

임천생이 고개를 저어 보였다.

"그래도 시도 때도 없이 사람을 불러 괴롭히는 문상의 집무실보다는 편하니 괜찮소이다."

"그런……."

단백경이 입가에 중후한 미소를 매달고 착석하자마자 윤문환에게 시선을 던졌다.

"철검회의 모어언은 확실하게 벌을 받았겠지요?"

"예?"

"며칠 전 무쌍창 금난주 외에 삼 인이 징벌방을 나갔다는 걸 본인이 모를 거라 생각했습니까?"

표정이 변한 건 비단 윤문환뿐이 아니었다. 점잖은 얼굴의 임천생과 장선홍 역시 서로를 바라보며 신음을 삼켰다.

그들 삼대교두가 모어언의 청원을 받아준 건 어디까지나 단백경 몰래 처리한 사안이었다. 요 근래 공사다망(公私多忙)했던 단백경이 징벌방에 갇힌 수련생의 처리까지 살필 줄은 몰랐다.

임천생과 장선홍을 힐끔 바라본 윤문환이 어색한 표정으로 웃었다.

"아하하, 정말 총교두는 도저히 속이지 못하겠군요. 정말 이 윤 모는 두 손 두 발 다 들었습니다."

"그래서 설명은?"

윤문환이 웃음을 거뒀다.

"당연히 소미… 아니, 모어언 수련생은 죄의 대속을 위해 벌을 받았습니다."

"그 아이는 어떤 벌을 받았지요?"

"십전대각 청소 한 달이었습니다."

"십전대각을?"

"예, 정말 매일같이 티끌 하나 보이지 않을 정도로 깨끗이 청소했지요. 그건 이 사람이 보증할 수 있습니다."

윤문환이 자신의 가슴까지 두드리며 장담하자, 단백경이 미미하게 고개를 끄덕였다. 삼대교두 중 한 명이 이렇게까지 보증하고 있었다. 더 이상 이번 일을 캐묻는 건 그들의 체면을 배려하지 않는 일일 터였다.

'게다가 이번에 한차례 경고했으니 다시는 함부로 내 결정을 마음대

로 뒤덮진 않겠지.'

윤문환에게서 떨어진 단백경의 시선이 이번엔 임천생을 향했다.

"올해도 벌써 춘투가 벌어질 때가 왔습니다. 임 교두께서 오늘 이곳을 찾은 건 그 때문이겠지요?"

임천생이 고개를 끄덕였다.

"그렇소이다. 이미 우리 세 사람이 올해 춘투에 대한 계획을 세웠습니다만, 총교두가 용문의 업무에 복귀하셨으니……."

"사후 보고를 하러 오신 것이군요?"

"그, 그게……."

단백경이 담담하게 웃었다.

"괜찮습니다. 요 근래 무상의 직위에 전념한다는 핑계로 제가 용문에서 특별히 한 일이 없으니 당연한 일이겠지요."

임천생이 고개를 숙여 보였다.

"그렇게 이해해 주시니 감사하외다."

"그런데 춘투에 대한 보고서는 가져오셨겠지요?"

여태까지 한마디 말도 없이 자리만 지키고 있던 장선홍이 품 안에서 몇 장의 서류를 꺼내 들었다. 이곳에 오기 며칠 전 끙끙거리며 짜낸 춘투 계획서였다.

"여기……."

의자에서 일어나려는 장선홍을 향해 단백경이 손을 휘저었다. 그냥 대수로울 게 없는 손동작인데, 순간 장선홍을 비롯한 삼대교두의 안색이 대변했다. 장선홍의 손에 들려 있던 춘투 계획서가 마치 생명이라도 얻은 것처럼 단백경에게로 빨려 들어간 것이다.

"격공섭물(隔空攝物)!"

그야말로 강호무림에 전설처럼 이야기꾼의 얘기 속에서만 떠도는 절학이다. 일류고수나 절정고수라고 자부하는 자들마저 쉽사리 사용할 수 없는 건 당연했다.

그런 절학을 손바닥 뒤집듯 펼쳐 보인 단백경이 찬탄에 가까운 신음을 토한 삼대교두를 일별하곤 춘투 계획서를 책상에 내려놨다. 좀 전에 했던 말과는 달리 춘투 계획서 자체에는 그다지 관심이 없는 듯한 모습이다.

대신 그가 양손을 깍지 껴 보이며 말했다.

"올해의 춘투 계획은 제게 올린 계획서대로 추진하셔도 좋습니다. 세 분 대교두께서 최상의 계획을 세우셨을 줄로 믿으니까요."

"……."

"다만 한 가지, 이번 춘투에 꼭 끼워 넣고 싶은 사항이 있는데, 세 분께서는 양해해 주시겠지요?"

"그야 물론……."

"감사합니다. 그럼 며칠 후 세 분께 금년의 춘투 계획서를 내려보내겠습니다."

말을 마친 단백경이 외눈을 감고 상체를 의자에 기댔다. 처음 삼대교두를 맞기 전의 모습이 된 것이다. 마치 눈앞에 아무도 없다는 듯.

단백경은 삼대교두가 투덜거리며 떠난 지 얼마 지나지 않아 집무실을 나섰다.

벌써 때는 저녁이 지나 밤을 향하고 있었고, 오랫동안 쌓아뒀던 일 역시 대충 끝냈다. 이젠 자신만의 시간을 가져도 좋다고 그는 판단했다. 지난 몇 달간 용문에서 벌어진 사안들을 정리하던 중 떠오른 한 가지 의문을 처리해야 했다.

구룡무각을 벗어난 단백경이 향한 곳은 오랫동안 발길을 끊었던 천무서각이었다.

이름이 뜻하는 바대로 천하의 수없이 많은 무공 비급이 쌓여 있는 보고(寶庫)나 다름없는 천무서각이나 단백경은 오래전에 흥미를 잃은 상태였다. 그가 오랜만에 그곳을 찾는 까닭은 무공 비급이 아니라 사람을 만나기 위함이었다.

한참을 걸어 사자의 길을 통과한 단백경은 고색창연한 이층 건물 앞에 섰다. 모든 용문 수련생들이 꿈속에서라도 들어가고 싶어하는 천무서각이다.

그런데 천무서각으로 들어가는 입구를 바라본 단백경의 검미(劍眉)가 꿈틀하고 위로 치켜 올라갔다. 천무서각의 바로 앞에 두 명의 검객이 가부좌를 틀고 앉아 있었다. 평소 사자의 길을 통과한 사람에겐 개방을 원칙으로 삼던 천무서각이니 다소 뜻밖의 모습이었다.

'흑백의 똑같은 복장, 똑같은 얼굴… 흑백쌍검귀(黑白雙劍鬼)인가!'

단백경이 천무서각 쪽으로 다가가자 쌍둥이 검객 중 한 명이 섬광 같은 안광을 뿜어냈다.

"무상께서 어찌 이곳을 찾으셨소이까?"

"……."

질문을 던진 자는 흑백쌍검귀 중 첫째인 흑검마귀(黑劍魔鬼) 갈진홍이었고, 나머지 한 사람은 백검귀살(白劍鬼殺) 갈진염이었다.

별호에서 알 수 있듯 과거 사파(邪派)에서 흉명을 날렸던 두 사람과 평소 안면이 있던 단백경이 발길을 멈추곤 포권했다.

"두 검귀가 어디로 가 죽었나 했더니, 이런 곳에 살아 계셨구려. 어쟀든 죽지 않고 살아 계셔 반갑소이다.”

갈진홍의 입가에 흐릿한 미소가 떠올랐다.

“흐흐, 만약 문상을 만나기 전이었다면 그 한마디로 멋진 대결을 벌일 구실이 되었겠지만…….”

미동도 하지 않고 있던 갈진염이 말을 받았다.

“지금은 그저 참을 뿐. 무상께서는 우리 형제의 검을 시험하려 하지 말고 이곳을 찾은 까닭이나 설명하시오.”

단백경 역시 입가에 미소를 담았다. 수년 만에 만났지만 두 사람의 패도는 여전했다. 무학을 닦는 사람으로서 기쁜 마음이 들었다.

“그건 정말 무서운 말이구려. 흑백쌍검귀가 동시에 달려든다면 나 역시 즐거운 한편 두려움을 느낄 터인데.”

갈진홍과 갈진염이 동시에 소리쳤다.

“흰소리는 집어치고 대답하시오!”

단백경이 입가의 미소를 거뒀다.

“나는 천무서각의 지하에 볼일이 있어 왔소이다.”

“그건…….”

“이 사람까지 막으라고 문상께서 명령하셨소이까?”

갈진홍과 갈진염이 동시에 서로를 바라봤다. 그들이 결정하기 힘든 일을 만났을 때 보이는 버릇이다. 문상 한상월과 단백경의 관계를 알기에 선뜻 결정하기 힘들었다.

그러나 계속 결정을 미루며 약한 모습을 보이는 건 그들의 자존심상 참을 수 없는 일이었다. 잠시의 침묵 끝에 형인 갈진홍이 결정을 내렸다.

“문상은 반년 전부터 천무서각의 지하로 향하는 자들을 막으라고 우리 형제에게 명령했소이다. 하지만 무상에 대한 언급은 전혀 없었으니, 윗사람에 대한 도리로서 우리 형제는 길을 열겠소이다."

"길을 열겠소이다."

갈진홍과 갈진염이 앉았던 자리를 털고 일어나 좌우로 물러서자 단백경이 다시 두 사람을 향해 정중히 포권했다. 그들이 상관인 한상월의 명령에도 불구하고 자신의 체면을 세워줬음을 알고 있었기 때문이다.

천무서각으로 들어서는 단백경을 향해 갈진홍과 갈진염이 동시에 소리쳤다.

"무상, 천무서각의 지하에 있는 사람 중 누구도 밖으로 데려 나와선 안 되오!"

"만약 그들을 데리고 탈출을 기도한다면 우리 형제는 무상에게 검을 빼 들 수밖에 없소이다!"

"두 분의 충고 명심하겠소이다."

뒤도 돌아보지 않고 대답한 단백경이 천무서각 안으로 바람처럼 사라졌다. 마치 처음부터 이곳에 모습을 보인 적이 없었던 것 같이.

갈진홍이 탄식했다.

"뇌정경혼의 무공은 못 본 사이에 더욱 높은 곳에 이르렀구나!"

갈진염이 역시 탄식하곤 중얼거렸다.

"형님, 과연 우리의 합벽검진(合壁劍陣)이 그를 이길 수 있겠소이까?"

"글쎄, 그거야말로 우리 형제의 목숨을 걸지 않고선 알 수 없는 일이 아니겠느냐?"

동생의 질문을 일축한 갈진홍이 제자리를 찾아 돌아가자 갈진염이

얼른 뒤를 따랐다. 그들은 다시 흑백쌍검귀로 돌아간 것이다. 이제부
터 천무서각으로 들어가려는 사람과 빠져나가려는 사람 모두를 막아내
기 위하여.

■ 제28장 ■

어둠 속에서

어둠 속에서,

　천무서각에 들어선 단백경은 언제든 수없이 많은 살인 기관이 발동할 수 있는 좁은 복도를 지나 서고(書庫)에 도착했다. 강호무림에 뿌려진다면 단숨에 몇 개 문파분의 목숨을 승천시킬 만한 양의 무공 비급이 산처럼 쌓여 있는 곳이다.

　그러나 단백경은 고작 대여섯 살이 넘기 전에 이곳을 제집처럼 드나든 사람이었다. 이곳에 있는 권법 관련 서적 중 그의 손때가 묻지 않은 건 거의 없다시피 했다. 그 외에는 애초에 관심조차 없었고.

　과거의 추억을 되새길 만도 한데, 단백경은 무심히 서고 사이를 지나쳐 다른 곳과 달리 책이 제법 잘 정리된 구역에 이르렀다.

　연옥백강이 들쑤셔 놓은 서가들과 달리 이곳에 꽂혀 있는 건 무공과는 별 관련이 없는 주역(周易)이나 천문지리(天文地理), 연단술과 같은 잡서가 주종을 이루고 있었다. 손길을 덜 탄 데는 다 까닭이 있는 법이다.

'자고로 무학을 익힌 자치고 이런 학문에 관심있는 사람은 드물지만, 정말 십수년 전과 전혀 달라진 게 없구나! 하긴 문상께서 만든 장소인데 당연한 일이겠지.'

서가를 쭈욱 둘러본 단백경이 책 한 권을 빼 들자 그르릉 하는 기관음이 일었다. 그리고 곧 잡서가 꽂혀 있던 서가가 들썩이며 움직이기 시작했다. 천무서각 지하로 향하는 길이 열린 것이다.

스윽.

단백경은 망설임없이 서가가 회전하며 만들어낸 공간 속으로 뛰어들었다. 그러자 암흑만이 감돌던 공간은 순간 담담한 빛의 길을 열어놨다. 기관의 조화로 횃불이 하나둘 켜지며 만들어진 길이다.

지하 밀도는 꽤나 경사진 채 땅속으로 향해 있었다. 조금만 걸어 들어가면 지상의 천무서각과는 아예 별개의 공간이라 해도 무방할 깊이까지 이를 터였다.

"이곳은 예전과 달라졌군."

그랬다. 과거 단백경이 알고 있던 이곳은 그저 지하 일층 정도의 작은 세계였지, 이렇게 끝을 모를 어둠이 장악하고 있는 공간이 아니었다.

그러나 잠시 지하 밀도의 저편을 쏘아본 단백경이 바람처럼 신형을 날렸다. 세상의 어떤 곳도 그의 앞을 가로막을 순 없다는 듯.

'응?'

지하 밀도의 끝에 도착한 단백경의 눈에 이채가 떠올랐다. 잔뜩 내력을 끌어올렸던 게 무색하게 기관은 전혀 움직이지 않았고 암습 또한 없었다. 그가 생각했던 것과 달리 모든 것이 평화로웠다.

하지만 눈앞에 나타난 철문을 열고 안으로 들어선 순간 단백경은 앞서의 생각을 전면 수정해야 했다. 마치 그의 내심을 비웃듯 무지막지한 거력이 그를 노리며 파고들었다.

콰릉!

단백경은 주먹을 뻗어 밀려든 암경을 막아낸 순간 어깨를 가볍게 떨었다. 평생 경험해 본 바 없을 정도로 강력한 권력이었다. 만약 그가 단백경이 아니었다면 구겨진 종이처럼 반대편으로 튕겨져 날아갔을 터였다.

그러나 다음 순간 단백경의 권이 움직이자 상황은 단숨에 뒤집혔다. 언제 벼락같은 힘을 쏟아냈냐는 듯 암습자의 거대한 몸이 오히려 반대편으로 날아갔다.

우당탕!

권력에 눌려 낙법조차 제대로 펼치지 못한 것이리라. 비참하게 엎어진 채 잠시 일어서지 못하는 암습자를 재차 공격하지 않고 오히려 뒤로 한 걸음 물러선 단백경이 말했다.

"벼락이 떨어진 듯한 권력, 그러나 담긴 힘은 강맹하기만 할 뿐 유(柔)함이 부족하니, 세상에 철수산형을 제외하고 또 무엇이 있을까?"

"……."

"천원의 철산 형이 어째서 이곳 금마부(禁魔府)에 있는 것이오?"

단백경의 말이 끝난 순간 죽은 듯 움직임을 보이지 않고 있던 암습자가 꿈틀거리며 신형을 일으켜 세웠다. 과연 주변을 환하게 밝힌 불빛에 비친 화강암 같은 얼굴은 천하맹 내외에서 거산으로 통하는 오철산이었다.

"무상을 보기 부끄럽소이다. 암습까지 했는데도 일초를 견디지 못하고 뒤로 날아가다니……."

부끄러운 기색이 완연한 거산의 얼굴을 바라보며 단백경이 담담히 웃었다.

"철산 형의 철수산형은 이미 일가(一家)를 이룰 경지에 올랐소이다. 일권을 받았을 때 어깨가 후들거리는 게, 내 힘이 조금만 모자랐어도 견디지 못했을 것이오."

"철산 형이라니! 그냥 거산이면 족합니다."

"그럼 그냥 거산 형이라 부르도록 하지요."

"그저 부끄러울 뿐입니다."

뒤통수를 박박 긁은 거산이 갑자기 뒤를 바라보며 버럭 소리쳤다.

"이 늙은 도사 녀석아! 무상께서 오시니 갑자기 쥐새끼처럼 도망이라도 쳤느냐! 어차피 이곳에서 도망쳐 봐야 총단을 빠져나갈 수 없을 테니 당장 모습을 드러내거라!"

"아아, 육시랄 녀석! 뒈지려면 혼자 뒈질 것이지, 날 끌고 들어가는구나!"

"뭐라고! 이 도사 같지도 않은 녀석을 그냥……!"

거산의 성난 말이 끝나기도 전이다. 그의 주변으로 뿌연 안개가 서리더니 곧 사람의 형상이 되었다.

나타난 인영은 거산에게 늙은 도사 소리를 들은 자답게 왜소한 체격을 그럴싸한 팔괘능라와 태극도관으로 감싸고 손에 불진(拂塵)을 들고 있었다. 잘 정돈된 염소수염과 함께 영락없는 노도사의 모습이었다.

"엉? 거기 숨어 있었나?"

거산이 놀란 표정으로 쳐다보자 노도사가 뱁새눈으로 쏘아보곤 단백경에게 허리를 숙였다.

“천사대제, 빈도 영환도사 최필이 대천하맹의 무상이자 천하제일의 고수인 뇌정경혼 단 대협을 뵈오이다.”

‘영환도사 최필?’

최필의 별호나 이름이 낯설지 않다고 여긴 단백경이 잠시 염두를 굴리다 넌지시 질문했다.

“도장께서는 혹시 모산파와 관련이 있으신지요?”

최필의 안색이 변했다.

“단 대협께서 그걸 어떻게?”

단백경이 고개를 끄덕였다.

“그렇군요. 개봉성에 한 명의 이사(異士)가 있어 술법과 도술을 마음대로 부린다고 하더니, 그게 바로 도장이셨군요.”

“어허허, 천사대제! 역시 영웅이 영웅을 알아보고 재사가 미인을 알아본다고 단 대협께서 이 영환을 알아주시니, 그야말로 백아를 만난 종자기가 따로 없소이다.”

“백아? 종자기?”

나직이 혀를 찬 거산이 단백경에게 고자질하듯 말했다.

“무상, 이 늙은 도사는 밤이슬을 맞으며 이곳 천무서각에 숨어들었다가 금마동에 갇힌 겁니다. 결코 이사나 도를 아는 자가 아니니 치켜세워 줄 필요가 없습니다.”

“……”

“당장 참살을 해야 마땅한 자이나, 문상께서 지닌 바 재주가 아깝다고 이곳에서 반성하게 한 것이지요.”

단백경의 시선이 최필을 향했다. 그러자 최필이 가볍게 안색을 붉히며 말했다.

"정말 부끄러운 노릇입니다. 남의 간사한 말을 믿고 말년에 이런 추한 꼴이 됐으니."

거산이 냉소했다.

"흥, 여전히 입만 산 늙은이로다. 어찌 도둑질을 하러 들어와 놓고 남의 탓만 한단 말인가!"

최필이 노해 소리쳤다.

"이 근육덩이야! 본도는 정말 억울하단 말이다! 화굉요! 그 망할 녀석이 이곳에 모산파의 지보인 모산부적술의 비결이 담긴 책자가 있다는 말을 하지만 않았다면 본도가 어찌……."

'화굉요!'

눈살을 가볍게 찌푸린 단백경이 말했다.

"도장께서 굉요 형을 알고 계십니까?"

최필이 만면에 억울한 기색을 떠올렸다.

"그 망할 인간을 알지 못했다면 어찌 빈도가 이런 꼴이 되었겠소이까. 단 대협께서는 혜량하시어 빈도의 억울함을 풀어주시기 바랍니다."

'굉요 형이 총단을 빠져나가 몇 년간 개봉성의 밑바닥을 전전했다더니, 그 말이 사실이었구나.'

내심 한숨을 토한 단백경이 확인하듯 물었다.

"그러니까 도장께서는 굉요 형에게 모산부적술의 비급이 천무서각 안에 있다는 말을 듣고 천하맹 총단으로 침입한 것이군요?"

"그렇소이다! 그렇소이다!"

단백경의 표정이 엄해졌다.

"그렇다면 도장께서는 굉요 형을 모욕해선 안 됩니다. 확실히 천무서각에 모산부적술의 비급이 있는 건 사실이니까요.”

“엥? 그, 그게 사실이외까?”

최필의 시선이 자신을 향하자 단백경이 다시 확인이라도 시켜주려
는 듯 천천히 고개를 끄덕였다.

“천무서각에는 확실히 모산부적술의 비급이 있습니다. 그러니 굉요
형이 도장에게 헛소리를 지껄인 건 아닙니다.”

“그, 그럴 수가……!”

말까지 더듬거리는 최필을 외면한 단백경이 거산에게 무거운 표정
으로 말했다.

“거산 형에게 한 가지 묻고 싶은 게 있소이다.”

“예, 물어보십시오.”

“거산 형은 언제부터 이곳을 지키는 임무를 맡은 겁니까?”

거산을 바라보는 단백경의 표정은 엄숙했다.

단백경이 구룡무각을 벗어나 얼마 지나지 않았을 때였다. 단천엽은
몰래 인자조의 막사를 벗어났다. 인자조에 들어온 후 한 번도 빼놓지
않았던 행동인만큼 그의 움직임은 기민하고 은밀했다. 아무래도 뒷간
을 찾으려는 움직임은 아니었다.

고양이가 무색할 동작으로 야간 근무자의 눈을 피해 막사군을 빠져
나온 단천엽이 슬쩍 하늘을 올려다봤다.

‘오늘은 달빛이 흐린 그믐이라 수월하게 빠져나왔지만, 나날이 야간
에 행동하기가 어려워진다. 열흘 앞으로 다가온 춘투 때문에 야간 근
무자들도 평소 같지 않게 신경이 예민해져 있어.’

단천엽은 방금 전 번을 돌던 야간 근무자의 얼굴에 떠오른 날카로운

기운을 떠올리고 뒤통수를 긁적였다. 만약 자신이 막사를 빠져나간 사실을 일직 교두에게 들키면 이번 시간 번을 맡은 야간 근무자에게 미안한 일이었다. 그는 물론이거니와 근무자 역시 벌을 피할 수 없기 때문이다.

그러나 곧바로 움직이기 시작한 단천엽이 평소보다 더욱 주의를 기울이며 신형을 날린 건 그 외에 다른 이유가 있었다. 오늘 그의 목적지는 평소 수십 차례 향했던 곳이 아니니 조금 더 주의를 기울인다 해서 나쁠 건 없다고 생각했다.

그렇게 한참 어둠 속을 달려 단천엽이 도착한 곳은 며칠 전 제운영이 데려온 장소, 바로 천무서각으로 이르는 사자의 길이었다.

휘익!

전날 눈여겨봐 뒀던 석사자상에 뛰어올라 주변을 둘러본 단천엽이 씩 웃었다. 야간에 천무서각을 찾는 사람이 없으리라던 그의 판단은 틀리지 않았다.

석사자상에서 뛰어내린 단천엽은 다시 하늘을 바라봤다. 흐린 달빛 탓에 생생하게 빛나고 있는 별빛으로 시간을 가늠하려는 의도였다.

'자시(子時:오후 11시~오후 1시 사이) 중반쯤인가? 대충 한 시진 정도는 연공할 수 있겠다.'

숨을 고른 단천엽이 양손을 늘어뜨린 채 구양구음검공의 요결을 떠올리며 천천히 걸음을 내딛기 시작했다. 구양구음검공은 이름과 달리 검과는 별다른 관련이 없었다. 최소한 초보 단계에선 그랬다.

때문에 초보 단계에서 가장 중요한 건 호흡과 보법의 일치였다. 보보를 내디딜 때마다 호흡을 일치시켜 온몸의 모공(毛孔)을 열고, 점진적으로 모아진 음양지기들이 체내에서 아홉 개로 뭉쳐지면 그 다음에 연기(練氣)로 넘어간다. 그때부터가 진정한 수련의 시작이라 할 수 있었다.

그런데 단천엽은 채 열 걸음도 가지 못해 신형을 휘청거리기 시작했다. 그의 몸은 어느새 땀으로 흠뻑 젖어 있었고 안색은 백지장처럼 창백하게 질려 있었다.

예전 내공심법을 배울 때 곧바로 주화입마에 빠진 것과는 비교할 수 없으나 이때 그의 내부는 지독한 격랑에 휩싸여 있었다. 구양구음검공의 구결을 외운 순간 바로 연기에 들어갔고, 여태까지와 마찬가지로 잠자고 있던 야수가 깨어났기 때문이다.

'시작됐다!'

단천엽은 아무렇게나 늘어뜨렸던 양손을 불끈 쥐었다. 그러자 손톱이 손바닥으로 파고들었다. 손가락 사이로 핏물이 배어 나올 정도였다.

그러나 단천엽은 그런 데 신경 쓸 겨를이 없었다. 그는 이미 전심전력으로 미쳐 날뛰는 야수와 맞서 싸우고 있었다. 벌써 한 달이 넘도록 계속된 싸움이었다.

그 결과 시간이 지나자 서서히 싸움의 효과가 나타나기 시작했다. 그는 서서히 통증은커녕 자신이 서 있는 곳조차 모를 정도의 무아지경에 빠져들었다. 억지로 몸속의 야수를 억누르는 동안 자연스레 일어난 변화였다.

그렇게 시간이 흘러갔다. 스스로의 의지로 무아지경에 빠져든 단천엽으로선 일 수유(一須臾) 같기도 하고 억겁(億劫)인 듯도 한 시간이었다.

투툭! 투투툭!

어느 순간 단천엽의 온몸을 휘감은 채 지렁이처럼 툭툭 튀어나와 있던 혈맥들이 점차 흔적도 없이 사라졌다. 마치 처음부터 그런 일 자체가 없었던 듯 자연스런 변화였다.

"후우!"

막혔던 체증이 내려가는 듯한 한숨을 토해낸 단천엽의 신형이 다시 앞을 향해 움직이기 시작했다. 호흡에 맞춰져 천천히, 그리고 어떤 것도 뛰어넘을 수 있을 정도로 강력하게.

재개된 연공에 맞춰진 단천엽의 걸음은 무겁고 또한 그만큼 느렸다. 걸음 그 자체에 세월이 느껴질 정도였다.

그만큼 야수가 잠든 사이 연기에 들어간 아홉 개의 기운으로 몸 안의 일곱 개 차크라를 여는 작업은 고되고 어려웠다. 지금까지 한 번도 경험해 본 바 없고, 누구의 도움도 없는 길을 그는 홀로 개척하고 있는 것이다.

그런데 한참 연공에 몰두해 있던 단천엽의 안색이 가볍게 변했다. 미쳐 날뛰던 야수는 잠들었지만, 그로 인해 극도로 예민해져 있던 신경이 꽤나 멀리 떨어진 곳에서 일어난 소음을 포착한 것이다. 사자의 길을 휘감고 도는 바람과 온갖 종류의 풀벌레 소리를 누르고.

'파공음인… 가?'

파공음이 들렸다면 어딘가에서 싸움이 벌어졌다는 뜻이다. 단천엽은 즉시 구양구음검공의 연공을 멈췄다. 구양구음검공이 일반적인 중원의 무공과 다른 건 이처럼 아무 때나 연공을 멈출 수 있다는 점이었다.

지난 한 달간 꾸준히 노력하고도 채 서른 걸음을 떼지 못했는데, 오늘은 벌써 백 보를 넘게 걸었다. 마음만 먹으면 좀 더 걸을 수 있을 테지만 무리할 필요는 없다고 단천엽은 스스로를 위로했다.

　그 순간 주변의 풀벌레 소리와 그다지 큰 차이를 보이지 않던 파공음이 좀 더 커졌다. 싸움이 더욱 격렬해졌음이 분명했다. 마치 단천엽을 유혹이라도 하려는 듯.

　잠시 파공음이 터져 나온 방향을 바라보던 단천엽이 뒤통수를 긁적이곤 하늘을 바라봤다.

　"아직 시간이 남았으니까……."

　혼잣말의 흔적이 채 사라지기도 전에 단천엽이 바람처럼 신형을 날렸다. 사자의 길의 끝, 천무서각이 위치해 있다고 짐작되는 방향이었다.

금마부는 과거 천하맹이 강북을 장악하기 전부터 천하를 횡행하던 사마외도의 고수들이 모인 곳이었다.

천하맹은 강북을 장악하는 과정에서 회유할 수 있는 자들은 받아들이고 회유를 거부하는 자들은 모두 잡아서 금마부에 가뒀다. 일종의 청소 작업이었다.

천하 사마외도들의 무덤!

한번 잡혀 들어가면 다시는 나올 수 없는 곳!

천하에 알려진 금마부의 실체였다.

그러나 세월이 지나면 모든 것이 변하는 법이다. 최초 감옥의 개념이 강하던 금마부를 당대에 이르러 일신한 사람이 있으니, 바로 문상 한상월이었다.

현 천하맹주인 창천무극검제 모문환을 설득한 한상월은 천하맹의 실세인 문상에 오른 지 몇 년 만에 새로운 금마부를 만들었다. 과거 악명 높은 감옥이었던 곳을 만 근의 화약으로 날려 버리고, 용문 내 천무서각의 지하를 강호 사마외도 고수들의 낙원으로 꾸며놓은 것이다.

거산은 얼마 전부터 문상 한상월의 명에 의해 금마부를 관리하고 있다고 했다.

그가 금마부를 관리하며 겪은 고생담을 들으며 단백경은 눈살을 가볍게 찌푸렸다. 자신의 생각보다 금마부가 훨씬 거대하다는 생각이 든 것이다.

거대한 지하 광장과 백여 개에 이르는 석실, 화려 찬란하게 꾸며진 내부 장식은 천하맹 총단의 검박한 모습과 너무나 비교되는 광경이었다.

게다가 그와 거산 간에 벼락이 치는 듯한 대결이 있었는데도 지하 광장으로 나와보는 자들이 없다는 건 그만큼 방음 시설이 잘 되었다는 방증이다.

'현재 금마부에 속한 사마외도들은 대략 오십여 명에 이른다. 과거 천하맹에서 붙잡아들인 사파거마(邪派巨魔)들에 비할 순 없다지만, 녹록한 자들은 한 명도 없다. 그런데 문상께서는 요즘 들어 더욱 금마부의 인원을 늘리고 있으니……. 정말 그분은 맹주가 폐관한 동안 천하 통일이라도 하려는 것인가!'

남몰래 한숨을 내쉰 단백경이 거산에게 말했다.

"거산 형의 설명은 잘 들었소이다. 확실히 금마부의 규모가 이 정도나 됐으니, 흑백쌍검귀 정도론 관리가 쉽지 않겠지요."

거산이 씨익 웃었다.

“이곳에 모인 자들도 바보는 아닙니다. 그들 전체가 덤벼든다 해도 천하맹은 꿈쩍도 안 하는 걸 아는데 함부로 준동할 리 없지요.”

“그렇기는 하지만 달리 사마외도겠습니까. 문상께서 다 생각하시는 바가 있겠지만, 이렇게 계속 인원을 늘려 어쩌시려는지 모르겠소이다.”

“저 같은 놈이야 문상의 명령을 따를 뿐이지요.”

“그야 물론⋯⋯.”

말끝을 흐린 단백경이 갑자기 화제를 바꿨다.

“그런데 거산 형, 혹시 한 달쯤 전에 이곳에 들어온 사람이 없습니까?”

“금마부에 말입니까?”

고개를 끄덕이며 단백경이 말했다.

“오늘 하루 종일 밀렸던 용문의 서류를 정리하다 보니, 용문 삼십육 방에 수십 년간 기거했다고 주장하던 괴승이 징벌방에 갇혔다는 기록이 있었소이다. 그래서 징벌방에 대한 문건을 살피니, 그가 한 달쯤 전에 갑자기 실종된 걸로 처리되어 있었소이다.”

“그러니까 그 괴승이⋯⋯.”

“그렇소이다. 그같이 특이한 사람이 갑자기 실종되었다면 금마부를 의심하는 게 당연하지 않겠소이까?”

거산의 철탑 같은 얼굴에 움찔하는 기색이 떠올랐다. 단백경의 외눈에서 뿜어진 섬광에 놀란 것이다.

‘마치 가슴을 칼로 후비는 듯한 눈빛이다! 화공도 대단한 무인이지만, 무상에게는 역시 다소 손색이 있구나!’

내심 탄복한 거산이 미간을 좁혔다. 그는 잠시 후 천천히 고개를 끄덕여 보였다.

"확실히 한 달 전쯤 금마부에 한 명의 황모귀(黃毛鬼)를 받긴 했습니다."

"황모귀?"

"예, 황모귀 주제에 제법 우리말을 잘하는 늙은이였습니다. 요즘은 저 모산파의 사이비 녀석과 죽이 잘 맞아서 지내고 있지요."

'그분이다!'

내심 크게 소리친 단백경이 거산에게 말했다.

"미안하지만 그분을 볼 수 있겠소이까?"

"그분? 황모귀를 말하시는 겁니까?"

"그렇소이다."

"하지만 그 황모귀는……."

"부탁하오!"

단백경이 거산에게 고개를 숙여 보였다.

끼이익!

강철 문을 열고 안으로 들어선 단백경의 눈매가 가늘어졌다. 제법 넓고 깨끗한 석실 안에 가부좌를 틀고 앉아 있는 벽안괴승의 모습은 사뭇 그의 예상과 달랐다.

'설마 내가 잘못 알았단 말인가!'

단백경은 잠시 주저하며 벽안괴승 쪽으로 다가가지 못했다. 만약 눈앞의 벽안괴승이 그가 생각하는 사람이라면 지금 당장 오체투지(五體投地)를 해야 할 것이고, 아니라면 시간만 낭비한 셈이었다. 어떤 쪽이든 함부로 다가가긴 힘들었다.

그때였다. 문득 벽안괴승의 반개되어 있던 눈꺼풀이 떨렸다. 그는 눈을 뜨고 잠을 자고 있었던 것이리라.

"저……."

"드르렁!"

"……."

"푸우우……."

코까지 골며 깊은 잠에 빠진 벽안괴승의 모습을 목도한 단백경의 얼굴에 난처한 기색이 떠올랐다.

잠자는 사람과 무슨 대화를 나누겠는가!

그러나 단백경은 눈앞의 벽안괴승이 깨어나기만을 기다리고 있을 시간이 없었다. 금마부에 오래 머물 수 없었기 때문이다.

'잠에서 깨지 않는다면 깨우면 될 일이다!'

마음을 결정한 단백경이 지그시 발에 힘을 줬다. 내력을 움직여 벽안괴승이 앉아 있는 바닥을 흔들 심산이었다.

그런데 그가 막 내력을 움직이려는 찰나, 벽안괴승이 언제 코까지 골며 잠을 잤냐는 듯 번쩍 눈을 뜨는 게 아닌가!

창해와 같은 눈빛으로 단백경의 행동을 제지한 벽안괴승이 크게 기지개를 켜며 중얼거렸다.

"늙은 중이 잠 좀 자려는데, 젊은 사람이 와서 이리 못살게 구는구나."

단백경이 담담한 표정으로 되물었다.

"여태까지 안 주무셨던 게 아닙니까?"

"그건 또 어떻게 알았누?"

"제가 내력을 좀 다룰 줄 압니다. 이곳에 들어섰을 때부터 줄곧 대사님의 기색을 살폈는데, 당최 기운을 읽을 수 없었습니다."

"그러니 늙은 중이 괜스레 자는 척 속이고 있다는 사실을 미리 알았다는 게구만?"

"제 내력으로 파악이 불가능한 분께서 설혹 단잠에 빠졌다손 쳐도 문이 열리는 소리에 깨지 않을 리 만무하다고 보았습니다."

"헐헐헐, 정말 대단한 시주로구나. 젊은 나이에 내력이 이미 초범입성(超凡入聖)의 경지에 오른 것만도 놀라운데, 심기까지 그렇게 깊다니."

"부끄럽습니다."

"그렇게 겸손을 떨 것은 없다네. 그 나이에 그 정도 성취라니, 늙은 중도 백 년간 보지 못했다네. 그러나 오늘 자네는 이곳에 잘못 온 듯싶구만."

"아!"

벽안괴승의 눈에서 흘러나오는 부드러운 기운에 어깨를 가볍게 떤 단백경이 그 자리에 털썩 엎어졌다. 오체투지를 한 것이다.

그러자 단백경을 지그시 바라보던 벽안괴승이 갑자기 오래전 강호무림을 떠돌던 시가를 나직이 중얼거렸다.

창천(蒼天)의 검(劍)은 노래하고 격노(激怒)의 도(刀)는 춤을 춘다.

거기에 굴하지 않는 벽력(霹靂)의 권(拳)이 더해지니, 천하에 뉘 있어 이들 앞에 굴복하지 않으리오.

오만한 눈빛, 천하에 던져도 대적할 자 없도다.

하나 애석하다.

어느 이른 봄날, 동쪽 새벽빛을 받고 폭풍 같은 기세로 나타난 십이마성(十二魔星)이 있으니!

창천의 검과 격노의 도는 꺾이고 벽력의 권은 무릎을 꿇도다.
다시 아홉 개의 봉우리와 다섯 개의 대지가 무너지니…….

'이미 사나이는 전설(傳說)이 되었고 하늘과 땅 모두가 숨죽이도다. 전설만을 남기고 떠나간 사나이와 흉흉하게 빛나는 천괴성(天魁星)의 아랫자리에.'

벽안괴승이 읊은 시가의 뒷소절을 마음속으로 따라 부른 단백경이 고개를 바닥에 박으며 소리쳤다.

"이미 그건 오래전의 이야기입니다! 현재 천하맹은……!"

"강하다 말하고 싶은 건가?"

"…그렇습니다!"

단백경이 고개를 들어 올리자 벽안괴승이 천천히 고개를 끄덕였다.

"벽력의 권은 훌륭한 후계자를 뒀구나. 하지만 과거 천하맹의 토대가 된 세 사람은 하나같이 뛰어난 사람이었다네. 그때까지 소림을 비롯한 아홉 개의 대산(大山)이 지탱하고 있던 중원무림을 그들이라면 충분히 짊어질 만했지. 하지만 천외천(天外天), 세상에는 하늘 밖에 또 다른 하늘이 있고, 하늘의 뜻은 얄궂은 데가 있었단 말야."

"……."

"당시 중원무림을 휩쓴 피의 광풍 덕분에 천하맹과 반검맹이 생겼고, 중원무림은 새외(塞外)와 해내(海內)를 가리지 않고 인재를 받아들이기 시작했네. 압도적인 공포에 굴복한 결과였어. 뭐, 그 덕분에 늙은 중 같은 사람은 중원의 뛰어난 무공과 공부를 배우는 기회를 가지게 되었고 오늘 자네 같은 후배를 보게 되었으니 그 당시의 광풍에 고마 위해야 하려나?"

바닥을 짚고 있던 단백경의 양손에 힘이 들어갔다.

"역시 대사님께서는……."

"쉿!"

입가에 손가락을 갖다 댄 벽안괴승이 익살스레 한쪽 눈을 깜빡여 보였다.

"늙은 중은 지금 그저 금마부에서 밥을 빌어먹고 있는 서역승 간다르라네, 갓 용문에 들어온 어린 녀석을 주인으로 삼고 있는."

'용문의 어린 녀석?'

"그러니 자네는 다른 소리를 해서 늙은 중을 황량하고 험한 바깥 세상으로 내몰아선 안 될 것이네."

"명심하겠습니다. 그런데……."

"어째서 늙은 중이 자네에게 이렇게 시시콜콜 얘기를 하는지 궁금한 것인가?"

"…예."

"솔직한 젊은이로군. 하지만 자네는 그전에 먼저 늙은 중에게 전할 말이 있겠지?"

단백경이 얼른 답했다.

"그렇습니다. 맹주님께서는 폐관에 드시기 전 제게 대사님의 행방을 찾으라 명령하셨습니다. 대사님이 천하맹을 떠난 후 맹주님의 명성은 천하를 떨어 울렸지만 점차 외로워지셨습니다."

"문환이가 외로웠다고?"

"그 당시 맹주님은 천하맹 전체를 장악하는 데 실패하고 크게 힘겨워하고 계셨습니다."

"거기엔 문환이의 의동생인 상월이란 아이가 일조를 했겠지?"

"그건……."

간다르의 입에 미소가 떠올랐다.

"역시 자네는 솔직한 젊은이야. 그에 비하면 내 제자 문환이는 호탕한 얼굴에 비해 속이 음흉했지. 그래서 천하의 절반을 거머쥔 자리에 오를 수 있었던 것이겠지만……."

'맹주님…….'

잠시 말끝을 흐린 채 단백경을 바라보던 간다르가 말을 이었다.

"그래서 늙은 중은 자네에게 믿음을 준 거라네. 자네의 정기있는 눈을 보고서."

"정기있는……."

"그래, 자네는 문환이 이후 늙은 중이 본 두 번째로 믿을 만한 사람이라네. 자네는 아직 자기 자신을 믿지 못하고 있는 듯하지만 말야."

"……."

자신의 내심을 꿰뚫는 듯한 간다르의 말에 단백경의 외눈이 가벼운 떨림을 보였다. 여태껏 어느 누구에게도 보여준 적이 없는 내심의 불꽃을 드러내며.

어둠 속에서 3

　어둠 속에서 단천엽은 몇 번이나 같은 장소를 맴돌았다. 그가 헤매고 돌아다닌 곳은 온통 석사자상이 있는 곳이니, 맨 처음에는 같은 장소를 돌고 있는 줄도 몰랐다. 그믐달로 인해 주변이 온통 어둠 일색이었기 때문이다.

　그렇게 몇 차례나 같은 장소로 돌아오길 반복하자 단천엽은 자신이 일종의 진세에 빠졌다는 걸 깨달았다.

　게다가 설상가상으로 시간과 방향을 알아보기 위해 올려다본 하늘의 별자리조차 평소와 달랐다. 진세의 영향은 하늘의 별에까지 미치고 있었다.

　"아하하!"

　단천엽은 달리기를 멈추고 크게 웃었다. 별빛마저 구속하는 진세라는 건 들어본 적도 없다. 이런 곳에 갇히고 보니 딱히 뾰족한 수가 떠오르지 않았다.

그가 산노에게 배운 동방의 병법 중에도 진세에 관한 사항이 포함되어 있었지만, 이렇게 자연을 구속할 정도의 위력을 가진 건 없었다.

'어떻게 한다?'

단천엽은 제자리에 쪼그려 앉아 잔뜩 성난 표정을 하고 있는 석사자상을 쏘아봤다. 대충 지식을 짜내어 생각해 본 바 그가 갇힌 진세는 눈앞의 석사자상들로 이뤄진 일종의 기문진(奇門陣)이었다. 단서를 찾으려면 석사자상의 배치에 신경을 집중할 수밖에 없을 터였다.

그런데 한참 석사자상과 눈싸움을 벌이자 사납다고 생각했던 녀석의 얼굴이 귀엽게 여겨졌다. 지금은 비록 자신을 가둬놓은 못된 녀석이지만 처음부터 본성이 나쁜 놈 같지는 않아 보였다. 그새 정이 든 것이다.

'그래, 네 녀석이 무슨 죄가 있겠냐. 모두 한때의 호기심을 이기지 못하고 천방지축 진세 속으로 뛰어들어 온 내 잘못이지. 진세를 벗어나려고 너를 부수느니, 차라리 구해줄 사람이 오기를 기다리는 편이 낫겠다.'

석사자상에게서 눈을 뗀 단천엽이 벌렁 바닥에 드러누웠다. 방금 전까지만 해도 어떻게든 진세를 뚫고 탈출할 생각이었지만, 금세 마음이 바뀌었다. 눈앞의 석사자와 친해지자 만사가 귀찮고 졸음이 쏟아졌다.

이지러진 하늘의 별자리를 헤아리는 단천엽의 눈꺼풀이 스르륵 감겼다. 금방이라도 단잠에 빠질 수 있을 듯 몸이 고단하고 무거웠다.

그런데 막 잠이 들려던 단천엽이 갑자기 눈을 번쩍 떴다. 그뿐 아니라 그는 기민한 동작으로 신형을 일으켜 세웠다. 비권 천류영으로 다져진 육감이 움직인 것이다.

스윽.

자세를 낮춘 단천엽의 입가로 흐릿한 미소가 떠올랐다. 얼마 전부터 풀잎을 스치는 소리조차 들려오지 않던 사자의 길 저편에서 미세한 기척이 느껴졌다. 진세 안으로 사람이 들어온 게 분명했다.

'놓칠 수 없다!'

감각이 극대화시켜 기척의 방향을 감지한 순간 단천엽의 신형이 바람처럼 움직였다. 야수는 잠들었으나 그 생존 본능은 인간의 한계를 뛰어넘었다.

한동안 단천엽은 감각에만 의지한 채 신형을 날렸다. 실낱같이 이어지는 기척을 그는 전력으로 쫓았다.

그러다 신형을 날리던 단천엽이 순간 움찔하고 걸음을 멈췄다. 암암절벽처럼 아무것도 보이지 않던 곳에서 갑자기 장신의 청년이 튀어나왔다. 아무리 어느 정도 기척을 느끼고 있었다지만 놀라는 건 당연했다.

휘릭!

단천엽이 순간적으로 신형을 뒤집어 뒤로 물러서자 청년의 얼굴에 가벼운 놀람의 기색이 떠올랐다.

오로지 감각에만 의지하고 있던 단천엽과 달리 그는 진세의 변화를 모두 숙지한 상태였다. 진세 안을 둘러보다 자신을 쫓는 단천엽의 행동이 재밌어 슬쩍 앞으로 나섰다. 귀신을 만난 듯 놀라는 단천엽의 모습을 보고 비웃어주려는 생각이었다.

'그런데 이건 내가 예상했던 반응과 너무 다르잖아?'

처음 진세 안을 헤매는 단천엽을 발견하고 가졌던 생각을 약간 수정한 청년이 이를 드러내며 웃었다.

"천무서각으로 이르는 사자의 길은 육무잠형대절진(六霧潛形大絶陣)을 이루고 있다네. 시시각각 진도의 생사휴문(生死休門)이 바뀔뿐더러 자연의 법칙마저 거부하는 기문진이야. 그런 곳을 겁도 없이 뛰어든 사람이 있길래 따라왔는데, 제법 기본은 되어 있는 친구로군?"

"……."

"혹시 귀머거리인가?"

청년이 고개를 갸웃해 보이자 단천엽이 씩 웃으며 뒤통수를 긁적였다.

"미안하게 됐습니다. 실수로 사자의 길에 들어선 후 어찌할 바를 모르다가 사람을 만나니 너무 기뻐서……."

"감정 조절도 못하는 얼간이는 아닌 듯 보이네만?"

단천엽이 입가의 웃음을 거뒀다. 상대가 만만치 않다는 걸 인정한 것이다.

"육무잠형대절진이라고 했나요?"

"그런 긴 이름이지."

"진세의 이름을 아니까 진세를 벗어나는 법도 아실 테죠? 그런 분을 이렇게 우연히 만나게 됐으니, 오늘 저의 운이 그렇게 나쁜 것만은 아니군요?"

"말속에 가시가 느껴지는군."

"진세에 갇혀 열심히 헤매는 절 보고 꽤나 오랫동안 즐겼으니, 그 정도 가시쯤은 참아야 하지 않겠어요?"

말을 끝마친 단천엽이 슬그머니 청년의 배후로 움직였다. 만약 그가 다시 진세 속으로 뛰어들 기미를 보이면 전력으로 뒤쫓을 생각이었다.

그러자 단천엽의 그런 의도를 눈치 챈 청년이 이마에 손을 대고 나직이 키득거렸다.

"아하하, 이건 정말 우습게 됐군. 나 이수민이 억지로 남의 길잡이 노릇을 강요받는 지경이 될 줄이야."

'이수민? 연옥백강 중 서열 오위인 천추성(天樞星:탐랑성(貪狼星). 북두칠성의 첫 번째 별, α별 두베Dubhe) 이수민이란 말인가!'

연옥백강의 상위 서열자들의 이름을 모르는 용문 수련생은 없다. 청년을 바라보는 단천엽의 눈에 이채가 떠올랐다. 그는 다시 눈앞의 청년을 살폈다.

중간쯤 되는 키에 평범한 외모, 기도 역시 그리 대단하게 느껴지지 않았다. 그야말로 평범함 그 자체. 그러나 어쩌면 비범함을 숨기고 있는 듯 보이기도 했다.

'그가 천추성이란 걸 알고 나서 이렇게 판단이 흔들리다니. 사람의 선입감이란 무섭구나.'

내심 고개를 흔든 단천엽이 변명하듯 말했다.

"곧 근무 교대 시간이라 저는 한시바삐 막사로 돌아가야 합니다. 지금 당신을 놓칠 순 없으니 이해해 주시기 바랍니다."

이수민의 표정이 굳어졌다. 자신의 이름을 밝히면 단천엽이 태도를 바꾸리라 생각했다. 그러면 멋지게 훈계를 하고 진세를 빠져나가려 했는데, 단천엽은 또다시 그의 예상을 벗어났다.

'이건 그냥 웃고 넘길 문제가 아니군.'

단천엽을 쏘아보며 이수민이 말했다.

"나는 연옥백강의 이수민이다. 용문의 수련생으로서 내 이름을 들어보지 못했다고는 할 수 없겠지?"

"물론 들어봤습니다."

"그렇다면 용문에서 내 지위가 어떻다는 것도 알 텐데."

"예, 그런데도 저는 당신을 앞장세워 이곳을 빠져나가야 합니다."

이수민의 안색이 무심하게 가라앉았다. 그의 자존심이 더 이상 단천엽과의 대화를 허락하지 않았다.

파앗!

단천엽과 이수민. 두 사람 중 누가 먼저 손을 썼냐는 중요하지 않았고, 가릴 방법 또한 없었다.

대략 삼 장의 거리!

눈빛이 마주친 순간, 맞부딪친 두 사람은 일 수유가 지나도록 격렬하게 손발을 주고받았다. 둘 중 누구 하나도 뒤로 물러서지 않았고 물러설 생각도 없었다.

─뒤로 물러선 순간 당한다!

서로를 향해 전력으로 주먹을 날리고 다리로 걷어차는 그들의 눈빛은 그렇게 외치고 있었다. 그들은 무인을 떠난 원초적인 싸움에 돌입한 것이다.

그런데 세상의 어떤 것도 떼어놓을 수 없을 듯하던 두 사람은 갑자기 신형이 흔들거리더니 재빨리 뒤로 물러섰다. 각자 마지막 일격씩을 나눠 받은 탓에 다리는 풀려 있었지만 얼굴은 웃음을 담고 있었다.

"이쪽으로 누군가 오고 있다."

"대단한 고수 같군요."

“고수?”

“당신보다 움직임을 느끼기가 힘듭니다.”

“분하지만 그렇군.”

단천엽의 말을 마지못해 인정한 이수민이 마지막 순간 걷어차인 복부를 쓰다듬으며 눈살을 찌푸렸다.

“그나저나 대단한 깡이다. 나랑 이렇게까지 맞짱을 뜰 수 있는 건 서문휘강 정도인줄 알았는데…….”

‘파군성…….’

역시 금나수에 걸려 탈구된 왼팔의 뼈를 맞추며 단천엽이 맞받았다.

“저 역시 예상 밖입니다.”

“내가 상대로서 부족했나 보지?”

“그게 아니라 제가 아직까지 서 있을 수 있다는 사실이 예상 밖입니다.”

“뭐?”

“단번에 박살날 줄 알았거든요.”

어깨뼈를 맞추느라 한쪽 눈을 찡그린 단천엽의 농담에 이수민이 대소를 터뜨렸다.

“푸하하! 이건 정말 걸작이군, 걸작이야! 나 이수민하고 맞짱을 뜬 녀석이 그런 말을 지껄이다니!”

“…….”

웃음을 거둔 이수민이 단천엽을 차게 바라봤다.

“어쨌든 오늘은 무승부다! 나도 널 이기지 못했지만, 너 역시 날 이기진 못했어.”

“인정합니다.”

"그럼 정식으로 예의를 차려야겠지? 난 용문의 이수민이다."

단천엽이 눈빛을 빛내며 받았다.

"전 용문의 단천엽입니다."

"단천엽? 그 아난 수하르와 용문 삼십육방을 통과하고 입문했다는?"

"그게 바로 접니다."

"그렇군, 그랬어."

고개를 끄덕인 이수민이 힐끔 사자의 길 안쪽을 바라보더니 바람처럼 신형을 날려 순식간에 모습을 감췄다. 진세 속으로 들어가 버린 것이다.

"아!"

미처 그를 좇지 못한 단천엽의 귓전으로 이수민의 목소리가 파고들었다.

"단천엽, 파진법(破陣法)은 연옥백강에 든 후에 알아내라. 나 역시 그랬으니까."

'……'

"그럼 다음에 보자!"

이미 목소리의 여운은 한참 밖에서 들려왔다. 그는 잔뜩 기세를 올리던 모습과 달리 천무서각 쪽에서 다가오고 있는 고수에 놀라 허겁지겁 진세 밖으로 달아나고 있는 게 분명했다.

"아아, 한 방 맞았는걸?"

고개를 갸웃해 보인 단천엽이 털썩 바닥에 주저앉았다. 일 수유 동안의 난타전 끝에 그가 입은 상처는 적은 게 아니었다. 왼 어깨의 탈구는 그저 시작에 불과했다. 온몸이 욱신거리고 구토가 치미는 게, 내상(內傷)도 의심해 봐야 할 지경이었다.

그러나 현재 단천엽에게 중요한 건 이수민에게 얻어맞아 생긴 상처 따위가 아니었다. 천추성 이수민을 깜짝 놀라 달아나게 만든 고수의 기운이 빠르게 그가 있는 방향으로 다가오고 있었다. 도망칠 방도가 없으니, 꼼짝없이 거미줄에 걸린 날벌레와 다름없는 신세가 된 셈이다.

'저 묵직하면서도 강력한 힘이 느껴지는 움직임은 외숙이 분명하다. 그분을 제외하고 이렇게 중후한 기운을 풍기는 사람은 본 적이 없으니까.'

단백경의 근엄한 얼굴을 떠올리며 단천엽은 나직이 한숨을 토해냈다. 아버지 같지 않은 아버지인 한상월과 달리 처음 만났을 때부터 지나칠 정도로 애정을 보여준 단백경이었다. 그의 실망한 얼굴을 대할 생각을 하니, 쥐구멍에라도 들어가고 싶은 심정이었다.

제29장

봉황구전(鳳凰九箭) 연아상

봉황구전(鳳凰九箭) 연아상 １

"단백경을 주의하라?"

문상 한상월의 무심한 시선이 유설영을 향했다. 지금 그의 책상에는 몇 달 전부터 조금씩 기미가 보이고 있던 무당천도 내의 파벌 싸움에 관한 보고서가 산처럼 쌓여 있었다.

보고서가 전하는 내용은 하나같이 똑같았다. 구산 중 가장 세력이 강력한 무당천도의 분열을 뒤에서 조장하는 가장 유력한 용의 세력은 반검맹이었다. 재론의 여지가 없을 정도로 압도적인 증거가 보고서 곳곳에 드러나 있었다.

무당천도 덕분에 강남무림의 준동에 별다른 관심이 없던 천하맹으로선 이 이상 큰 사건이 없었다. 한상월으로선 다른 사안에 신경 쓸 겨를이 없다는 뜻이다.

그러나 유설영의 입에서 무상 단백경에 대한 이야기가 흘러나오자 한상월로서도 관심을 보이지 않을 수 없었다. 지금 그녀는 창천무극검제 모문환이 폐관한 천하맹의 명실상부한 최강 고수의 움직임이 심상치 않다고 말하는 것이다.

유설영이 살짝 고개를 숙여 보이는 걸로 대답을 대신하자 한상월이 미간을 좁혀 보였다.

"단백경은 내 인척이 되는 사람이다. 천하맹에서 내가 가장 믿을 수 있는 사람이야. 그런 사람을 주의하라고 하는 데엔 합당한 까닭이 있겠지?"

유설영이 자세를 바로 하며 답했다.

"무상이 대주께 어떤 의미가 있는 사람인지 모를 비녀가 아닙니다."

"그럴 테지."

고개를 끄덕여 보인 한상월이 잠시 턱을 손으로 쓰다듬다 눈살을 찌푸렸다.

"역시 그와 모 맹주가 연결되어 있은 건가?"

유설영의 맑은 눈동자가 가볍게 흔들렸다. 주인인 한상월이 보통 사람의 상식을 뛰어넘는 직관력을 보인 건 이번이 처음이 아니라 특별히 놀랄 일도 아니었다.

'하지만 상대가 무상 단백경이다. 주인께서는 자신의 친인에게도 완전한 믿음을 주지 않았단 말인가!'

내심 한숨을 내쉰 유설영이 고했다.

"사흘 전 무상은 용문의 서류를 검토하던 중 대주께서 처리한 간다르란 서역승의 일을 확인하기 위해 오랫동안 발길을 끊었던 천무서각으로 향했습니다."

"나로 인해 완전히 모습을 일신한 금마부의 면면도 기회를 빌어 확인해 볼 심산이었겠지."

"그렇습니다. 무상은 거산을 무공으로 제압한 후 금마부에 관한 사항을 하나하나 소상하게 알아봤고, 따로 간다르란 서역승을 심문했습니다."

"심문?"

"무상의 주장은 간다르란 서역승이 파불소림과 관련있는 듯하니, 구산과 문제가 되기 전에 확실히 알아두는 게 낫겠다는 것이었습니다."

"딴은 그렇군."

재밌다는 기색으로 고개를 끄덕이는 한상월에게 유설영이 목소리를 높였다.

"그러나 무상의 말은 믿을 수 없습니다!"

"이유는?"

"천하맹과 파불소림이 전대부터 밀접한 관계가 있다는 건 천하가 다 아는 사실입니다. 현 맹주인 모 맹주가 젊은 시절 파불소림에 들어가서 수련한 일이 있으니까요."

"그 당시 모 맹주는 천하의 모든 무학을 다 자기 것으로 만들려 할 정도였다. 파불소림에서 가장 오랫동안 있었다곤 하나 특별히 신경 쓸 필요는 없어. 뭐, 파불소림에서는 그때의 인연을 물고늘어지며 사사건건 천하맹에 간섭하려 들긴 하지만 말야."

"그게 문제입니다!"

한상월의 얼굴에 더욱 재밌다는 기색이 떠올랐다. 여태까지 보였던 권태나 무심함이 거둬진 그의 얼굴은 생생하게 살아나 있었다.

"맹주에 오르고도 천하맹을 완전 장악하는 데 실패한 모 맹주가 파불과 손을 잡았다고 생각하는 건가?"

“가능성을 부정할 순 없다고 봅니다.”

“그렇다면 모 맹주의 조카 녀석이 폭주를 일으킨 날 보인 파불의 발 빠른 움직임도 설명이 되겠군.”

“그렇습니다. 그리고…….”

“…단백경이 직접 나서서 모회언을 죽인 것도 그렇다는 것이겠지? 모 맹주는 파불과 손을 잡았을 뿐 아니라, 다음 대 맹주의 자리를 걸고 내 사람인 단백경을 회유했을 테니까?”

본래 유설영이 하려던 말이다. 미리 선수를 친 한상월 때문에 할 말이 궁해진 그녀가 다시 고개를 숙여 보였다. 무언의 대답이었다.

그런데 문득 유설영을 지그시 바라보던 한상월이 천천히 고개를 가로저었다.

“확실히 너무나 매력적인 이야기야, 내 싸늘하게 식어 있던 피가 끓어오를 만큼. 하지만 몇 가지 정황만으로 백경을 의심한다면 려군에게 너무 미안한 일이야.”

“대주, 그렇지만…….”

“자네의 뜻은 잘 알았네. 더 이상 설명할 필요는 없어.”

“…….”

손을 들어 유설영의 말을 막은 한상월의 입가에 차가운 미소가 떠올랐다.

“려군을 봐서라도 백경에겐 조금쯤 관대함을 베풀어야 해. 물론 그렇다 해서 뒤통수를 맞고 싶진 않지만.”

“대주의 뜻은……?”

“지금부터 백경의 일거수일투족을 감시하도록 해. 녀석이 자칫 어리석은 생각을 품지 못하도록.”

"존명!"

복명과 함께 유설영이 고개를 숙이자 한상월의 입술이 더욱 진한 미소를 만들어냈다.

'대주의 그런 표정은 참으로 오랜만에 보는 것이었다.'

천원을 빠져나온 유설영은 방금 전 목도했던 한상월의 표정을 떠올리며 맑은 얼굴에 가벼운 그늘을 드리웠다. 과거 누구보다 정력적이던 한상월을 현재와 같이 무미건조한 성격으로 탈바꿈시킨 건 아내인 가인 단려군의 죽음이었다.

스스로 선택했던 마도대법의 부작용으로 단려군이 죽던 날 밤, 천하제일고수라 불리던 창천무극검제 모문환과 어깨를 나란히 하던 북천쌍룡의 일인 흑의문상 한상월 역시 절반의 생명을 잃어버렸다.

생각해 보면 그날부터 십수년이 흐르는 동안 유설영이 한 일이라곤 주인인 한상월을 지켜보는 것뿐이었다. 그의 곁을 지키며 그가 추진하는 일을 도왔다. 그녀는 여태까지 그것이 최선이라고 믿었다.

'단 공자가 천하맹으로 오기 전까진 분명 그랬다. 그런데 이제 잠들어 있던 한가(韓家)의 피가 다시 깨어나려 하고 있다. 단 공자가 아직 채 성장하지도 않았는데…….'

"과연 나는 기뻐하고 있는가?"

무심히 중얼거린 유설영이 잠시 비가 올 듯 꾸물거리기 시작한 하늘을 올려다보고 발걸음을 빨리했다. 한상월에 대한 염려와 함께 새 주인이 될 단천엽에게 생각이 미쳤다. 상념에 젖어 시간만 보내고 있을 순 없는 것이다.

막 오전 수련을 끝마친 참이었다. 식당으로 향하기 위해 근력 강화 교장을 힘차게 뛰어내려오던 단천엽은 갑자기 모습을 드러낸 유설영을 보고 반가운 얼굴이 됐다.

그녀와는 용문에 입문한 후 처음이었다. 비녀나 노복을 자처했던 거에 비해 유설영과 거산은 용문에 들어온 단천엽을 전혀 찾지 않았었다.

"설영 누님, 이곳까지 어쩐 일이세요?"

단천엽이 친근히 맞아주자 유설영이 그림같이 고개를 숙여 보였다.

"비녀가 단 공자를 뵈옵니다. 그간 평안하셨는지요?"

단천엽이 주변을 두리번거리며 곤란한 표정을 지어 보였다.

"이곳은 용문입니다. 누가 보면 어쩌려고요."

유설영이 자세를 바로 했다.

"단 공자는 비녀가 천하맹 총단을 언제든 왔다 갔다 할 수 있다는 사실을 잊은 듯하군요."

"그게……."

"한동안 이쪽으로 올 사람은 없습니다."

유설영의 무심한 표정을 바라보던 단천엽이 천천히 고개를 끄덕였다. 그는 눈앞에 있는 여인이 얼마나 괴물 같은 사람인지를 잊고 있었다는 생각이 들었다.

"그렇군요. 확실히 현재 이 근처에서는 사람의 기척이나 기운이 느껴지지 않아요. 설마 설영 누님이 이곳으로 다가오던 사람들을 모조리 죽인 건 아니겠지요?"

"단 공자께서 명하신다면 지금이라도……."

"됐습니다! 절대 그런 명령은 내리지 않을 겁니다!"

"그러시다면야."

유설영이 한 걸음 뒤로 물러서며 살짝 미소 짓자 단천엽이 한숨을 내쉬었다.

"설영 누님이 하는 말은 농담도 진담처럼 들립니다. 저는 생각보다 간담이 작으니까 앞으로 그러지 마세요."

"명심하겠습니다."

단천엽이 씩 웃고 화제를 바꿨다.

"그런데 오늘은 무슨 일로 절 찾아오신 겁니까? 아직 문상께서 명령하신 첫 번째 명령을 수행할 기간은 많이 남은 줄 아는데요?"

"비녀 역시 알고 있습니다."

"그렇다면 문상께서 혹시 다른 명령이라도 내리신 겁니까?"

고개를 가로저은 유설영이 품에서 두루마리 하나를 꺼내 단천엽에게 내밀었다.

"이건……."

두루마리를 펼쳐 본 단천엽이 눈살을 찌푸렸다. 두루마리의 시작 부분에 적힌 '춘계쟁투지회'라는 글자가 눈에 거슬렸다.

유설영이 고하듯 말했다.

"이번에 용문에서 열리는 춘투의 계획서입니다. 다른 때와 달리 용문산의 정상을……."

"됐습니다!"

유설영의 말을 막은 단천엽이 수중의 두루마리를 쑥 내밀었다.

"단 공자……."

"설영 누님의 뜻은 고맙게 생각합니다. 언제나와 같이 절 위해 고생하신 거 감사드립니다. 하지만 저는 이런 불법적인 도움은 필요없습니다. 받고 싶지도 않고요."

“……..”

유설영이 선뜻 두루마리를 받으려 하지 않자 단천엽은 생각을 바꿨다. 그는 유설영에게 두루마리를 주는 대신 세상에서 그것을 없애 버리기로 작정했다.

짜짜짝!

단천엽이 일으킨 권압에 휘말린 두루마리가 산산조각났다. 불에 태우는 것보다도 확실한 처리였다.

그러자 순간 침묵으로 단천엽의 행동을 지켜보던 유설영이 번개같이 수장을 움직여 흩날리는 양피지 조각들을 재빨리 수거했다. 그녀가 오늘 가져온 계획서는 극히 일부분이라도 남의 눈에 띄어선 안 되는 것이었다.

단천엽의 얼굴에 미안한 기색이 떠올랐다.

“일부러 고생하셨는데, 죄송합니다.”

유설영이 양피지 조각을 품 안에 갈무리하며 고개를 가로저었다.

“단 공자께서는 개의치 마세요. 단 공자 정도 되는 실력자에게 이런 편법을 권한 비녀의 잘못이니.”

“설영 누님…….”

“하지만 단 공자, 앞으로 공자께서 헤쳐 나가야 할 길은 험난한 가시밭길입니다. 이 정도 편법도 수용할 수 없다면, 앞으로 얼마나 많은 고난을 자초하실지 비녀는 걱정됩니다.”

“…….”

“그렇지만 비녀는 오늘 단 공자에게서 과거 대주의 모습을 봤습니다. 세상의 어떤 것과도 타협하지 않고 어떤 질서나 권위에도 주저함이 없으시던…….”

“제가 아버… 문상과 닮았다는 겁니까?”

“예, 빼닮으셨습니다. 비녀의 마음속에 기쁨이 충만할 정도로.”

말을 끝내자마자 단천엽에게 고개를 숙여 보인 유설영이 처음 모습을 드러냈을 때와 같이 자연스레 사라져 갔다. 마치 처음부터 식당으로 향하던 단천엽 앞에 모습을 드러낸 일이 없었던 것처럼.

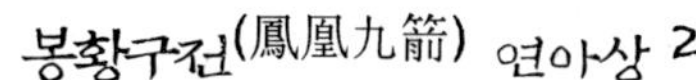

봉황구전(鳳凰九箭) 연아상 2

유설영과 헤어진 단천엽은 평상시와 다름없이 식당에서 식사를 끝마치고 기소천, 안환 등과 함께 십전대각으로 향했다. 오전부터 꾸물거리던 하늘이 갑자기 격한 뇌성벽력과 함께 봄비를 뿌리기 시작했기 때문이다.

이런 경우 용문에서 이미 계획됐던 수련을 뒤로 미루거나 바꾸는 경우는 거의 없으나 오늘은 예외였다.

삼 년마다 벌어지는 등용문의 장을 제외하곤 용문에서 가장 큰 행사 중 하나인 춘투가 사흘 앞으로 다가와 있었다. 구룡무각의 삼대교두를 비롯한 열두 명의 교두는 춘투를 앞두고 부상자를 발생하게 할 수 없다는 판단을 내렸다.

십전대각에 들어선 수련생들은 식당을 빠져나온 순서대로 천자조가 단상의 바로 앞 자리에 자리잡고, 그 뒤를 지자조와 인자조가 따랐다.

용문 내에 각 조의 위치와 기본 실력을 단적으로 보여주는 배열이었다.

안환의 도움으로 인자조 중 가장 좋은 자리를 차지하고 앉은 단천엽에게 기소천이 작은 목소리로 속삭였다.

"이번 수업의 교두는 청발무시(靑髮巫屍) 방극진이란 분인데, 본래 정파(正派)의 인사가 아니라서 그런지 성격이 괴이하고, 가르치는 것도 특이하다고 들었습니다."

"청발무시? 그분 머리가 푸른빛이 도나 보지?"

"아뇨. 그분은 대머리로 머리에 모발이 하나도 없습니다."

"그렇다면 과거 대머리가 되기 전엔 머리가 푸른빛이었나 보군."

"다들 그렇게 짐작만 할 뿐 아는 사람이 없더군요."

단천엽이 피식 웃었다.

"하긴 성격이 괴팍한 분께 머리가 벗겨지기 전에 푸르지 않았습니까? 하고 묻긴 힘들겠구나."

"하하, 그러게 말입니다."

서로를 바라보면서 단천엽과 기소천은 농담을 주고받으며 희희덕거렸다. 수업 전 가벼운 농담은 몇 안 되는 용문 생활의 즐거움이었다. 그런데 갑자기 주변이 조용해졌다. 오후 첫 번째 수업을 맡은 청발무시 방극진이 십전대각 안에 모습을 드러낸 것이다.

"오늘도 수련생들이 참 많이도 모였구만."

십전대각에 들어서자마자 나직이 혀를 찬 방극진이 중앙에 마련된 단상에 풀쩍 뛰어올랐다. 교두답게 무게가 느껴지지 않을 듯 가벼운 신법이었다.

그 순간 단상을 중심으로 모여 앉아 있던 천, 지, 인 삼 개 조의 수련생들이 일제히 자리에서 일어서 우렁찬 목소리로 소리쳤다.

"천자조, 교두님을 뵙습니다!"

"지자조, 교두님을 뵙습니다!"

"인자조, 교두님을 뵙습니다!"

드넓은 십전대각 안이 터져 나갈 정도의 인사였다. 단상 위에 올라선 방극진이 굵게 패인 이마의 주름을 꿈틀거렸다. 일순 고막이 멍멍하고 편두통이 일어났기 때문이다.

'빌어먹을 애새끼들! 한참 굴러야 할 시간에 비 온다는 핑계로 편안히 바닥을 뒹구니 기운이 넘치는구나!'

방극진은 소지로 귀를 후비며 내심 제비뽑기에 뽑혀 따분한 이론 수업을 맡게 된 자신의 운명을 저주했다. 그는 본래 몸으로 뛰는 걸 좋아하는 성격이지, 이렇게 사람들을 모아놓고 떠드는 데는 소질이 없었다.

"아아, 모두 착석하도록. 시끄러운 소리는 내지 말고."

"예, 알겠습니다!"

"예, 알겠……."

"이런 빌어먹을! 시끄럽게 엥엥거리지 말라고 그랬지! 한 번만 대답하면 될 걸 같은 소릴 세 번씩이나 해대면, 내 연약한 귀가 난리를 칠 것 아니냐!"

방극진의 성난 목소리에 놀란 천자조와 지자조가 움찔한 기색이 되자 인자조는 얼른 입을 봉했다. 맨 앞에 앉아 대답 선창을 주도하던 안환의 빠른 결단과 탁월한 상황 판단이 돋보이는 순간이었다.

그렇게 장내가 조용해지자 이마에 핏대까지 세우며 씩씩대던 방극진이 곧 아차 한 표정이 됐다. 그는 자신이 살아온 인생의 절반도 안되는 수련생들에게 지나치게 감정적으로 굴었다고 스스로를 자책했다.

‘제길, 귀 좀 아팠다고 애새끼들한테 그렇게 소리를 지르다니… 내 지랄맞은 성미는 현역에서 은퇴하고서도 아직 그대로구나. 그나저나 이론 수업이란 건 본래 좀 떠들썩하고 왁자지껄해야 시간이 금방 가는 법인데, 분위기가 완전히 가라앉아 버렸으니 이 일을 어쩐다? 이대로 수업에 들어가면 내가 지겨워서 안 되는데…….’

잠시 염두를 굴리며 쥐 죽은 듯 조용해진 단상 아래를 훑어보던 방극진이 입가에 화해의 미소를 담았다. 수련생들에겐 다시 떠들면 죽여버리겠다는 살벌한 협박의 미소로 보였지만, 그의 앞에는 동경(銅鏡)이 없었다.

‘역시 괴팍한 성격!’

‘입술도 뻥긋해선 안 되겠다!’

결국 더욱더 조용해져 바늘 떨어지는 소리까지 들릴 정도가 된 십전대각 안. 단상 위에 홀로 선 방극진의 얼굴 근육이 어색하게 꿈틀거렸다.

몇 가지나 되는 재미없는 강호의 농담이 얘기되었다. 그때마다 천무서각 안의 분위기는 더욱더 썰렁해졌다. 결국 제풀에 지친 방극진은 그냥 수업에 들어갈 수밖에 없었다.

그러나 수업에 들어간 방극진은 곧 본색을 되찾았다. 그가 준비한 주제인 살인에 관한 이야기가 시작되자 사람이 달라진 것이다.

“…그렇기에 결국 살인이란 사람을 죽이는 것이고, 무공이란 그런 과정을 더욱 효과적으로 하기 위한 방편이 된다. 호신(護身)이란 말로 스스로를 속이더라도 그건 부인할 수 없는 사실이란 말이다.”

“…….”

“그럼 여기에서 질문을 한 가지 하겠다. 질문에 성의있고 제대로 된 대답을 하는 수련생에게는 내가 한 가지 특전을 내리겠다.”

차갑게 식었던 수련생들의 눈에 생기가 돌아왔다. 그중 가장 열심히 살인에 관한 수업에 임하고 있던 안환이 용기를 내어 질문했다.

“교두님, 어떤 특전인지 구체적으로 말씀해 주실 수 있겠습니까?”

방극진의 얼굴에 화색이 돌았다. 그는 자신에게 질문을 한 안환이 너무나 예뻐 보였다.

“특전은 여러 가지를 들 수 있겠지만, 기본적으로 나는 합리적인 사람이다. 여기 모인 자네들이 지금 가장 원하는 바를 특전으로 내걸겠다는 뜻이지.”

“그렇다는 건…….”

“흐흐, 내 질문에 제대로 된 대답을 하는 수련생에겐 당장 이곳 십전대각을 빠져나갈 수 있는 권리를 줄 것이다. 비가 그칠 생각을 안 하니 적어도 야간 수련 때까진 이곳에 죽치고 있어야 할 것 같은데, 그러면 저녁 식사 집합 때까지 아주 푹 쉴 수 있지 않겠나?”

얼굴에 혹하는 기색이 떠오른 건 질문한 안환뿐만이 아니었다. 평소 은근히 경쟁심을 보이던 천, 지, 인 삼 조의 수련생들은 상급, 하급 수련생을 막론하고 방극진 쪽으로 상체를 내밀었다. 그가 내건 조건은 쉴 틈 없는 수련에 찌든 용문의 수련생들에겐 너무나 유혹적이었다.

그렇게 갑자기 수업의 집중력이 몇 배로 증가하자 방극진이 흐뭇한 웃음을 입가에 담았다.

“다들 꽤나 좋아하는 것 같군. 자네들의 열의가 내 가슴속까지 느껴지는 기분이야.”

‘시끄럽게 주절대지 말고 빨리 질문이나 하쇼!’

‘질문이나 빨리해!’

‘아! 거 정말 시끄럽네! 질문이나 하지!’

수련생들은 순간 뜸을 들이는 방극진에게 짜증이 났지만, 여기서 얼굴에 감정을 드러낼 정도로 멍청한 사람은 없었다. 용문에서 그동안 굴러다닌 가락이 있는 것이다.

천천히 수련생들을 둘러본 방극진이 드디어 질문했다.

“여태까지 나는 자네들에게 살인에 대한 여러 가지를 설명했다. 오랫동안 강호무림을 전전하며 내가 몸소 경험했던 바를 토대로 한 수업이었으니, 자네들의 머리에도 쏙쏙 들어갔을 거야. 그러니 내 질문 역시 살인에 관한 것이다.”

‘살인!’

“자네들은 천하에 몇 종류의 살인법(殺人法)이 있다고 생각하는가? 날 만족시킬 수 있는 대답이 있다면 나는 서슴없이 특전을 내릴 것이야.”

방극진의 설명이 끝난 것과 동시였다. 천, 지, 인 삼 조, 상급, 하급 수련생을 막론하고 일제히 손을 들어 올렸다.

그야말로 폭풍 같은 기세!

하긴 용문에 들어온 수련생치고 하나같이 기재 아닌 자가 없고, 천하 각 문파의 유망주 아닌 자가 드물었다. 그러니 그들 모두가 어려서부터 무공의 기본이 착실히 다져졌을뿐더러, 이론에도 충실한 건 당연했다. 살인법 한두 종류쯤 꿰지 않은 자가 없다는 뜻이다.

그러나 연달아 방극진에게 호명당하고, 자랑스레 살인법을 늘어놓은 자들은 한결같이 인상을 구긴 채 자리에 주저앉아야 했다.

개중에는 부끄러움과 수치심에 얼굴이 벌겋게 물든 자도 있었다. 살인법이란 게 생각보다 꽤 종류가 많았고, 방극진 같은 전문가를 만족시키기란 여간해선 쉽지 않은 노릇이었다.

그렇게 십여 명이 호명됐다 망신당하길 반복하자, 십전대각 안은 다시 꿀 먹은 벙어리들의 집합소로 변했다. 방극진은 갈수록 기고만장해졌지만 그의 콧대를 눌러줄 자는 아무도 없는 듯 보였다.

"이젠 더 이상 없는가? 천하의 기재들이 모두 모였다는 용문에 이렇게도 인재가 없다는 건가?"

"……."

방극진의 호통에 수련생들 모두 고개를 떨궜다. 그가 내걸었던 특전이 날아가기 직전이었다.

그런데 그때 여태까지 입술을 꾹 다물고 있던 상급 수련생 제일의 고수, 봉황구전(鳳凰九箭) 연아상이 시원스런 아미를 살짝 치켜 올렸다.

"교두님."

"응? 자네는……."

"천자조의 연아상입니다."

방극진의 퉁방울만한 눈에 이채가 떠올랐다.

"자네가 그 남해(南海) 봉황문(鳳凰門)의 차기 장문 후보라는 봉황구전 연아상인가?"

"봉황문의 장문 후보라는 건 말도 안 되는 헛소문이나 제가 그 연아상인 건 맞습니다."

"흐음, 뛰어난 자는 스스로를 내세우지 않는다고 했던가?"

고개를 끄덕인 방극진이 말했다.

"그래, 할 말이 있으면 말해 보게."

"감사합니다."

명문 봉황문의 제자답게 자리에서 일어서자마자 엄격히 예의를 차려 보인 연아상이 정자세를 한 채 말했다.

"교두님께서는 오늘 살인에 대한 여러 가지 얘기를 해주셨습니다. 어려서 무문에 입문해 무공을 쌓은 몸으로 무척 공감이 가는 얘기였습니다. 아무리 입에 발린 얘기를 해봐야 무공이란 사람을 죽이거나 제압하기 위해 익히는 수단에 불과하다고 사부님께서도 말씀하신 바가 있었습니다."

"천봉신궁(天鳳神弓)께서 그런 말씀을?"

"그렇습니다. 비록 어린 시절에 들은 말이지만, 저는 똑똑히 기억하고 있습니다."

"흐음, 그래서?"

"그래서 제가 생각하기에 교두님께서 저희에게 살인법을 열거하라고 하신 데는 한 가지 커다란 문제가 있는 것 같습니다."

방극진이 흥미를 느끼고 재촉했다.

"말해 보게."

"저는 사부님께 살인법이란 결국 사람을 죽이는 방법이니, 무공을 익힌 자로서 단 한 가지! 자신의 비전절기만 알고 있으면 족하다고 배웠습니다."

"……."

"그러니 그렇지 않고 다른 살인법을 구구하게 외우는 건 자신의 비전절기를 갈고닦지 못한 자의 변명에 불과하다고 생각합니다."

명문의 긍지가 느껴지는 말이었다. 또한 달콤한 특전을 내걸고 수련생들을 희롱하는 방극진의 행태를 꾸짖는 말이기도 했다.

　그러자 수련생들이 남몰래 찬동의 눈빛을 연아상에게 던지기 시작했고, 방극진이 난감한 표정이 됐다.

　그는 단번에 장내의 분위기를 여태까지와 정반대로 돌려놓은 연아상을 어떻게 처리해야 할지 당최 생각이 나지 않았다. 다른 수련생들처럼 그녀의 말에 찬동할 수도 없고, 꾸짖을 수도 없는 입장이었기 때문이다.

　그런데 그때 조용한 목소리가 인자조 쪽에서 들려왔다.

　"교두님, 지금이라도 질문에 대답해도 되겠습니까?"

　'응?'

　인자조 맨 앞에 앉아 있던 안환에게 시선을 던졌다 실망한 표정이 된 방극진이 목소리의 주인인 단천엽을 기묘하게 바라봤다.

　"자네는……."

　"인자조의 단천엽입니다."

　"단천엽?"

　"예, 인자조의 단천엽이 교두님이 낸 질문에 대한 답을 말하고 싶습니다."

　아직 연아상이 자리에 앉지 않은 터였다. 그럼에도 불구하고 단숨에 그녀에게 몰려 있던 시선의 절반을 뺏어온 단천엽이 조용히 자리에서 일어섰다. 방극진의 암묵적인 허락 하에.

"…그러한 까닭으로 살인에는 종류별로 타살(打殺:때려죽임), 구살(毆殺:때려죽임), 박살(搏殺:주먹으로 쳐 죽임), 격살(擊殺:쳐서 죽임), 박살(撲殺:몽둥이로 때려죽임), 사살(射殺:쏘아 죽임), 자살(刺殺:칼로 찌르거나 베어 죽임), 육살(戮殺:찢어 죽임), 육시(戮屍:이미 죽은 사람에게 형벌을 가하여 그 목을 벰), 갱살(坑殺:생매장해 죽임), 역살(轢殺:바퀴로 치어 죽임), 낙살(烙殺:단근질해 죽임), 답살(踏殺:밟아 죽임), 압살(壓殺:깔아 죽임), 독살(毒殺:독을 먹여 죽임), 박살(剝殺:껍데기를 벗겨 죽임), 팽살(烹殺:끓는 물에 삶아 죽임), 분살(焚殺:불에 태워 죽임), 소살(燒殺:불에 살라서—없어지도록 태워—죽임), 참살(斬殺:베어 죽임), 참수(斬首:머리를 베어 죽임), 요참(腰斬:허리를 끊어 죽임), 익살(溺殺:물에 빠뜨려 죽임), 수장(水葬:물에 빠뜨려 죽임. 물에 장례 지냄), 포살(捕殺:벌레 잡듯 잡아 죽임), 아살(餓殺:굶겨 죽임), 교살(絞殺:목 졸라 죽임), 액살(縊殺:목을 매어 죽임), 추살(搥殺:채찍질하여 죽임), 추살(椎殺:몽둥이로 쳐 죽임), 축살(蹴殺:발로 차 죽임), 척살(擲殺:높은 데서 내던져 죽임), 장살(杖殺:곤장으로 때려죽임), 폭살(爆殺:폭탄을 터뜨려 죽임), 책살(磔殺:기둥에 묶고 창으로 찔러 죽임), 유살(誘殺:꾀어내어 죽임), 대살(代殺:죽일 사람이 없을 때 가족 등 다른 사람을 대신 죽임) 등이 있습니다. 하나같이 사람을 죽이는 데 전혀 손색이 없는 수법이지요."

"……."

"여기서 다시 세부적으로 들어갈까요? 세부적으로 들어가자면 다시 혈육으로 된 육체를 사용하는 방법과 무기나 다른 도구를 사용하는 방법으로 나누고, 자신의 손을 쓰지 않는 차도살인지계(借刀殺人之計)와 같은 병법까지 나열해야 합니다만."

여태껏 전혀 눈에 띄지 않았던 수련생이 아무도 나서지 않을 상황에서 질문에 답하겠다고 나섰다. 주변의 시선이 온통 쏠리는 건 당연하다.

그러나 단천엽이 담담하게 늘어놓은 살인법이 응용의 단계에까지 이르자 이미 그를 보는 주변의 시선은 사뭇 달라져 있었다. 그저 특수한 상황에 발맞춰 눈길을 끈 녀석에서, 교두 앞에서 당당하게 자신의 의견을 피력했던 봉황구전 연아상에 버금가는 위치로까지 격상된 것이다.

'대단한 놈!'

자연스레 터져 나오는 주변의 감탄성이 잦아들기를 기다려 방극진이 단천엽을 칭찬하고 나섰다.

"정말 대단한 답변이었네. 내 그동안 무공에 있어선 으뜸이 되지 못한다고 생각했지만, 사람을 죽이는 살인술과 돈 받고 사람을 죽이는 빌어먹을 녀석들을 추격하는 일만은 천하제일이라 생각했는데, 오늘부로 그런 자부심을 접어야겠네."

"과찬이십니다. 그런데 교두님은 혹시 용문에 들어오기 전 관부와 관련이 있지 않으셨습니까?"

"자네는 어째서 그런 생각을 했지?"

"처음 저는 교두님의 두텁고 넓은 살인에 대한 지식을 듣고, 혹여 전직 살수(殺手)로 활동하신 게 아닌가 걱정했습니다. 그런데 교두님께서는 오히려 그런 자들을 쫓았다고 하시니, 관부와 관련이 있으셨던 게 아닌가 짐작한 겁니다."

"크하하! 정말 자네는 대단하구만. 살인에 대해서만 비범한가 했더니, 생각이 아주 깊어."

"그러면 역시……."

방극진이 고개를 끄덕였다.

"나는 몇 년 전까지 북경(北京)에서 포두를 하고 있었다네. 그 당시만 해도 머리가 무성했는데, 마지막으로 맡은 사건 때 그만 실수를 하는 바람에 이렇게 훤한 대머리가 되고 말았어. 그때 자네만큼만 살인법에 대해 알고 있었어도 이렇게 흉한 꼴이 되진 않았을 텐데……."

씁쓸하게 말끝을 흐리는 방극진을 단천엽이 위로했다.

"제가 개봉성에서 제일가는 빙화루의 누님들을 좀 아는데, 그분들 말이 대머리가 벗겨진 남자야말로 밤에 가장 쓸모있는 존재라고 하더군요."

"허, 그게 사실인가?"

"전 거짓말을 할 줄 모릅니다."

물론 단천엽은 빙화루의 기녀들이 한 말의 진의를 알지 못했다. 다만 대머리에 관련된 칭찬을 찾다 보니, 그런 말을 한 것에 불과했다.

그러나 방극진을 비롯한 장내의 몇몇 나이 든 상급 수련생들은 단천엽의 말에 미미하게 고개를 끄덕이는가 하면 몰래 낯을 붉히기도 했다. 이런 곳에서도 경험과 연륜의 차이는 그대로 드러나고 있었다.

그때 여전히 자리에 앉지 않고 서 있던 연아상이 힐난하듯 단천엽을 쏘아보고, 방극진에게 도전적으로 말했다.

"교두님, 아직 교두님께서는 방금 전 제 답변에 대해 아무런 말씀도 없으셨습니다."

"아, 그랬었나?"

"교두님께서 살인법에 대한 저의 답변이 마음에 들지 않으시면 그냥 꾸짖음을 주시면 족한 줄 압니다."

얼굴 표정과 말이 완전히 다른 경우였다. 긍지와 도도함으로 똘똘 뭉쳐진 연아상의 얼굴을 지그시 응시한 방극진이 입가에 쓴웃음을 담았다.

"아니, 아니야, 연아상 자네의 말은 틀린 것이 없어. 어떻게 보면 그야말로 정도(正道)라고 할 수 있네. 하지만 뒤에 답을 한 단천엽의 말도 틀린 건 아니지. 한 사람은 정도를 설파하고 다른 한 사람은 본질을 얘기했으니, 두 사람이 모두 내 질문에 대한 바른 답을 냈다고 할 수 있어."

"그렇다면……."

"약속은 약속! 천자조의 연아상과 인자조의 단천엽은 지금 이 시간부터 마음껏 자유 시간을 갖도록! 얼추 두 사람의 나이도 비슷해 보이니, 지금부터 같이 좋은 시간을 보내도 나는 말리지 않겠다!"

"우와아!"

"휘이익!"

일순 십전대각 안은 환성과 휘파람 소리로 난장판이 됐다. 거기에는 천, 지, 인 삼 개 조가 따로 없었고, 상급과 하급 수련생의 구분 또한 없었다.

수련생들은 마치 자신들이 단천엽과 연아상이 된 듯 마음껏 소리를 질러댔다. 방극진은 최후의 순간 단천엽의 도움을 받아 자신이 바라 마지않았던 수업 분위기를 만드는 데 성공한 것이다.

단천엽에게 십전대각은 지난 몇 달 모어언과의 추억이 깃든 곳이다. 그저 그곳에 있는 것만으로 모어언과의 추억이 새록새록 떠올라 특별히 수업을 빠지고 싶지 않았는데, 일이 묘하게 꼬였다는 생각이 들었다.

그러나 거의 떠밀리다시피 십전대각을 빠져나온 터에 계속 이런 곳에서 궁상만 떨고 있을 순 없었다. 어쨌든 그는 현재 용문 수련생들의 부러움을 한 몸에 받고 있었고, 그들의 기대에 부응할 의무가 있었다.

'전날 외숙의 도움으로 사자의 길을 빠져나오며 육무잠형대절진의 변화도 대충 파악했는데, 남는 시간에 연공이나 하러 갈까?'

잠시 추적거리며 내리는 봄비를 물끄러미 바라보던 단천엽이 빗속으로 신형을 날렸다.

그는 자연의 조화조차 거스를 힘이 있는 육무잠형대절진에 들어가 비도 피하고, 요즘 들어 어느 정도 진경을 보이기 시작한 구양구음검공의 연공도 할 셈이었다.

그런데 빗속을 달려 단천엽이 막 십전대각의 거대한 그림자가 보이지 않는 곳에 도착했을 때다.

연신 신형을 날리면서도 외기를 일으켜 쏟아지는 빗물을 튕겨내던 그의 신형이 갑자기 제자리에 멈춰 섰다.

‘파공음?’

귀로 소리를 듣고 움직인 게 아니다. 신변에 위기가 닥치거나 야수가 뛰어나올 때 발동하는 육감이 단천엽의 신형을 옆으로 이동시켰다.

그리고 그 순간!

쐐액!

방금 전 단천엽이 서 있던 장소를 뚫고 들어간 건 황금봉황시(黃金鳳凰矢), 봉황구시 연아상의 독문기병이었다.

“이건······.”

단천엽의 귓전으로 연아상의 차가운 목소리가 파고들었다.

“인사 대신이었어요.”

“인사?”

“그래요. 인자조를 대표하는 자라면 그 정도쯤은 간단히 피할 거라 생각했는데, 내 예상이 맞았군요.”

어느새 연아상은 단천엽과 삼 장밖에 떨어지지 않은 곳까지 다가서 있었다. 그녀는 십전대각을 빠져나왔을 때부터 줄곧 단천엽을 몰래 쫓아왔던 것이다.

‘하지만 어째서 그녀가 날 쫓아온 걸까?’

단천엽은 잠시 빗물에 젖어 몸의 굴곡을 여실히 드러내고 있는 연아상을 빤히 쳐다봤다. 그녀의 의중을 읽기 위함이었다.

그러나 장신에 늘씬한 몸매를 녹색 무복으로 감싼 연아상에게 단천엽의 그런 모습은 치한의 그것과 다름없었다. 대번에 냉랭하게 표정을 굳힌 그녀가 말했다.

“아직 많지 않은 나이에 벌써 기루를 즐겨 찾는 걸 보고 어느 정도

짐작했지만, 정말 당신은 경박한 사람이군요.”

“예?”

“눈길을 당장 내게서 치우세요!”

단천엽은 그제야 비에 젖은 연아상의 모습이 꽤나 도발적이란 걸 깨닫고 얼른 시선을 다른 곳으로 돌렸다. 군자는 참외밭에서 신발을 고쳐 신지 않고, 오얏나무 아래서 두건을 고쳐 쓰지 않는 법이었다.

당황하는 기색이 역력한 단천엽의 모습에 연아상의 안색이 다소 풀렸다.

“당신 이름이 단천엽이라 했지요?”

“그렇습니다. 소저는 천자조의 연아상 소저겠지요?”

“맞아요.”

“그런데 어째서 본인을 쫓아온 겁니까?”

연아상이 정중히 고개를 숙여 보였다.

“먼저 단 소협에게 암습을 가한 점 사과드리겠어요. 인자조에 인재는 청성일수 안 소협밖에 없다고 생각했는데, 느닷없이 단 소협 같은 고수가 나타나서 제가 급한 마음에 큰 결례를 범했어요.”

‘눈길 한번 돌린 걸로 단숨에 당신에서 단 소협으로 격상됐구나.’

내심 피식 웃은 단천엽이 고개를 끄덕였다.

“그렇게 사과하니, 이번 일은 없었던 일로 하겠습니다.”

“넓은 마음으로 이해해 줘서 고마워요.”

“예, 저도 제 마음이 꽤나 넓다고 생각하고 있습니다.”

“……”

연아상의 안색이 다시 굳어지자 단천엽이 크게 웃었다.

“하하! 농담입니다. 저는 이미 방금 전의 일을 전혀 개의치 않고 있

으니 연 소저는 부담 갖지 말고 절 쫓아온 까닭을 말해 주십시오. 이제
부터 세이경청할 터이니."

"그전에……."

어깨를 가볍게 떨어 보인 연아상이 단천엽에게 말했다.

"우선 비를 피할 수 있는 곳으로 가죠?"

"비?"

"단 소협은 어떨지 몰라도 저는 비를 맞는 걸 그리 좋아하지 않아
요."

"그렇군요."

고개를 끄덕인 단천엽이 문득 생각났다는 듯 말했다.

"이곳에서 조금만 더 가면 천무서각으로 향하는 사자의 길이 있습니
다. 그곳에 비를 피할 장소가 있으니, 일단 그쪽으로 가는 게 어떻겠습
니까?"

"비를 피할 수 있는 곳이라면 어디든 좋아요."

"그럼 가시죠."

단천엽이 앞장서자 연아상이 얼른 그 뒤를 따랐다. 후일 용문에 전
설처럼 떠돌게 된 '비 오는 날의 연애담'의 한 장면이 멋지게 완성되
는 순간이었다.

『천괴』 4권으로 이어집니다